W0373415

Der Nacht-garten

POLLY HORVATH

Der Nacht-garten

AUS DEM ENGLISCHEN VON
BERNADETTE OTT

ALADIN

Für Arnie, Emily und John, Rebecca, Andrew und Zayda

INHALT

WAS MAN VIELLEICHT WISSEN SOLLTE

Das ist die Geschichte von Winifred, Wilfred und Zebediah. Von Crying Alice. Und von Flying Bob. Zum Teil ist es auch die Geschichte von Thomasina und Old Tom. Nur ein kleines bisschen ist es auch meine Geschichte. Dafür werde ich die Erzählerin sein. Mein Name ist Franny und ich wohne bei Thomasina und Old Tom, was mit einer Reihe von Missgeschicken zu tun hat, in die ihre Nachbarn und noch andere Menschen verwickelt waren. Old Tom nennt Thomasina immer Thomasina. Aber ich nenne sie nur Sina. Das ist schon immer so gewesen. »Thomasina« war mir nämlich viel zu lang, als ich noch klein war. Als Baby wollte mich eigentlich die Familie adoptieren, die im Nachbarhaus wohnte. Aber in der Nacht, bevor ich bei ihnen abgegeben werden sollte, brannte das Haus der Nachbarn ab und die Nachbarn mit dem Haus. Keiner kümmerte sich darum, die Adoptionsstelle anzurufen. Die Sachbearbeiterin klopfte an die Tür von Sina und Old Tom, und als Sina aufmachte, sagte sie zu ihr: »Ich sollte dieses Baby bei den Nachbarn abliefern, aber ich seh da kein Haus.«

Sina steckte den Kopf aus der Tür, drehte ihn und entdeckte den Rauch. Die schwelenden Überreste unseres Nachbarhauses waren ein ganzes Stück entfernt, die einsame Küstenstraße entlang, vorbei an den Feldern. Wenn man über die östliche Bucht schaute, konnte man undeutlich erkennen, was vom Haus übrig war. Sina starrte auf die Rauchschwaden, die über den Wellen hingen. Dann antwortete sie: »Scheint ganz so.«

Old Tom kam zur Tür und sagte: »Ach, deshalb ging's da gestern Nacht so drunter und drüber.«

»Können Sie das Baby mal kurz halten?«, fragte die Sachbearbeiterin und reichte mich Old Tom. »Ich hab grade so komische Schmerzen.«

Old Tom händigte mich Sina aus. »Ich hab nicht gern mit Babys zu tun, wenn ich's irgendwie vermeiden kann«, sagte er. »Nicht, dass ich sie nicht mag. Ich weiß nur nicht, was ich mit ihnen anfangen soll.«

Und während Sina mich dann im Arm hielt und Old Tom und sie weiter zum abgebrannten Nachbarhaus hinüberstarrten, hatte die Sachbearbeiterin einen Herzinfarkt und starb direkt bei uns vor der Haustür.

»Ach, du meine Güte«, sagte Sina.

»Ich glaube, wir müssen sie behalten«, sagte Old Tom und meinte damit mich, nicht die Sachbearbeiterin. Er kauerte sich hin, um zu überprüfen, ob bei ihr irgendwelche Wiederbelebungsmaßnahmen sinnvoll waren. Sie war ziemlich tot, aber er versuchte es trotzdem. »Das muss man«, sagte er später jedes Mal zu mir, wenn er die alte Geschichte ein weiteres Mal zum Besten gab. »Auch wenn sonnenklar ist, dass das nichts mehr bringt. Wer der Kirche der hoffnungslosen Fälle angehört, muss trotzdem alles versuchen.«

Eine solche Glaubensgemeinschaft oder Kirche gibt es nicht. Das war nur so eine Redewendung von Old Tom, die er oft benutzte. Vielleicht zog durch seinen Kopf ja ständig eine Prozession von hoffnungslosen Fällen. Vielleicht war sein Kopf außerdem noch mit einer Heerschar von Priestern bevölkert. Wer weiß? Oder er machte sich damit einfach über sich selbst lustig. Ein kleiner ironischer Kommentar zu seiner eigenen Person.

»Wir werden sie Franny nennen«, sagte Sina.

»Francesca.« Old Tom nickte. »Ein vornehmer Name.«

»Nein«, sagte Sina. »Nur Franny. Nicht als Abkürzung für irgendwas. Sie wird ein ernster, tatkräftiger und bodenständiger Mensch werden. Das spüre ich in meinen Knochen.«

Mit den Knochen von Sina zu streiten, versuchte Old Tom gar nicht erst.

»Von den Babysachen ist da drüben bestimmt nicht mehr viel übrig.« Sina schaute nachdenklich auf die rauchenden Überreste des Nachbarhauses.

Dann ließ Old Tom einen Rettungswagen kommen, damit sie die Leiche abtransportierten. Als die Rettungssanitäter fort waren, spazierten Old Tom und Sina mit mir auf dem Arm zu dem abgebrannten Haus hinüber, um die rauchenden Überreste von allen Seiten zu begutachten und sicher zu sein, dass dort auch wirklich keine Babysachen mehr übrig waren.

Was die Adoptionsstelle betraf, so hatte sie die Ware ausgeliefert. Was die Rettungssanitäter betraf, so war die Leiche der Sachbearbeiterin jetzt ihr Problem. Was Sina und Old Tom anging, waren sie der Meinung, dass eine so unfähige Adoptionsstelle, die sich um die Auslieferungen nicht weiter kümmerte, ihre Rechte an mir verspielt hatte. Das Schicksal hatte mich ihnen in die Hände gegeben und deshalb war ich jetzt zu ihrem Problem geworden.

»Tom, fahr nach Victoria und kauf Windeln und Babymöbel und Fläschchen und Milchpulver und was dir sonst noch einfällt. Ich nehme Franny und zeig ihr erst mal das Haus.«

Sina zeigte mir das Erdgeschoss mit dem Salon, der Bibliothek, der Küche, dem Esszimmer und dem Wohnzimmer, die alle große Kamine hatten, mit dem Sonnenzimmer samt dazugehörigem Wintergarten, der das

Terrain von Old Tom ist, obwohl er ans Haus angebaut ist, bei dem es sich eindeutig um Sinas Terrain handelt. Dann ging sie mit mir hoch in den ersten Stock mit den vier Schlafzimmern. Zwei davon liegen nach Süden mit Blick auf das Meer. Sie gehören Sina und Old Tom.

Obwohl sie miteinander verheiratet sind, könnte jeder verstehen, dass man leicht auf den Gedanken kommt, sie wären vielleicht Cousin und Cousine oder so etwas Ähnliches, weil sie nämlich beide die meiste Zeit ganz in ihrer eigenen Welt leben und Old Tom außerdem einen Kopf kleiner ist als Sina, was für eine Beziehung zwischen Ehemann und Ehefrau irgendwie merkwürdig ist. Also, na klar kann man sich die Größe anderer Leute nicht aussuchen. Aber man sollte meinen, dass Menschen, die nach ihrem künftigen Lebensgefährten oder ihrer künftigen Lebensgefährtin suchen, dabei zumindest im Hinterkopf haben, dass es etwas gibt, was das Küssen eindeutig bequemer macht: wenn nämlich beide ungefähr gleich groß sind. Oder dass zumindest der Mann einen Kopf größer sein sollte als die Frau. Umgekehrt ist es wirklich total unüblich. Aber Sina ist für eine Frau eben ziemlich groß und Old Tom für einen Mann eher kurz geraten, wenn auch keiner von beiden übertrieben groß oder übertrieben klein ist. Dazu kommt noch, dass Sina völlig in ihrer Bildhauerei aufgeht und Old Tom ganz in seiner Gartenarbeit, und wenn sie sich an dem kleinen Küchentisch gegenübersitzen, nachdem sie sich dort am späten Nachmittag zu einer gemeinsamen Tasse Tee eingefunden haben, scheinen sie den anderen oft kaum wahrzunehmen. Ich habe es schon häufig erlebt, dass jeder von ihnen gedankenverloren an seinem Keks knabbert und aus dem Fenster aufs Meer schaut, und wenn ich dann Hallo sage, drehen sie sich zu mir um und antworten mit »Hallo, Franny« und dann scheinen sie auf einmal zu bemerken, dass der andere auch da ist, und zucken zusammen. Ich bin daran gewöhnt, aber andere finden es vielleicht etwas merkwürdig, das will ich damit nur sagen.

Egal, jedenfalls geht mein Zimmer nach hinten raus und hat ein Fenster, von dem aus ich so grade mal das Meer sehen kann; da, wo die Küste eine Kurve macht, in Richtung Beechey Head. Von dort kann ich die Sonnenuntergänge beobachten. Dann gibt es da noch ein leeres Schlafzimmer und darüber liegen ein Stockwerk höher sechs kleine Zimmer für die Dienstmädchen (aber ohne Dienstmädchen) und der Speicher. Das ganze Haus ist wie eine altmodische Hochzeitstorte, mehrere Schichten übereinandergestapelt, mit Giebeln und Erkern und vielen Verzierungen.

Im Badezimmer im ersten Stock steht die Badewanne mit den Löwenpranken. Im zweiten Stock im Badezimmer gibt es eine ganz normale Badewanne. Aber Klos sucht man überall vergeblich. Weil das Haus schon hundertfünfzig Jahre alt ist, sind die Wasserleitungen eine

Maßnahme aus jüngerer Vergangenheit. Um Toiletten oder Elektrizität haben sich Old Tom und Sina nie gekümmert. Einmal habe ich Old Tom danach gefragt und er erzählte mir, als sie damals das ganze Durcheinander mit den Wasserleitungen hinter sich gebracht hatten – überall seien da nur Arbeiter, Arbeiter, Arbeiter gewesen –, hätten sie es nicht mehr über sich gebracht. Ich kann das gut verstehen. Wir leben hier ein wunderbar friedliches Leben und wurden bisher nie durch Verwandte, Freunde oder andere Besucher gestört. Deshalb muss das Eindringen der Wasserleitungsleute für Sina und Old Tom eine fürchterliche Erfahrung gewesen sein. Zum Glück war das, bevor ich zu den beiden kam. Sina findet auch, dass das ein großes Glück war, denn nach meiner Ankunft wurde Windelwaschen eine Zeit lang ihr Lebensinhalt.

Ganz oben bei unserem Haus befindet sich schließlich eine kleine Aussichtskuppel, die nach allen vier Seiten große Fenster hat und lange auf dem Dach hockte, ohne dass jemand sie nutzte, bis ich mich eines Tages dort eingenistet habe. Ich nenne sie die Laterne. Sina hat hinter dem Haus ihr Bildhaueratelier, wo sie den ganzen Tag arbeitet. Old Tom arbeitet in den Gärten und auf den Feldern. Und dann gibt es natürlich noch die Tiere, für die wir alle zusammen sorgen. Zwanzig weiße Leghorn-Hühner, zwei Ackergäule, fünf Jersey-Kühe und ein Stier. Schweine haben wir auch. Aber

Schweine kommen und Schweine gehen, deshalb lautet meine Devise: Häng dein Herz nicht zu sehr an Schweine! Schweine sind sehr klug. Klüger als Hunde, sagen manche Leute, und wenn ich ehrlich bin, macht es keine große Freude, wenn dich beim Abendessen vom Teller etwas anschaut, das ganz schön intelligent ist. Old Tom scheint sich daran nicht besonders zu stören, aber man weiß bei ihm nie. Er gehört nicht zu den Menschen, die ihren Kummer offen zur Schau tragen.

Von jedem Zimmer im Haus, außer vom leeren Schlafzimmer, von vier der Dienstmädchenzimmer und vom Salon, kann man das Meer sehen. Das Anwesen befindet sich in Sooke, an der Küste von Vancouver Island in British Columbia, und nennt sich East Sooke Farm. Wir haben es nicht weit bis Victoria, die Hauptstadt von British Columbia, und wenn wir eine Stadt brauchen, was nicht oft vorkommt, fahren wir dorthin.

Von meiner Laterne aus kann ich mit meinem Fernrohr Wale beobachten – Orcas und Buckelwale und manchmal auch einen Grauwal, der sich auf seiner Wanderung entlang der Westküste von seinen Freunden abgesondert hat, aus Versehen einen Umweg macht und sich durch die Juan-de-Fuca-Straße quält. Oft sieht man von den Walen nur eine Fontäne. Grauwale können sehr lange unter Wasser bleiben. Durch mein Fernrohr beobachte ich auch Fischotter, Seehunde, Seelöwen, Pumas, Bären, Adler, Habichte, Kaninchen, Wühlmäuse,

Eichhörnchen und manchmal auch Dinge, von denen ich gar nicht weiß, was sie sind. Früher konnte man auch Wölfe sehen. Heutzutage eher weniger.

Old Tom hat erzählt, dass sie einmal ein Mädchen hatten, das ihnen mit den Schweinen und beim Melken geholfen hat, und eines Tages ist sie ins Haus gekommen und hat ganz begeistert gerufen, was für ein nettes »Rudel Hunde« plötzlich aufgetaucht sei, alle ganz zutraulich, und wie sie sie bis zur Molkerei begleitet hätten. Als Old Tom ihr dann erklärte, um welche Tiere es sich in Wirklichkeit handelte, fiel sie glatt in Ohnmacht. Was ein solcher Blödsinn ist, sagte ich zu Old Tom. Weil es doch jetzt auch nicht anders war als vorher, als sie mit ihnen umherspazierte. Das zeigt mal wieder, dass unsere Erlebnisse oft gar nichts mit den Fakten zu tun haben, sondern allein damit, wofür wir etwas halten. Sie hatte ein Erlebnis mit netten, freundlichen Tieren gehabt, was sie aber nicht mit ihrem Märchenwissen über Rotkäppchen unter einen Hut bringen konnte. Obwohl nicht mehr viele Wölfe zu sehen sind, kann man sie manchmal hören. Jedenfalls hören Old Tom und ich sie. Sina behauptet immer, es seien Hunde, aber sie hat nicht bei allen Sachen recht. Obwohl sie glaubt, dass sie immer recht hat – genauso wie ich und Old Tom und ich vermute mal, überhaupt jeder auf der Welt.

Während Sina mir das Haus zeigte, fuhr Old Tom

in die Stadt, um alles zu besorgen, was ich brauchte. Er wusste nicht so recht, was dieses »alles« war, aber in Victoria hielt er in der Douglas Street jede mütterlich wirkende Frau an, der er begegnete, und gemeinsam stoppelten sie alle überlebensnotwendigen Utensilien für ein Baby zusammen. Eine besonders resolute Frau packte ihn dann noch und zerrte ihn zu Eaton's, dem einzigen Kaufhaus von Victoria, und erklärte ihm, was er sonst brauchte. Sie suchte sogar die Wiege für mich aus und duldete dabei keine Widerrede. Old Tom sagt, dass man immer irgendwo auf eine besonders resolute Frau trifft. Aber das kam ihm sehr gelegen, denn er wollte alles so schnell wie möglich hinter sich bringen und zu seiner Gartenarbeit zurückkehren.

Als Old Tom wieder zu Hause war, zeigte er mir alle seine Gärten, die er hier und da überall verstreut angelegt hatte. Sina richtete währenddessen das Kinderzimmer ein. Ich war vielleicht noch etwas zu jung, um alles richtig würdigen zu können, aber seine Stimme hat mich bestimmt beruhigt. Old Tom hat eine Stimme wie ein Reibeisen, aber gerade deswegen ist sie so besänftigend. Eine Stimme, die durch die Zeit abgenutzt und grobkörnig geworden ist. So besänftigend wie ein alter Quilt oder die Felsen am Meer, auf denen man so schön sitzen kann, weil sie Tag und Nacht immer wieder von glättenden Flutwellen überspült werden. Er zeigte mir den englischen Garten und den Kräutergarten. Er zeigte mir den italienischen Garten und den Garten mit den Statuen. Er zeigte mir den Küchengarten und den Obstgarten mit den Apfelbäumen. Er zeigte mir den Wildblumengarten und den Garten mit den exotischen Blumen und den japanischen Garten und den Heliotropgarten. Aber den Nachtgarten zeigte er mir nicht. Der blieb für mich verschlossen.

Dann ging er mit mir den Felspfad entlang, um mir die vielen kleinen Buchten und Strände zu zeigen. Old Tom hatte ein Boot, mit dem er zum Fischen rausfuhr, wenn das Meer nicht zu aufgewühlt war. Es lag an einem kurzen Steg vertäut, auf der ruhigeren Seite von einer der Buchten. Und als er danach die steilen alten Felsstufen vom Strand zur Weide hinaufstapfte, hinter der das Haus liegt, ließ er mich beinahe fallen. Da dämmerte ihm erst so richtig, dass Sina und er kleines Menschenkind bei sich aufgenommen hatten, und das Gewicht dieser Verantwortung, so erzählte er mir, lastete schwer auf ihm. Das sagte er auch zu Sina, als er dann in die Küche kam.

»Wir müssen annehmen, was das Leben uns aufträgt, oder wir sind wertlose Würmer«, sagte Sina.

Sina hat immer sehr entschiedene Ansichten und mag es gern schwarz-weiß. Old Tom dagegen weiß es zu schätzen, wenn die Dinge in einer Grauzone bleiben. Ich schwöre, dass ich mich daran erinnern kann, wie ich vom Meer hochkomme und von ihm so auf dem Arm gehalten werde, dass meine Augen das Licht des

Himmels wahrnehmen und das Gleiten eines Adlers und den Flug eines einsamen Reihers. Ich verspüre ein so großes Glücksgefühl, dass es keine Grenzen zu geben scheint zwischen mir und dem Himmel und dem Streifen Land und dem Meer und der Wiese. Ich bin zu Hause, denk ich glücklich, ich bin so zu Hause, wie man das in diesem irdischen Leben nur sein kann. Sina und Old Tom wunderten sich damals oft, dass ich nicht häufiger geweint oder geschrien habe. Aber hätte es ein größeres Glück geben können, als in all dem Licht und unter dem wechselnden Himmel und mitten im Leben aufzuwachsen und Teil davon zu sein?

An jenem ersten Abend damals fütterten mich Sina und Old Tom gemeinsam am Küchentisch, hoch aufgerichtet in dem Babysitz, den Tom für mich gekauft hatte, und danach schlief ich jede Nacht ruhig und friedlich durch. Sina sagte, in den ersten Monaten unseres Zusammenlebens in ihrem Haus hätte sie ziemlich oft mit den Wänden gesprochen, weil sie das Gefühl hatte, jemandem die Bedeutsamkeit all dessen erzählen zu müssen, was da gerade geschah, und weil Old Tom immer im Garten war. Und jeden Abend nach dem Abendessen setzte sie sich in den Schaukelstuhl, der im ersten Stock auf dem Treppenabsatz vor dem großen Fenster steht und von dem aus man aufs Meer schauen kann. Sie schaukelte und schaukelte und schaukelte und schaute und schaute auf den Horizont, wo das Meer aufhört und der Himmel beginnt. Sie sagte, dass sie dort auch vorher schon gesessen und geschaukelt hätte, aber mit einem Baby wäre es anders. Es hätte ein anderes Gewicht, mit mehr Bodenhaftung, und gleichzeitig läge darin so etwas wie die Vorahnung einer unbestimmten, nebelhaften, großen Zukunft.

An dem ersten Abend, als sie so dasaß und schaukelte, ging Old Tom hinaus in den Küchengarten, wie er das oft nach dem Essen machte.

»Du hast doch nichts dagegen, oder? Dass wir ein Baby bei uns aufnehmen?«, rief sie ihm vom Fenster aus zu.

»Würde das denn eine Rolle spielen?«, rief er über die Schulter zurück.

»Wahrscheinlich nicht«, sagte sie zu sich selbst. »Auf alle Fälle hat sich für uns drei, Franny, jetzt alles geändert. Für dich und mich und Old Tom. Aber so ist das Leben. Siehst du, wie die Sonne dahinten im Meer versinkt? Dieser Tag ist zu Ende. Er wird nie mehr wiederkehren. Alles hat sich für immer geändert. Denk daran jeden Morgen und jeden Abend und dann wirst du nichts anderes erwarten als das, was ist. Etwas anderes zu erwarten als das, was ist, macht Menschen unglücklich.«

Ich weiß nicht, ob ich sie das an diesem ersten Abend habe sagen hören. Aber weil sie diese kleine Rede recht häufig bei Sonnenuntergang hielt, hörte ich sie danach oft genug, um sie mir fest ins Gedächtnis einzuprägen.

Und seither bin ich groß geworden. Na, jedenfalls bin ich jetzt zwölf, was mir ziemlich erwachsen vorkommt. Und dann ist auf einmal Crying Alice in unser Leben getreten, was natürlich ebenfalls alles verändert hat.

DIE WEINENDE ALICE

Als alles begann, saß ich oben in der Laterne und schrieb an meiner Geschichte über unser Anwesen weiter. Am nächsten Tag war erst einmal für eine ganze Weile unser letzter Schultag, weil nämlich bei unserer Schule das Dach einzustürzen drohte. Und Handwerker zu finden, die es reparieren konnten, war kein Kinderspiel. Schließlich lebten wir im Jahr 1945, die ganze Welt war im Krieg und so gut wie alle tauglichen Männer bei uns, die normalerweise solche Dinge erledigten, waren auf der anderen Seite des Ozeans im Einsatz. Deshalb dauerte die Reparatur des Daches doppelt so lange wie in Friedenszeiten. Noch ein Grund mehr, die Nazis zu hassen, sagte unsere Schulleiterin.

Weil es keinen Ort gab, wohin man uns während der Bauarbeiten ausquartieren konnte, wurde beschlossen, dass wir unsere Sommerferien bereits jetzt im Frühling

haben sollten. Im Sommer, wenn das Dach fertig war, mussten wir dafür dann in die Schule gehen. Sie versuchten, es uns mit der Bezeichnung »Sonderfrühjahrsferien« schmackhaft zu machen, aber damit kamen sie bei uns nicht durch. Wir würden um unseren Sommer betrogen werden, und das war hart für die Familien, die ihre Kinder bei der Heuernte brauchten. Aber für mich bedeutete es auch, dass ich mich jetzt wochenlang ins Schreiben vertiefen konnte. In den Schulferien, auch im Sommer, schaffte ich immer ganz schön viel. Während des Schuljahrs war das nicht so, weil die Schule ziemlich weit weg von unserem Hof lag. Um am Morgen rechtzeitig da zu sein, musste ich früh aufstehen und erst über die Felder zur Becher Bay Road und dann bis zur East Sooke Road marschieren, wo ich in den Schulbus für die lange Fahrt bis zur Schule stieg. Dann folgte der Unterricht, den ich immer gern mochte, und danach der umgekehrte lange Weg zurück nach Hause. Und wenn ich es endlich geschafft hatte, fehlte mir normalerweise die kreative Energie, die man fürs Schreiben braucht.

Als Old Tom herausfand, dass ich eine Schriftstellerin bin, kaufte er mir in einem Trödelladen in Victoria einen großartigen Sekretär mit vielen Schubladen und einem Rollladen, der über die Platte heruntergezogen werden kann. Ohne dass ich es wusste, ließ er ihn anliefern und in der Laterne aufstellen. Was für eine Überraschung! Er hat sogar Geheimschubladen. Dann

trieb Old Tom für mich eine Schreibmaschine auf und sorgt seither zuverlässig dafür, dass mir der Nachschub an Papier nicht ausgeht. In meinem Kopf ist Sina immer diejenige, von der ich Geschenke bekomme, aber die besten Geschenke, die ich in meinem Leben bekommen habe, stammten von Old Tom und obwohl er mir nicht oft etwas schenkt und nicht viel dazu sagt, wenn er es tut, weiß er irgendwie ganz genau, wer ich bin und was ich mir wünsche. Einmal erzählte ich ihm von dem Plakat, das bei unserem Doktor im Wartezimmer hing und unter dem Motto »Das Traumland« stand. Ich war davon ganz besessen. Das Bild war voller Märchenfiguren und hatte einen geheimnisvollen tintenschwarzen Hintergrund – wohin man auch schaute, alles war voller Zauber und Verheißung – und zwei Wochen später brachte Old Tom mit stolzgeschwellter Brust ein gerahmtes Exemplar nach Hause und hängte es in meinem Schlafzimmer auf.

Manchmal lasse ich die Augen über das Bild wandern, auf der Suche nach einer Idee für eine Geschichte. Aber nach der Schule und nach dem Abendessen, wenn ich müde bin und an meinem Sekretär sitze, schaue ich nur nach draußen ins Dunkel. Von meiner Laterne aus kann man unendlich viele Sterne sehen.

Eigentlich hatte ich an der Erzählung von der Seejungfrau weiterarbeiten wollen, an der ich gerade schrieb, aber ich kam nicht voran. Ich war am selben Punkt angelangt wie immer bei meinen Geschichten, wo ich sie dann einfach in die unterste Schublade meines Sekretärs steckte und nicht mehr anrührte. Wenn das wieder einmal der Fall war, arbeitete ich an der Geschichte unseres Anwesens weiter, weil historische Ereignisse zu erzählen einfacher ist, als sich alles in der Fantasie auszudenken. Da hat man nämlich etwas in der Hand, worauf man aufbauen kann. Wenn man sich etwas ausdenkt, dann fängt man bei nichts an. Nein, nicht bei nichts – mit etwas, das man aus einem amorphen Zustand, in dem die Dinge zu erspüren sind, in eine lesbare Form verwandeln muss.

Unser Hof strahlte für mich etwas aus, das so geheimnisvoll war wie die Welten auf dem Plakat, das Old Tom mir geschenkt hatte. Schwer zu sagen, warum. Woher kommt es, dass ein Stück Land so lebendig wirken kann? Als würde es atmen und wäre durchdrungen von etwas, das sich nur noch nicht zeigen will – einer besonderen Energie? Es gibt Felszeichnungen an unserer Küste, die darauf hindeuten, dass bereits vor Tausenden von Jahren hier Menschen gelebt haben. Und dann waren da die Generationen von Menschen, denen das Anwesen gehört hatte. Wie die Witwe Brown mit ihren fünf Kindern, die Stück für Stück alles Land an Bauern und Geschäftsleute verkaufen musste, um ihre Steuern bezahlen zu können. So lange, bis ihr nur noch ein schmaler Streifen und das Haus blieben. Das Haus, das jetzt Old Tom, Sina und mir gehört. Der Mann, der die meisten Äcker aufgekauft hatte, überredete die Witwe Brown schließlich dazu, auch noch das wenige Land zu verkaufen, das sie behalten hatte, und zuletzt noch das Haus, was mich immer ganz traurig macht, und dann verwandelte er alles von einem Bauernhof in eine Sommervilla am Meer. Er legte jetzt schon lange verschwundene Tennisplätze an, untergepflügt und in einen Kartoffelacker verwandelt von meiner Großtante Bertha, die ihm einige Zeit später das Anwesen abkaufte und auch die übrigen Äcker erwarb, die die Witwe Brown an die Bauern ringsum veräußert hatte, sodass die 270 Morgen Land wieder beisammen waren. Als Tante Bertha starb, hinterließ sie ihren Besitz Old Tom. Sie erzählte ihm oft von den rauschenden Festen, die die Leute mit den Tennisplätzen damals gefeiert hatten, mit Lampions und Frauen in langen weißen Gewändern und lauter hochstehenden Gästen – all der Glamour war schon lange vom Winde verweht und trotzdem schien davon noch ein Hauch in der Luft zu liegen. Ich spürte es, so wie alles andere auch: etwas von den Menschen, die vor Jahrtausenden hier gelebt hatten, von der Traurigkeit der Witwe Brown, der Lächerlichkeit von Tante Bertha, die nach Old Toms Erzählungen genauso breit wie lang war und zu starken Gefühlsaufwallungen neigte.

Old Tom sagt, sie habe ihn immer an eine gedrungene Lokomotive erinnert, die über ihre Äcker stampfte und aus Ohren und Nasenlöchern Dampfwölkchen ausstieß. Keine Ahnung, ob unser Land durch die Menschen, die auf ihm lebten, zu dem wurde, was es ist. Oder ob die Menschen das Land in sich aufnahmen, um die zu werden, die sie dann waren. Ich fand alles, was mit Geschichte zu tun hatte, interessant und wann immer ich konnte, fischte ich nach Krümeln und Brosamen, indem ich die alten Leute in Sooke – eigentlich alle, die ich traf – nach ihren Erinnerungen fragte. Aber keiner konnte mir wirklich viel erzählen. Und so bedeutsam diese Schnipsel auch waren, nichts reichte an das heran, was ich in meiner Laterne verspürte, an das, was das Land mir mitzuteilen schien.

Weshalb ich es auch nicht schlimm fand, an meiner Geschichte der Geschichte weiterzuarbeiten, wenn mir keine Einfälle zu einer richtig erfundenen Geschichte kamen. Einfach weiterzuschreiben, egal was und worüber, das ist wichtig, glaube ich. Danach fühlte sich alles immer gleich viel besser an. Als ob da eine besondere Energie wäre, außerhalb von mir, die ich in mich aufsaugen kann, und dann bewegt sie sich durch mich hindurch und strömt durch meine Fingerspitzen hinaus aufs leere Blatt und schafft etwas Neues. Nichts, was am Ende auf dem Blatt steht, spiegelt diesen Augenblick von Magie wider. Aber die Hoffnung, dass es irgendwann vielleicht einmal so sein könnte, lässt mich weitermachen.

An dem Abend, als alles begann, hämmerte ich auf

der Schreibmaschine herum und wünschte mir, dass ich mehr Anekdoten über die Witwe Brown und ihre fünf Kinder zu erzählen hätte. Gerade überlegte ich, ob ich nicht einfach ein paar erfinden sollte, als ich von unten ein Stimmengewirr hörte. Aber von der Laterne bis zum Flur im Erdgeschoss ist es so weit, dass ich kein Wort verstehen konnte. Ich versuchte, durchs Fenster zu erspähen, von wem das Auto in der Einfahrt war. Nichts zu erkennen, es war zu dunkel.

Der Besuch ging wieder. Nachdem die Haustür ins Schloss gefallen war, spähte ich noch einmal hinaus. Kein Geräusch eines anfahrenden Autos war zu hören. Dafür entdeckte ich, dass der Strahl einer Taschenlampe über die Wiese wanderte. Also war die Person zu Fuß gekommen und demnach musste es sich um jemanden aus unserer weit verstreuten Nachbarschaft handeln. Als der Strahl die Becher Bay Road erreicht hatte und damit klar war, dass er oder sie auch wirklich für heute Abend verschwunden war, ging ich nach unten. Ich hatte nämlich keine Lust darauf, mit jemand reden zu müssen. Sina erzählte mir, was sich ereignet hatte.

Mrs Madden, allgemein auch als Crying Alice bekannt, war zu uns rübergekommen.

»Huuuhuu, Mrs Whitekraft!«, hörte Sina sie rufen, während Crying Alice bereits die Tür aufmachte und einfach so bei uns hereinspazierte. »Mrs Whitekraft? Ich weiß, dass wir nicht gerade die besten Freundinnen sind.

Oder auch nur gute Freundinnen. Oder überhaupt Freundinnen. Aber ich brauche Ihre Hilfe. Jetzt sofort. ICH BRAUCHE SIE, Mrs Whitekraft. Darf ich Thomasina zu Ihnen sagen?« Und dann fing Alice an zu schluchzen. Weinen kann Alice am allerbesten.

Sina und ich hatten sie Crying Alice genannt, nachdem wir unsere Erinnerungen zusammengetragen hatten, an welchen Orten sie schon überall in Tränen ausgebrochen war.

Wir hatten sie beim Elternsprechtag in der Schule weinen sehen, ohne irgendeinen ersichtlichen Grund. Ich wusste nicht viel über ihre drei Kinder, weil sie alle in andere Klassen gingen als ich, aber es schien sich bei ihnen um anständige Staatsbürger, gute Schüler und aufrechte Menschen zu handeln, wie Old Tom sagen würde. Jedenfalls kein Grund, ihretwegen in Tränen auszubrechen.

Wir hatten sie weinen sehen, als bei Brookmans die Eier ausverkauft waren. Brookmans liegt am Dorfrand von Sooke und ist für alle weit verstreuten Nachbarn der nächste Laden – und deshalb der Mittelpunkt unseres Gesellschaftslebens. Am Samstag liefern wir dort immer unsere Eier und unsere Milch ab und die Frauen treffen sich da gern, um miteinander ihren vormittäglichen Plausch zu halten.

Wir hatten Alice bei Weihnachtsaufführungen in der Schule weinen sehen.

»Na ja«, meinte Sina und räusperte sich verlegen, als wir darauf zu sprechen kamen. »Das kann wirklich allen mal passieren.«

Sina hat eine Schwäche für lispelnde kleine Weihnachtsliedersänger.

Alice weinte nicht einfach nur viel. Sie weinte in Situationen, in denen normale Menschen nicht gleich in Tränen ausbrechen müssen. Sie weinte, wenn ein paar Schlammspritzer auf ihr Kleid kamen. Sie weinte, wenn ihr Auto einen Platten hatte. Sie weinte, wenn sie bei Brookmans frisch geborene Kätzchen sah. Sie weinte, wenn sie ihre Kinder am ersten Schultag im Herbst vor der Schule absetzte. Und einmal hatten Old Tom und ich sie dabei erwischt, wie sie weinte, als ihr Auto an der Tankstelle mit Benzin betankt wurde. Wir saßen nebeneinander in unserem Lieferwagen und beobachteten sie fasziniert, bis sie schließlich wegfuhr.

»Da ist aber jemand unglücklich«, sagte Old Tom.

Als Sina den anderen Frauen bei Brookmans erzählte, dass wir Alice Madden immer nur »Crying Alice« nannten, fanden sie, dass es zu ihr passte. Danach erzählten sie uns, dass ihr Ehemann in Comox stationiert war, wo er die Reparatur- und Wartungsarbeiten für die *Argot*, das Spezialflugzeug der Canadian Air Force, durchführte. Er nannte sich selbst gern Fixing Bob, was zum Spitznamen Crying Alice irgendwie ganz gut passte. Vielleicht sollten alle Paare aufeinander abgestimmte Spitznamen haben, dachte ich und probierte innerlich Old Tom und Tall Sina aus, beide Male einsilbige Adjektive, aber es gefiel mir gar nicht.

Wie auch immer, als Crying Alice weinend zu uns kam, hatte Sina gerade ihren siebenunddreißigsten Brief an den kanadischen Premierminister William Lyon Mackenzie King aufgesetzt, in dem sie ihn darum bat, sich einen Schnurrbart wie sein Vorgänger Robert Borden wachsen zu lassen. Zum Wohle des Landes! *Borden war ein so attraktiver Bursche,* schrieb sie. *Und Sie sehen aus wie ein Milchbubi! Ich glaube, Sie würden auf internationalem Parkett viel ernster genommen werden, wenn Sie ...* War das genau der Ausdruck, den sie suchte? Gab es in der internationalen Politik Parkettfußboden? Egal, das sollte *er* dann rausfinden. Das würde er schon schaffen – schließlich war er der Premierminister.

Die Persönlichkeiten des öffentlichen Lebens, denen die Menschen die größte Aufmerksamkeit schenken, tragen nämlich alle Schnurrbärte. Denken Sie nur an Hitler. Oder an Mussolini. Oder an Franco. Überall Schnurrbärte. Was nicht bedeutet, dass Sie sich so schlimm wie diese Männer aufführen sollen. Ich sage nur, es ist höchste Zeit, dass Kanada sich endlich zusammenrauft und international et-

was mehr Profil zeigt. Aber mit einem Milchbubi als Premierminister, so befürchte ich, werden wir das nie schaffen. Ich habe Sie nicht zu meinem Premierminister gewählt. Ihre Partei (wenn ich so kühn sein darf, eine Meinung zu äußern) ist saft- und kraftlos. Trotzdem sind Sie nun mein Premierminister, und wir müssen alle versuchen, daraus das Beste zu machen. Augenscheinlich sind Sie der Meinung, dass ein gepflegtes Aussehen keine Rolle spielt. Dann will ich Ihnen mal sagen, dass es sehr wohl eine Rolle spielt! Deshalb auch mein Tipp: Lassen Sie sich einen Schnurrbart wachsen! Ich hoffe, Sie können meinen guten Rat so annehmen, wie er gemeint ist.

Hochachtungsvoll
Thomasina Whitekraft

PS: Ich bin mir sicher, dass sogar die Wählerinnen und Wähler, die Ihre Partei gewählt haben – zu denen ich, wie gesagt, nicht gehöre –, sich wünschten, Sie würden etwas tun, um weniger teigig zu wirken.

Sina murmelte den letzten Satz vor sich hin, während sie den Korridor entlangging, um nach dem Weinen zu sehen. Der Satz klang irgendwie nicht ganz richtig, deshalb sagte sie ihn sich noch einmal laut vor, um sich dann besser korrigieren zu können. *Sogar die Wählerinnen und Wähler, die Ihre Partei gewählt haben?* Nein, nein, nein, diese dreifache Wiederholung war unmöglich. *Sogar die Bürgerinnen und Bürger, die Sie gewählt haben?* Hmm, warum Bürgerinnen und Bürger so herausstreichen? *Ich habe Sie zwar nicht gewählt, aber wenn, dann würde ich ...?* Noch so eine Verschlimmbesserung. Und überhaupt war das falsch. Wir wählen unseren Premierminister ja nicht direkt. Außerdem war »teigig« vielleicht etwas schroff. Zwar durchaus zutreffend, aber schroff.

Sina war so in Gedanken versunken, dass sie ganz vergessen hatte, warum sie zur Haustür gegangen war, und Crying Alice, die mitten in der Eingangshalle stand und ihre Tränen über den Boden versprühte, überhaupt nicht wahrnahm. Sie machte einen Bogen um sie herum und schloss die Tür.

»Herrgott noch mal, es zieht! Passt denn da keiner auf?«

Danach wollte sie wieder zurück an den Küchentisch, auf dem sie ihre Schreibmaschine aufgestellt hatte.

»Mrs Whitekraft!«, rief Crying Alice.

Sina hörte sie, ihr Kopf fuhr herum und sie machte vor Schreck einen Satz in die Höhe. Mindestens einen

Meter, sagt sie. Alice wurde von solchen Schluchzern geschüttelt, dass sie das Gesicht an die Wand presste, was bestimmt Flecken geben würde, die nicht mehr wegzukriegen waren. Alles, was Sina von Alice sah, war ein zerzauster langer Haarschopf, und weil sie den Kopf ganz woanders hatte, war ihr erster Gedanke, dass ein großer, durchnässter Hund ins Haus geschlichen sein musste und jetzt bei ihr die Wand anpinkelte. Nach kurzer Zeit schaltete sie jedoch um, kam wieder mit beiden Beinen auf die Erde und stellte fest, dass es sich um einen Menschen handelte. Sie hätte es an der Kleidung erkannt, erklärte sie mir später.

»Ach herrje, sind Sie ein Einbrecher?«, fragte sie. Dann fiel ihr auf, dass die Wasserflecken an der Wand von dem schluchzenden, schniefenden Körper davor herrührten. »Sind Sie ein Einbrecher, der sich zumindest dafür schämt, einer zu sein? Raus mit Ihnen. Verschwinden Sie auf der Stelle! Sie haben Glück, dass ich Sie nicht anzeige.«

»Mrs Whitekraft! Ich bin keine Einbrecherin«, sagte Crying Alice. »Haben Sie mich vorhin nicht gehört? Erkennen Sie mich nicht? Ich bin Ihre Nachbarin.«

Da kam Sina vollends mit beiden Beinen auf die Erde zurück, erkannte jetzt ganz genau, mit wem sie es zu tun hatte, und war darüber nicht besonders erfreut.

»Seit wann brechen Sie denn in die Häuser von anderen Menschen ein, Mrs Madden? Nennen Sie das nachbarschaftlich? Raus mit Ihnen.« Sina wollte zu ihrem Brief zurück. Bevor sie dort ganz den Faden verlor. Der Gedanke, dass es einen Grund dafür geben könnte, weshalb Alice heulend vor ihr stand, kam ihr nicht. Alice weinte ja *immer*.

»Ich muss Sie um einen sehr großen Gefallen bitten«, stieß Crying Alice zwischen zwei Schluchzern hervor.

»Die Antwort ist nein«, sagte Sina. »Es geht nicht, dass Leute hier einfach hereinplatzen und alles durcheinanderbringen. So was können wir nicht gebrauchen. Ich bin gerade dabei, einen Brief zu schreiben, und Sie haben mich jetzt völlig aus dem Konzept gebracht.«

»Sie müssen mir helfen«, schluchzte Alice. »Sie müssen es einfach.«

»Muss ich das?«, fragte Sina. »Warum?«

»Weil ich Angst habe, dass mein Mann eine riesengroße Dummheit begeht.«

»Was für eine Art von Dummheit?«

»Eine gefährliche Dummheit. Ich spür es in den Knochen.« Crying Alice schnäuzte sich.

»Na, wenn das so ist«, erwiderte Sina, die stets alles sehr ernst nahm, was sie selber in den Knochen spürte. »Ich ahne zwar jetzt schon, dass mich das meinen freien Abend kosten wird. Aber kommen Sie doch mit in die Küche und erzählen Sie mir, was los ist.«

WAS SINA MIR ERZÄHLT HAT

Als Sina mit ihrer Erzählung so weit gekommen war, fragte ich: »Ach, du meine Güte, und was war der große Gefallen?«

»Ich werde ihre Kinder für eine Weile bei uns aufnehmen«, sagte Sina.

»Das kann nicht sein«, sagte ich und angelte zwei Kekse aus der großen Keksdose. Natürlich Pfadfinderinnenkekse, was sonst? Ich hatte das Gefühl, eine Gleichung mit zwei Unbekannten vor mir zu haben.

»Doch«, sagte Sina. »So ist es. Keine Ahnung, warum. Sie hätte alle möglichen Leute fragen können. Warum trifft es mich?«

»Vielleicht liebst du ja insgeheim kleine Kinder«, warf ich ein und machte mich auf meiner Seite des Küchentisches an Keks Nummer eins, indem ich ihn in zwei Hälften brach.

»Das müsste dann schon sehr, sehr insgeheim sein«, sagte Sina.

»Oder vielleicht ist es so was wie ein Tick von dir«, sagte ich und zerlegte den Keks sorgfältig in immer kleinere Häppchen, um ausreichend Nährstoff für meine Gedanken zu haben. Ein Stückchen Keks, ein kleiner kluger Gedanke, ein Stückchen Keks, so war mein Plan. »Schließlich hast du mich ja auch aufgenommen.«

»Das ist zwölf Jahre her. Außerdem warst du ein ganz besonderes Kind«, sagte Sina. »Das habe ich gleich gesehen. So etwas wie dich gibt es nur einmal. Du bist außergewöhnlich. Aber verlange jetzt bitte nicht von mir, dass ich in weitere Lobgesänge ausbreche. Das kannst du vergessen.«

»Danke«, sagte ich. »Nicht wegen des Gesangs, den du mir ersparst. Sondern wegen dem, was du vorher gesagt hast.«

»Nichts für ungut«, antwortete Sina. »Aber noch mal zu den Madden-Kindern. Es ist abgemacht und es gibt kein Zurück mehr. Ich hab ihr gesagt, dass sie morgen nach der Schule Winifred, Wilfred und Zebediah bei uns abliefern kann, und solange Alice in Comox ist, wohnen sie hier bei uns.«

»Oh«, sagte ich. Das war ein Schlag ins Kontor, aber es galt, Haltung zu bewahren. »Hab verstanden. Gut, dass wir die vielen Dienstmädchenzimmer unter dem Dach haben. Da sind sie gut untergebracht und wir können so tun, als wären sie gar nicht da.«

Was ziemlich durchtrieben von mir war, weil ich damit gleichzeitig unterstellte, dass diese fremden Kinder selbstverständlich unter dem Dach wohnen würden und nicht im ersten Stock bei uns zivilisierten Menschen.

»Ja. Gute Idee!«, sagte Sina, die die Lage sofort klar erkannte. »Obwohl es von dort bis zum Klohäuschen ziemlich weit ist. Jede Menge Stufen.«

»Die Dienstbotentreppe ist gar nicht so schlimm«, sagte ich. »Vielleicht ein bisschen steil, aber kleine Kinder sind flink wie Wiesel, wenn die Natur nach ihrem Recht verlangt. Wir könnten an den strategisch wichtigen Punkten Petroleumlampen aufstellen.«

»Die würden sie nur umstoßen und das Haus anzünden. Wir sollten besser einen der beiden Schaukelstühle auf dem Treppenabsatz im ersten Stock woanders hinstellen. Jungs können vielleicht noch um einen herumrennen, ohne sich das Genick zu brechen, aber gleich zwei, das wäre für sie zu viel. Jungs sind einfach solche Poltergeister. Und am besten händigen wir ihnen Taschenlampen aus.«

»Ja, das könnte funktionieren. Dann ist ja alles prima.« Ich war froh, dass die Madden-Geschwister wenigstens in einem anderen Stockwerk hausen würden, und beschloss, ihnen unter keinen Umständen den Zutritt zur Laterne zu erlauben. »Und für wie lang soll es eigentlich sein?«

»Tja, gute Frage. Keine Ahnung. Es handelt sich ja um Alice, wenn du weißt, was ich meine.«

»Verstehe. Also nicht viele Worte, dafür aber viele Tränen?«

»So ist es«, sagte Sina. »Sehr viele Tränen und sehr großes Tamtam. Sie scheint zu glauben, wenn sie ihren Mann nicht sofort auf dem Luftwaffenstützpunkt in Comox besucht, begeht er eine riesengroße Dummheit.«

»Was für eine Art von Dummheit?«, fragte ich.

»Tja, wer weiß das schon? Welche Dummheiten kann ein Flugzeugwartungstechniker denn begehen?«

»Hmm, vielleicht Putzmittel trinken?«, schlug ich vor. Sina und ich liebten solche Gedankengänge.

»Wischmopps Zöpfe flechten?«, schlug Sina vor.

»Vielleicht hat es ja gar nichts mit seinem Beruf zu tun«, sagte ich. »Vielleicht hat Alice Angst, dass er Tarantella tanzen lernt, und wenn man ihn ungehindert machen lässt, will er bald mit der Familie nach Süditalien ziehen.«

»Nach Süditalien?«

»Da stammt der Tanz her. Angeblich ahmen die Tanzschritte nach, was passiert, wenn man von einer Tarantel gebissen wird.«

»Wirklich, Franny, ich weiß nicht, wo du das alles immer herhast«, sagte Sina.

»Aus Büchern.«

»Jedenfalls habe ich das Gefühl, dass sie mehr weiß,

als sie mir sagen wollte. Sie scheint fest davon überzeugt zu sein, dass sie unbedingt nach Comox fahren muss.«

»Klingt schlimm«, sagte ich. »Schlimm oder melodramatisch. Aber wir kennen sie nicht wirklich gut genug, um das beurteilen zu können, oder?«

»Nein, tun wir nicht. War auch mein Gedanke. Ich fragte sie, ob er vielleicht nach Europa will, um die Bestie Hitler zu bekämpfen. Aber das hat sie verneint.«

»Hat sie denn gar keine Andeutung gemacht, was er im Sinn haben könnte?«

»Nein, kein Piepser.«

»Hast du Töne«, sagte ich.

»Meine Rede«, stimmte Sina mir zu. »Du hast den Nagel auf den Kopf getroffen. Herkommen, mich um einen so großen Gefallen bitten, Tränenspuren auf meinen frisch getünchten Wänden hinterlassen und sich dann weigern, mit Details rauszurücken – das widerspricht allem Anstand. Keine gute Kinderstube!«

Wir schauten beide aus dem Fenster und ich merkte, dass mir im Moment dazu nichts mehr einfiel. Deshalb machte ich den Keksen mit ein paar Bissen den Garaus.

»Ja, so schaut's aus. Und jetzt gehe ich ins Bett«, sagte Sina.

»Gute Idee«, antwortete ich. Und dann kam mir doch noch ein Gedanke. »Morgen ist der letzte Tag vor den Sonderfrühjahrsferien. Glaubst du, sie will die Kinder den ganzen Frühling hierlassen?«

»Keine Ahnung. Mir sagt ja keiner was.« Sina klang leicht verzweifelt. Während sie die Treppe hochstieg, hörte ich sie murmeln: »Teigig oder käsig? Was klingt weniger beleidigend?«

Bevor ich ins Bett ging, machte ich einen letzten Ausflug zum Klohäuschen, hockte dort zwischen Fledermäusen und Schmeißfliegen und dachte darüber nach, dass es wirklich nicht das war, was wir uns alle für den Frühling ausgemalt hatten, und wie sich alles mit einem Wimpernschlag ändern konnte. Auf einmal würden seltsame, fremde Kinder unsere 270 Morgen Land unsicher machen.

Dann ging ich zurück zum Haus. Ich konnte die Käuzchen rufen hören. Sie waren immer da, sie blieben immer unsichtbar. Ihr rätselhaftes Klagelied, *schu-huhu-huhu,* wie kleine Mönche in den Bäumen sitzend, ihre geheimnisvollen Rufe in die Nacht hinaussendend, ins schwarze Unbekannte. Sie fragten, wonach wir alle fragen, *du-du-du,* sie meinten mich, das spürte ich, *wo-wo-wo,* ich weiß es nicht, aber sie rückten das Universum wieder zurecht, lenkten mich auf meine gewohnten Bahnen und begleiteten mich mit ihren Rufen hinauf ins Bett.

SIE RÜCKEN AN

Was soll ich sagen, die Erde ist für uns alle ein Jammertal und am nächsten Tag tauchten sie bei uns auf. Kurz nachdem ich aus der Schule nach Hause gekommen war, brachte Crying Alice uns Winifred, elf Jahre, Wilfred, neun, und Zebediah, sechs, vorbei. Winifred und Wilfred sahen fast gleich aus, beide waren schmal und langgliedrig, hatten aschblonde Haare und viele Sommersprossen im Gesicht. Aber obwohl Wilfred jünger war als Winifred, war er größer. Außerdem trug er eine Hornbrille, die seine Augen groß und eulenhaft machte. Und er hatte eine Haartolle, die ihm immer wieder in die Stirn fiel. Winifred trug ihre langen Haare ordentlich gescheitelt. Zebediah war klein, hatte dunkle Haut, gelockte schwarze Haare und hätte aus einer vollkommen anderen Familie stammen können, so stark unterschied er sich von seinen beiden Geschwistern. Winifred,

Wilfred und Zebediah hatten jeder eine Reisetasche in der Hand. Ich musterte die Taschen und versuchte, von der Größe Rückschlüsse darauf zu ziehen, wie lange sie bleiben würden. Aber das war schwierig. Die Taschen waren mittelgroß. Das konnte heißen, dass Crying Alice eine Zu-viel-Packerin war und die Geschwister nur übers Wochenende bei uns bleiben würden *(bitte, bitte, lieber Gott)*, oder aber sie war eine Zu-wenig-Packerin und hatte vor, ihre Kinder für ein paar Monate bei uns abzuladen – und Sina musste dann nach einer Weile neue Sachen mit ihnen kaufen gehen. Oder Winifred, Wilfred und Zebediah waren es gewohnt, ein spartanisches Leben zu führen, und kamen mit dem Allernötigsten aus. In diesem Fall würden sie wenigstens kein Problem damit haben, nach draußen aufs Klohäuschen gehen zu müssen. Ich hatte einmal so komische Mädchen hier bei mir zum Spielen und von denen schienen alle zu glauben, bloß weil wir jetzt im Jahr 1945 lebten, müsste jedermann eine Toilette mit Wasserspülung im Haus haben. Weil ich mit dem Klohäuschen groß geworden bin, wäre ich nie auf die Idee gekommen, uns als «merkwürdig mittelalterlich« zu bezeichnen, wie eine dieser Eintagsfreundinnen sich ausdrückte.

Jetzt standen wir alle im Flur und beäugten uns gegenseitig.

Sina, fiel mir auf, hatte dasselbe falsche breite Lächeln aufgesetzt wie ich.

»Da wären wir«, sagte Crying Alice. »Winifred, immer schön gerade halten. Wilfred, nicht einschlafen. Zebediah, mach keinen Buckel. Also, Kinder. Ich fahr jetzt, um eurem Vater den Kopf zu waschen. Was auch immer er vorhat, ich muss es Fixing Bob ausreden. Seid brav. Esst viel Obst und Gemüse. Ich komme so bald wie möglich zurück. Mrs Whitekraft, darf ich Ihnen noch einmal sagen, wie nachbarlich das von Ihnen ist?«

«Hmm«, antwortete Sina. »Sagt man das wirklich so?«

»Und jetzt, Kinder, wollen wir uns frohgemut voneinander verabschieden.« Woraufhin Crying Alice in hysterisches Schluchzen ausbrach, sich umdrehte und es nicht einmal bis zum Auto schaffte, ohne alles mit Tränen zu überfluten. Wir sahen, wie sie übers Lenkrad gekauert dasaß und ihre Schultern von Kummer und Schluchzern erbebten, dann fuhr sie los und ihre Hand winkte zum Abschied fröhlich aus dem Fenster, bis das Auto verschwunden war.

Ich konnte nicht anders, als die fremden Kinder zu bewundern, weil sie mehr oder weniger normal wirkten und unbeeindruckt von diesem Theater schienen. Was bei dem Beispiel, das ihre Mutter ihnen gab, keineswegs zu erwarten war.

»Na, dann«, sagte Sina. »Das wär jetzt erledigt. Abendessen gibt es um halb sieben.« Dann verschwand sie in die Küche. Wir hatten vereinbart, dass ich den drei Geschwistern alles zeigen würde.

Winifred, Wilfred und Zebediah waren ganz begeistert von ihren winzigen Kammern unter dem Dach. Wir drängten uns zu viert bei Winifred.

»Das erinnert mich an eine Puppenstube«, sagte Winifred. »Mein erstes eigenes Zimmer habe ich erst jetzt bekommen, als wir hierhergezogen sind. Vor Comox haben wir auf dem Luftwaffenstützpunkt auf Prince Edward Island gewohnt. Das war, bevor die *Argot*, das große wichtige Flugzeug, für dessen Wartung Daddy verantwortlich ist, nach Comox verlegt worden ist.«

»Ja, weiß ich«, sagte ich nur und machte mir nicht die Mühe, ihr zu erklären, dass sich bei uns alles schnell herumspricht. »Deshalb sein Name Fixing Bob.«

»Ja, genau. Deshalb Fixing Bob. Mutter sagt, sie hätte genug davon, immer auf Luftwaffenstützpunkten zu wohnen. Comox war der dritte. Die Häuser sind immer klitzeklein, ohne genug Zimmer, und die Gärten sind auch immer klitzeklein und es gibt dort Menschen, die nicht mögen, dass Mutter immer so viel weint.«

»Hat deine Mutter auch einen Spitznamen? Würde mich nicht wundern, wenn manche sie Crying Alice nennen«, sagte ich versuchshalber. »Passend zu Fixing Bob.«

»Du bist ganz schön schlau«, sagte Winifred. »Dass dir gleich so was einfällt.«

»Hmm, na ja«, sagte ich und schlug die Augen nieder. Aber ich widersprach nicht. Dann hatten wir das ja gleich zu Anfang geklärt.

»*Flying* Bob«, verbesserte Zebediah, der bereits unter das Bett und in den Schrank gekrochen war und alle Kommodenschubladen aufgezogen und jeden Winkel der Kammer untersucht hatte. Überall klebten Staubmäuse an ihm, weil Sina eine bessere Bildhauerin als Hausfrau ist.

»Und jedenfalls sind wir dann in das Haus von unserer toten Tante Claire gezogen, hier in der Nähe«, sagte Winifred. »So kam das doch, oder, Wilfred?«

»Ja«, sagte Wilfred, der mich irgendwie an Old Tom erinnerte – immer freundlich, aber nicht bereit, mehr Worte zu verlieren als unbedingt notwendig.

»Es gibt genug Platz, sodass jeder ein eigenes Zimmer haben kann!« Winifred klang glücklich. »Und Mutter sagte, das sei jetzt die Gelegenheit! Endlich könnten wir ein richtiges Heim haben, und wenn Daddy sich unbedingt um die Wartung der *Argot* kümmern wolle, statt den Dienst bei der Air Force an den Nagel zu hängen und sich einen Job in Sooke zu suchen, dann würde sie einfach ohne ihn umziehen und darauf warten, dass er zur Vernunft käme. Sie würde jedenfalls mit uns Kindern in dieses Schloss von einem Haus ziehen, das wir geerbt haben. Und Daddy sagte, das könnten wir ruhig machen. Er würde weiter auf dem Luftwaffenstützpunkt wohnen und uns so oft wie möglich besuchen kommen. Vater liebt die *Argot*. So ist es doch, oder, Wilfred?«

»Ja«, sagte Wilfred.

»Es ist ein geheimes Spionageaufklärungsflugzeug, das tagelang in der Luft bleiben kann, ohne nachtanken zu müssen«, sagte Winifred.

»Es lässt auch Bomben fallen«, bemerkte Wilfred und strich sich dabei lässig die Haare aus den Augen, so als würde er uns erzählen, dass sein Hund auf Kommando Sitz! und Sich-im-Gras-Wälzen machen kann.

»Weil die *Argot* so wichtig ist, ist Daddy auch ein sehr bedeutender Wartungstechniker, weil er nämlich dafür sorgt, dass sie immer in Tipptopp-Zustand ist. Sie muss bei einem Notfall innerhalb von Sekunden startklar sein können«, ratterte Winifred weiter.

»Was für eine Art von Notfall denn?«, fragte ich.

»Ein Kriegsnotfall natürlich«, sagte Wilfred.

»Ach so, ein Kriegsnotfall«, sagte ich und dachte bei mir, wie unwahrscheinlich das war.

Vancouver Island war nämlich vollgestopft mit Soldaten und entlang der Küste waren an allen strategisch wichtigen Punkten Geschütze aufgestellt. Seit Beginn des Kriegs wohnten auf einem Teil von unserem Land, das wir zu Kriegszwecken ausgeliehen hatten, Soldaten in zusammengezimmerten Baracken. Zuerst fand ich es sehr aufregend, dass die Küste von unserem Hof aus verteidigt wurde. Aber trotz der großen Wachsamkeit hatte sich nie etwas ereignet. Der Krieg schien einfach nicht nach Vancouver Island kommen zu wollen, wogegen ich auch überhaupt nichts hatte. Miss Macy, eine unserer Nachbarinnen, die weder eine Arbeit noch Familie hat, machte gerne lange Spaziergänge über unser Anwesen, vor allem an der Küste entlang, und besuchte die Soldaten, um ihnen Pfadfinderinnenkekse zu verkaufen. Sie hatte mir erzählt, dass die meisten Soldaten herumhockten und Poker spielten.

»Vater arbeitet jeden Tag zwölf Stunden, damit das Flugzeug jederzeit einsatzbereit ist«, erzählte Winifred. »Mutter sagt, dass er für uns überhaupt keine Zeit mehr hat. Sie sagt, dass er das Flugzeug mehr liebt als uns.«

»Quatsch«, sagte Wilfred. »Mutter übertreibt mal wieder.«

Zebediah hatte bis dahin kein Wort gesagt. Er war unters Bett gekrochen und wieder darunter hervor, hatte die Matratze hochgehoben, um die Springfedern zu begutachten, und hatte versucht, vom Stuhl auf die hohe Kommode zu klettern. Jetzt stand er am Fenster und schaute hinaus.

»Was ist das denn für ein Garten?«, fragte er.

Ich trat zu ihm. »Da gibt es mehrere. Welchen meinst du denn?«

»Der mit dem Zaun und dem großen Schloss.«

»Oh«, sagte ich. »Das ist der Nachtgarten.«

»Warum heißt er so?«

»Wenn der Mond scheint, schau nachts aus dem Fenster und finde es selber raus«, sagte ich.

»Ist der Zaun wegen der Hasen und Rehe da?«, fragte Zebediah.

»Nein«, sagte ich.

»Oder wegen der Bären?«, fragte Wilfred.

Wir spähten jetzt alle zum Nachtgarten hinüber.

»Nein.«

»Warum dann?«, fragte Zebediah.

»Weiß ich nicht«, sagte ich. »Das hat Old Tom so gemacht.«

Ich wusste, warum, weil Old Tom es mir eines Tages erzählt hatte. Aber ich traute mich nicht, es zu sagen, weil es viel zu verrückt klang.

WINIFRED, WILFRED UND ZEBEDIAH RICHTEN SICH BEI UNS EIN

Der erste Abend ließ sich ganz gut an. Ich nahm Winifred, Wilfred und Zebediah auf eine kleine Besichtigungstour mit und zeigte ihnen unseren Hühnerstall und den Verschlag mit dem Stier und die Kühe im Stall. Danach zeigte ich ihnen die Ackergäule in ihrem abgetrennten Verschlag und schärfte Zebediah ein, dass er niemals, aber auch wirklich niemals zum Stier oder zu den Gäulen hineinklettern durfte. Unsere Pferde namens Tarzan und Molly sind sehr lieb, aber auch sehr groß, und Unfälle kommen einfach immer wieder vor. Der Stier ist einfach nur heimtückisch. Als ich mich das nächste Mal zu Zebediah umdrehte, war er verschwunden, und es dauerte etwas, bis wir ihn fanden. Er wollte gerade den Zaun rings um den Nachtgarten hochklettern.

»Hast du gehört, was ich über die Verschläge für den Stier und die Pferde gesagt habe?«, fragte ich.

»Aber warum ist da ein Zaun?«, fragte Zebediah. »Ich seh gar keine Tiere.«

»Ich hab dir doch gesagt, ich weiß es nicht. Herrgott noch mal, jetzt lass den Garten in Ruhe. Wir haben 270 Morgen Land, die du erforschen kannst. Warum musst du dir ausgerechnet das einzige Fleckchen aussuchen, das für dich verboten ist?« Aber natürlich war das genau der Grund, warum er sich dazu so hingezogen fühlte. »Kümmerst du dich um die Tiere?«, fragte Winifred.

»Ja. Also, ich meine, ich helfe dabei mit. Vor allem macht das Old Tom. Sina melkt die Kühe. Ich sammle die Eier auf und prüfe, ob sie in Ordnung sind. Und ich fahre samstags immer mit, wenn Sina die Milch und die Eier zu Brookmans bringt.«

»Wer ist das denn?«, fragte Wilfred und deutete auf eine vornübergebeugte Gestalt, die über einen Acker stapfte und danach die Straße überquerte, die als Schneise durch den Wald führt. Dorthin, wo das Militär an der Küste die schweren Geschütze installiert hat. Ich glaube, die Geschütze sind alle an wichtigen strategischen Punkten aufgestellt worden, um auf vorbeifahrende U-Boote schießen zu können, obwohl wir bisher noch nie ein U-Boot gesehen haben. Aber es war eine wohlbekannte

Tatsache, dass die Gewässer rings um Vancouver Island davon nur so wimmelten. Allerdings konnten es kaum die U-Boote von Hitler sein, die waren ja viel zu weit weg – obwohl, wer weiß? Dafür russische U-Boote, japanische U-Boote und amerikanische U-Boote. Ich hatte keine Ahnung, was sie da eigentlich machten, sie schienen einfach nur die Insel zu umrunden, aber es gab ja so viel, was mit dem Krieg zu tun hatte, das sie uns nicht erzählten.

»Das ist der Einsiedler«, sagte ich. »Sina und Old Tom haben ihm erlaubt, im Wald auf unserem Anwesen eine Hütte zu errichten, ein Stück weiter die Küste entlang. Er ist wahrscheinlich zur Molkerei unterwegs, um sich die Kiste mit den Lebensmitteln zu holen, die Old Tom ihm dort einmal in der Woche hinstellt.«

»Es gibt ziemlich viele Leute, die hier bei euch wohnen, ohne dass sie wirklich hergehören, oder?«, fragte Winifred.

»Ja, da hast du nicht ganz unrecht«, sagte ich. Es wäre taktlos gewesen, sie darauf hinzuweisen, dass sie mit ihren beiden Geschwistern auch dazu zählte.

»Ich will die Soldaten sehen«, rief Zebediah und rannte zur Militärstraße los.

»He, komm zurück«, brüllte ich.

Wir rannten ihm hinterher. Wilfred streckte den Arm aus, packte Zebediah am Hemdkragen und zerrte ihn zurück, so wie man es mit einem Hund an der Leine macht.

»Lass das, du Dummkopf! Du gehst sonst noch verloren!«, rief Winifred.

»Der verläuft sich nie«, sagte Wilfred.

»Stimmt«, sagte Winifred. »Trotzdem ist es unhöflich, ohne Erlaubnis einfach auf dem Grundstück von jemand anders herumzurennen.«

Zebediah schien das nicht so zu sehen. Ich hatte den Eindruck, dass er daran gewöhnt war, am Hemdkragen zurückgezerrt zu werden, und dass er mit der Ermahnung, erst auf die Erlaubnis von Fremden zu warten, nicht viel anfangen konnte.

Danach zeigte ich Winifred, Wilfred und Zebediah alle Strände und Buchten. Die Zeit verging im Flug und dann schlug Sina auch schon die Glocke zum Abendessen. Sie hatte das vor vielen Jahren bei uns eingeführt, als Old Tom und ich uns immer irgendwo auf dem Anwesen herumtrieben und sie sich nicht die Kehle heiser schreien wollte, wenn das Abendessen fertig war.

Wir saßen um den Küchentisch und aßen Sinas Thunfischauflauf, eines von sechs Gerichten, die sie kochen kann. Sie hat ein begrenztes Repertoire, aber alles schmeckt gut. Sinas Blicke schossen nervös von einem Kind zum anderen, und als wir später zusammen den Abwasch machten, während die Madden-Geschwister in der Badewanne waren oder ihre Sachen auspackten, gestand sie mir, sie hätte jeden Augenblick befürchtet, dass eines von ihnen in wildes Schluchzen ausbrechen könnte.

»Ob mit der Muttermilch oder durch das Vorbild, es kann nicht spurlos an ihnen vorbeigegangen sein«, sagte sie, »und es würde mich nicht wundern, wenn eines der drei Kinder dieselben Symptome zeigte. Du weißt schon, die melancholische Hysterie.«

»Sie wirken eigentlich ganz vernünftig«, sagte ich. »Zebediah ist vielleicht ein bisschen zappelig.«

»Alle kleinen Jungs sind zappelig«, sagte Sina, »wenn sie genug zu essen kriegen und ihre normale Jungsenergie haben. Nur die hungerleidenden kleinen Jungs im kriegsgeplagten Europa haben vermutlich ihre Zappeligkeit verloren, was einen ganz schön traurig machen kann. Aber wenn sie genug zu essen kriegen, dann ist das bei ihnen einfach so. Ihre ganze Energie geht in ihre Hibbeligkeit. Gib ihnen genug zu essen und sie hibbeln. Glaubst du, dass es heute Abend genug war? Ich hab noch nie für sechs Personen gekocht. Und sie werden doch nicht drei Mahlzeiten am Tag erwarten, oder? Warme Mahlzeiten, meine ich. Was denkst du, sollte ich vielleicht eine Köchin einstellen? Hat mir nicht Mrs Brookman erzählt, dass ihre Nichte jetzt bei ihr wohnt und nach Arbeit sucht? Ich frag sie mal, wenn ich morgen bei ihr bin. Es ist schwer, gleichzeitig Künstlerin und Hausfrau zu sein.«

Diese Aussicht begeisterte mich. Sina ist eine gute Köchin, aber unser Speiseplan war von einer gewissen Eintönigkeit geprägt. Ich hatte jede Menge Romane aus dem

19. Jahrhundert gelesen und ganze Sommer damit verbracht, in der Hängematte alte Ausgaben der *Zeitschrift für die Frau* durchzublättern, die ich auf dem Speicher in einer Kiste gefunden hatte. Deshalb verband ich eine Köchin mit einem weitläufigen, adeligen oder großbürgerlichen Haushalt, in dem achtzehngängige Menüs mit Fasanen und englischen Puddings und Gerichten, die so interessante Namen wie Ochsenschwanzterrine, Tournedos Rossini oder Esterházy-Rostbraten trugen, serviert wurden. Jedes Essen war da ein Abenteuer. Mir gefiel die Vorstellung, bei uns eine Köchin zu haben, und ich hoffte, dass sie wenigstens kugelrund war. Denn alt konnte sie ja nicht sein, wenn es sich um Mrs Brookmans Nichte handelte. Die Köchinnen in den Romanen aus der Zeit von Königin Viktoria und in den Fortsetzungsromanen aus der *Zeitschrift für die Frau* waren nämlich immer fett und alt und unansehnlich – darum widmeten sie sich auch so hingebungsvoll der Küche. Ich sah schon Windbeutelschwäne, Eisbomben und andere Köstlichkeiten wie aus dem Märchenland an meinem inneren Auge vorbeiziehen. Dann dämmerte mir etwas Grauenhaftes.

»Aber sie wird nicht auch noch bei uns wohnen, oder?«

»Gute Frage. Das Benzingeld, damit sie jeden Tag von Brookmans hierher und wieder zurück fahren kann, werde ich ihr jedenfalls nichtbezahlen. Soweit ich weiß, wohnt Mrs Brookmans Nichte zusammen mit ihnen über dem Laden, das muss ziemlich beengt sein. Bestimmt wird sie die Gelegenheit nutzen, um dort wegzukommen. Wir haben doch die Hütte, in der wir die Erntearbeiter unterbringen, falls wir mal welche haben. Da kann sie sich ausbreiten.«

»Aber du fragst sie vorher, ob sie kochen kann. Versprochen?«

»Ich werde mich bemühen, dran zu denken«, sagte Sina.

* * *

Als wir mit dem Abwasch fertig waren, versammelten wir uns alle im Salon, wo Sina sich ans Klavier setzte und wir miteinander Lieder sangen: Songs aus Musicals, Volkslieder, Nationalhymnen, Schlager. Sina hatte ein ganzes Regal voller Notenblätter. Winifred kannte ziemlich viele von den Liedern, weil sie mal in einem Chor gesungen hatte. Zebediah trommelte dazu mit zwei Stiften, die ihm zwischen die Finger gekommen waren, auf ein Beistelltischchen. Was ein ziemlich störendes Geräusch war. Schließlich stand Old Tom auf und holte aus der Küche Löffel. Er zeigte Zebediah, wie er mit zwei Löffeln den Takt mitklopfen konnte, und sie spielten eine Weile alle beide auf ihren Löffeln, bis Zebediah die Lust dazu verlor.

»Ich will in den Nachtgarten, weil jetzt Nacht ist«,

sagte er. »Ich kann über den Zaun klettern und dann weiß ich, was dahinter ist.«

Old Tom hielt inne und packte Zebediahs Löffel, damit er einen Moment zu zappeln aufhörte. »Der Nachtgarten ist strengstens verboten«, antwortete er. »Keiner von euch geht da rein. Nie.«

»Warum?«, fragte Zebediah.

»Das geht dich nichts an«, sagte Old Tom, legte die Löffel weg, ging zum Sofa und fing an, seine Zeitung zu lesen.

Danach herrschte eine ungemütliche Stille, die Sina dadurch zu füllen versuchte, dass sie auf dem Klavier einen lautstarken Marsch spielte. Aber zu spät. Die fröhliche Stimmung des Abends war dahin und am Ende beschlossen wir alle, dass es an der Zeit war, auf unsere Zimmer zu gehen. Sina zündete die Petroleumlampen an und verteilte sie. Vor dem Einschlafen lasen Old Tom, Sina und ich meistens noch lange in unseren Betten. Keine Ahnung, was Winifred, Wilfred und Zebediah gewöhnlich machten, aber sie gingen ebenfalls in ihre Zimmer hoch. Ich beschloss, noch einmal meine Erzählung von der Seejungfrau hervorzuholen, bevor ich schlafen ging. Einen letzten Versuch war es wert. Deshalb stieg ich in meine Laterne hinauf. Mit der Ankunft der Madden-Geschwister, das merkte ich jetzt schon, würde ich tagsüber wenig zum Schreiben kommen und musste dafür den Abend nutzen.

Trotzdem – und obwohl wir Gäste im Haus hatten – war es ein schöner Tag gewesen und sogar ein ziemlich normaler Abend.

Dann hörten wir plötzlich alle die Rufe.

VOM ZUSAMMENTREFFEN EINES UFOS, EINER KÖCHIN UND EINES GEHEIMNISVOLLEN BRIEFWECHSELS

Ich saß an meinem Sekretär und schrieb. Old Tom war nach unten gegangen, um sich ein Glas Wasser zu holen. Die Madden-Geschwister waren in ihren Dachkammern und machten, was sie wollten. Es hörte sich so an, als würde Zebediah auf seiner Matratze herumhopsen. Vielleicht haben wir ihn doch etwas zu viel gefüttert, überlegte ich gerade, als Sina plötzlich aus ihrem Zimmer herauspolterte und brüllte: »Ufo! Ufo! Ufo!«

Wir rannten auf der Treppe hinter ihr her, bis wir schließlich alle unten vor dem Haus standen. Dort starrte Sina in den Himmel hinauf, drehte sich fieberhaft hin und her und brüllte weiter: »Ufo!« Wir starrten mit ihr hoch, aber keiner von uns sah etwas. Jedenfalls nichts als den Nachthimmel mit seinen Sternen und dem Mond.

»Vor meinem Fenster!« Sina keuchte. »Vor meinem Fenster! Ich saß auf dem Bett und las, als ich ein Geräusch hörte, aufschaute und durchs Fenster etwas sah, das mit Lichtern bedeckt war, vor allem blaue Lichter, und es hat direkt vor meinem Fenster angehalten, auf der anderen Seite der drei hohen Tannen da drüben. Blieb da einfach in der Luft stehen. Zuerst dachte ich, das müsste was vom Militär sein. Ein Militärhubschrauber, denn welches Flugzeug kann einfach so in der Luft still stehen? Ich saß auf dem Bett und spähte durch die Tannen hindurch und fragte mich, was um Gottes willen da gerade vor meinem Fenster in der Luft parkte, und da bemerkte ich, wie riesengroß es war. Riesengroß und vollkommen reglos. Und ich dachte, warum ist es eigentlich mit einer Christbaumbeleuchtung geschmückt? Und dann raste es aus dem Stand in Lichtgeschwindigkeit davon. Ich habe nie etwas gesehen, das sich so schnell bewegt hat. Wie ein Blitz war es verschwunden. Nichts auf dieser Erde kann so schnell beschleunigen, im Bruchteil einer Sekunde von absolutem Stillstand auf Tausende von Kilometern in der Stunde.«

»Was ist denn ein Ufo?«, fragte Zebediah.

»Ein unidentifiziertes fliegendes Objekt«, sagte Winifred.

»Blödsinn«, sagte Old Tom. »So was gibt es nicht.«

»Das hab ich bis heute Abend auch gedacht!«, rief Sina. Es klang verzweifelt. »Aber man kann ja schlecht abstreiten, was man mit eigenen Augen gesehen hat! Willst du etwa behaupten, dass ich kein Ufo gesehen habe?«

»Also, ich bin mir sicher, du hast irgendwas gesehen.« Old Tom kratzte sich am Kinn. »Vielleicht eine Lichtspiegelung. Oder wahrscheinlich war es doch ein Militärhubschrauber. Du hast ja gesagt, dass es auf der anderen Seite von den Tannen war und dass du es nur durch die Zweige hindurch hast sehen können. Das hat dich vielleicht etwas verwirrt.«

»Sei nicht albern. Kein Hubschrauber könnte so schnell fliegen«, sagte Sina.

»Hat es sich denn wie ein Hubschrauber angehört?«, fragte Old Tom.

»Es hat Geräusche gemacht. Ich hab was gehört – sonst hätte ich ja nicht von meinem Buch aufgeschaut. Aber es hat sich nicht wie ein Hubschrauber angehört.«

»Wie hat es sich denn dann angehört?«, fragte ich.

»Weiß ich nicht«, sagte Sina. »Es war jedenfalls nicht so laut wie ein Hubschrauber.«

»Komm wieder rein und hör auf, den Kindern Angst einzujagen«, sagte Old Tom.

»Ich hab keine Angst«, sagte Zebediah.

»Ich auch nicht«, sagte Wilfred.

»Vielleicht wollte Flying Bob nachschauen, wie es uns geht«, sagte Zebediah.

»Nein, Zebediah. Daddy fliegt nicht selber. Er wartet das Flugzeug nur«, sagte Winifred.

»Aber er könnte es fliegen, wenn er wollte«, sagte Zebediah. »Das hat er mir erzählt.«

»Jaja, jetzt lasst uns alle reingehen«, meinte Old Tom.

Wir drängelten zurück ins Haus, aber ich spürte ganz deutlich, dass Sina noch nicht wieder reingehen wollte. Als sie das Ufo vor dem Fenster entdeckte, musste ich so in meine Seejungfrau-Erzählung versunken gewesen sein, dass ich gar nichts gesehen oder gehört hatte. Ich hatte einfach nur vor mich hingetippt.

»Ich glaube, wir sollten jetzt alle schlafen gehen. Aber weck mich auf, wenn dich noch mehr Marsmännchen ausspionieren sollten.« Old Tom kicherte.

»Hör auf damit«, fuhr ihn Sina an. »Ich weiß genau, was ich gesehen habe.« Aber dann wirkte sie verunsichert. »Entschuldigung, ich wollte dich nicht so anfahren.« Sie beruhigte sich allmählich. »Ich weiß, dass du es nicht gesehen hast. Aber das ändert nichts daran, dass ich es gesehen habe.«

»Lichter können uns nachts manchmal täuschen«, sagte Old Tom. »Ich behaupte ja nicht, dass du nichts gesehen hast. Die Frage ist nur, was. Es könnte alles Mögliche gewesen sein.«

»Vielleicht war es ja Flying Bob.« Zebediah ließ nicht so schnell locker.

»Jetzt mach dich nicht lächerlich, Zebediah«, sagte Winifred. »Es war nicht Flying Bob und es war auch nicht der Weihnachtsmann.«

»Und was war es dann?«, fragte Zebediah.

»Das werden wir wahrscheinlich nie erfahren«, sagte Old Tom. »Könnte auch sein, dass Sina eingeschlafen ist und alles nur geträumt hat. Mit Träumen verhält es sich manchmal ganz merkwürdig. Sina war auch schon als Schlafwandlerin unterwegs.«

»Ich bin nicht eingeschlafen und ich habe es auch nicht geträumt«, sagte Sina, stapfte in ihr Zimmer zurück und knallte die Tür hinter sich zu.

Old Tom zog die Augenbrauen hoch und verdrehte vor uns Kindern die Augen. Aber anstatt ebenfalls nach oben zu gehen, nahm er seine Petroleumlampe, stellte sie neben das Sofa und begann, ein Buch zu lesen. Ich stand in der Tür und beobachtete ihn. Vor uns hatte er so getan, als würde er kein Wort glauben, aber ich bemerkte, wie seine Blicke immer wieder zum Fenster wanderten.

* * *

Am Morgen waren wir beim Frühstück alle fröhlich und gut gelaunt. Old Tom hob seine Kaffeetasse hoch, griff nach der Untertasse und ließ sie in der Luft kreisen.

»Was ist das?«, fragte er Zebediah.

»Weiß ich nicht«, antwortete Zebediah.

»Das ist eine fliegende Untertasse«, sagte Old Tom.

»Ha, ha«, sagte Sina. »Ich geh ins Atelier. Lass es mich wissen, Franny, wenn du die Eier in die Kartons gepackt hast, dann stellen wir sie mit der Milch hinten in den Lieferwagen und fahren zusammen zu Brookmans. Da frag ich dann auch wegen der Köchin.«

»Dürfen wir mitkommen?«, fragte Winifred.

»Dürft ihr«, sagte Sina. »Ihr müsst allerdings hinten bei den Milchkannen und den Eiern sitzen.«

»Manno!«, rief Zebediah.

»Klasse«, sagte Wilfred.

»Wollt ihr Jungs mir vielleicht dabei helfen, Kartoffeln zu pflanzen, während ihr auf die Mädchen wartet?«, fragte Old Tom.

»Prima, Mann!«, rief Zebediah.

»Ja, wirklich klasse«, sagte Wilfred.

»Das sagt ihr jetzt«, murmelte Old Tom. »Habt ihr schon mal Kartoffeln gepflanzt?«

»Nein«, sagte Wilfred.

»Dachte ich's mir«, sagte Old Tom und gemeinsam trabten sie hinaus zum Kartoffelacker, während Winifred und ich die Küche aufräumten.

Zwischen uns entstand einer dieser peinlichen Momente, wenn man auf einmal nur noch zu zweit ist und so stark darüber nachgrübelt, worüber man sich jetzt unterhalten könnte und ob einem etwas einfällt, dass einem überhaupt nichts einfällt.

»Na dann«, sagte ich schließlich, nachdem wir zehn Minuten nichts zueinander gesagt, sondern nur nebeneinander abgespült und abgetrocknet hatten.

»Ja?«, fragte Winifred.

Danach bekamen wir beide einen roten Kopf.

»Sag mal!«, sagte sie. »Ist Franny eigentlich die Abkürzung für irgendwas?«

»Nein«, sagte ich. »Einfach nur Franny. Und du? Nennt dich eigentlich manchmal jemand Winnie? Oder Wilfred jemand Will oder Willie?«

»Nein«, sagte Winifred und es wirkte fast so, als würde sie es bedauern. »Daddy würde es manchmal gerne tun, aber Mutter sagt, dass sie sich nicht die Mühe mit unseren Namen gemacht hat, damit dann so hässliche Kurzformen verwendet werden. Sie sagt, wenn man einmal damit anfängt, kehrt man nie mehr zu den richtigen Namen zurück.«

»Hmm«, sagte ich und dachte nach. »Da hat sie wahrscheinlich recht.«

»Du kannst mich gern Winnie nennen, solange wir hier sind«, sagte Winifred. »Wenn dir das lieber ist.«

»Oh, ich hab da keine besonderen Vorlieben. Aber wenn wir schon dabei sind«, fügte ich gerissen hinzu, »wie lange habt ihr eigentlich vor zu bleiben?«

»Keine Ahnung. Mutter hat es uns nicht gesagt. Ich

weiß nur, dass sie sich Sorgen macht, Daddy könnte irgendwas Dummes anstellen, aber sie hat nicht gesagt, was. Sie hat uns überhaupt nicht viel gesagt.«

»Und hast du sie nicht gefragt?«

»Mutter macht sich dauernd Sorgen. Sie glaubt ständig, dass irgendwo gleich eine Katastrophe ausbrechen wird, aber das passiert nie. Sobald sie sicher ist, dass Daddy nichts Schlimmes anstellt, kommt sie zurück.«

»Na dann«, sagte ich, »wollen wir mal die Eier suchen.«

Wir gingen zum Hühnerstall. Grundsätzlich gibt es Hühner, die freundlich sind, und solche, die nicht so freundlich sind. Ich brachte Winifred bei, wie sie sich den Hühnern am besten näherte, und warnte sie vor denen, die ihr dabei das Leben schwer machen würden. Bereits die erste Henne, bei der sie es versuchte, flatterte auf und pickte sie. Winifred rannte schreiend aus dem Hühnerstall und wollte draußen gar nicht aufhören, hysterisch zu brüllen. Ich fragte mich, ob das wohl ihr bisher unentdecktes Erbe von Crying Alice war. Andererseits, wir hatten alle mal unsere schlechten Tage, an denen uns ein dummes Huhn über die Leber lief.

»Was für ein grässliches, grässliches Huhn«, rief sie, nachdem sie wieder zu Atem gekommen war.

Ich musterte das Huhn und sagte: »Ja, und jetzt zeig ich dir mal, was wir mit grässlichen Hühnern machen.« Ich näherte mich der Henne, packte sie mit festem Griff an den Füßen und steckte sie in den Käfig in der Ecke des Hühnerstalls.

»Machst du das, damit es nicht länger jemand picken kann?«, fragte Winifred. Vorsichtig traute sie sich wieder in den Hühnerstall zurück.

»Kann man so sagen«, sagte ich. »Ich soll jede Woche die faulste Legehenne aussuchen und hinter Gitter bringen. Das wird dann unser Sonntagsbraten. Aber ich nehme immer die, die mich am meisten ärgert. Darf bloß keiner wissen.«

»Ich glaub nicht, dass ich von dem Huhn was runterkriege«, sagte Winifred. »Das käme mir so vor, als würden wir keine Gefangenen nehmen, sondern unsere Feinde gleich aufessen.«

»Wenn du erst mal den Duft von Old Toms Sonntagshuhn schnupperst, wirst du deine Meinung schnell ändern. Aber egal. Jetzt lass uns die Eier durchleuchten und in die Kartons packen.«

Winifred und ich gingen in den Eierdurchleuchtungsraum neben dem Hühnerstall. Nachdem ich ihr gezeigt hatte, wie man das Ei vor die Prüflampe hält und nach winzigen Blut- oder Fleischklümpchen sucht, wurde sie eine großartige Eierdurchleuchterin. Sie fand mehrere Eier mit verdächtigen Pünktchen, die wir in eine Extraschachtel steckten. Das waren die Eier für unseren Hausgebrauch. Sina sagt, dass man sie gut essen kann, wenn man in solchen Sachen nicht übertrieben zimperlich ist. Winifred zerbrach kein einziges Ei. Dann gingen wir wieder ins Haus, um uns die Hände zu waschen, bevor wir zu Brookmans fuhren. Ich folgte ihr die Treppe hoch nach oben. Winifred hatte etwas Blut auf ihrer Bluse, wo die Henne sie gepickt hatte, und wollte sich umziehen.

»Ich bin in der Laterne«, sagte ich. »Ruf mich, wenn du fertig bist.«

Es ist mir ein Bedürfnis, so oft wie möglich dort oben zu sein. Nicht um immer zu schreiben oder durchs Fernrohr nach Walen zu suchen, sondern einfach nur, um da zu sein. In diesem Raum, in dem jederzeit etwas geschehen kann. Als würde ich ihn betreten und spüren, dass da etwas auf mich wartet.

»Was ist da oben eigentlich?«, fragte Winifred. »Kann ich mit hochkommen und es mir anschauen, bevor ich mich umziehe?«

»Nein, tut mir leid, da darf keiner außer mir hoch. Da schreibe ich. Ich will nämlich Schriftstellerin werden.«

»Oh«, sagte Winifred. Sie dachte darüber nach und fragte dann: »Kann ich etwas lesen, das du geschrieben hast? Etwas, das schon fertig ist?«

»Ähm, so weit bin ich noch nicht.«

»Woher weißt du dann, dass du es kannst?«, fragte sie.

»Tu ich nicht. Das ist ja das Schwierige daran. Aber versuchen muss ich es trotzdem.«

Das erinnerte mich irgendwie an Old Toms Kirche der hoffnungslosen Fälle. Aber sollte ich mein Schreiben deswegen für eine sinnlose Mühe halten? Oder warum verfiel ich auf einmal ins Grübeln?

»Schreib doch über Sinas Ufo!«, schlug Winifred vor.

Das ist das Problem, wenn man Leuten davon erzählt, dass man schreibt. Sie wollen einem dann immer Dinge vorschlagen, über die man doch schreiben soll. Als ob die Dinge, über die man schreibt, von ihnen kommen könnten. Oder von einem selber.

»Wolltest du dich nicht umziehen?«, fragte ich.

»Ich merke schon«, sagte Winifred, »du hast keine Lust, drüber zu reden.« Dann lief sie fort, um sich umzuziehen, und war überhaupt nicht beleidigt. Hätte sie aber sein können, wenn sie meine Abwehr als Hochnäsigkeit interpretiert hätte. Durch das Zusammenleben mit Crying Alice war sie ja vielleicht abgehärtet, was merkwürdige Menschen betraf.

Als ich die Treppe hochstieg, hatte ich plötzlich eine Idee. Ich tippte auf ein Blatt Schreibmaschinenpapier *Kirche der hoffnungslosen Fälle*, stellte mich auf einen Stuhl und befestigte das Blatt mit Reißnägeln draußen an der Tür. Danach fühlte ich mich besser, so als würde ich nichts beschreien, sondern hätte das Gegenteil getan. Ich hatte den Druck rausgenommen. Wenn mein Schreiben ein hoffnungsloser Fall war, wenn ich die hoffnungslosen Fälle feierte und ehrte, dann konnte sich vielleicht heimlich wieder etwas Hoffnung hineinschleichen und dann passierte doch etwas.

Ich hörte Winifred nach mir rufen, deshalb rannte ich zu ihr runter und wir gingen zu Sina ins Atelier.

Sina starrte die Skulptur an, die sie an diesem Vormittag gemacht hatte. Es war eine Seejungfrau und ich fand die Statue ziemlich schön, aber während wir dastanden und schauten, versetzte Sina ihr einen Tritt und trampelte auf ihr herum.

»Kinderkram!«, rief sie. »Ich geb's auf. Ich geb's einfach auf. Ich wollte immer Skulpturen in Marmor erschaffen. Michelangelo, ha, das ist ein Künstler!«

»Und warum machen Sie es dann nicht?«, fragte Winifred.

»Ich hab's versucht. Ich kann nicht. Mein Medium ist Lehm. Aber wahre Künstler arbeiten in Marmor. Der David, das nenne ich eine Statue! Oder die Pietà, was für ein Werk! Und die vier Sklaven, genial. Einfach genial. Wie die Sklaven versuchen, sich aus dem Marmor zu lösen. Aber aus meinem Lehm löst sich gar nichts. Der hockt wie ein Klumpen da. Ich geb's auf. Ich such mir einen Job als Kellnerin.«

Dann stapfte sie ins Haus, um sich den Lehm abzuwaschen, und rief uns über die Schulter zu: »Ihr könnt schon mal einladen, Mädels.«

»Ach, wie schade«, sagte Winifred. »Mutter hat gesagt, dass Sina ziemlich berühmt ist. Sie hat gesagt, dass ein Werk von ihr mitten in Victoria vor dem Parlamentsgebäude steht. Will sie wirklich aufhören?«

»Glaube ich nicht. Sie sagt das jeden Tag. Deine Mutter hält sie vielleicht für eine berühmte Künstlerin, aber Sina ist nie zufrieden mit dem, was sie gemacht hat. Sie sagt, dass jedes ihrer Werke hinter seinen Möglichkeiten zurückbleibt. Auch die Skulptur vor dem Parlament.«

»Vielleicht hat sie eine künstlerische Krise«, sagte Winifred.

Für jemanden, der nicht aus einer Künstlerfamilie stammte, begriff Winifred ganz schön schnell, was bei Künstlern los war! Oder vielleicht hörte sie auch nur ganz genau hin.

Wir trugen die Kartons mit den Eiern vorsichtig zum Lieferwagen und luden sie hinten bei den Milchkannen ein. Dann rannten wir zum Kartoffelacker, um die Jungs zu holen. Wilfred hatte einen Beutel mit Saatkartoffeln umgehängt und schritt mit seiner Hacke einträchtig neben Old Tom her. Zebediah rannte die Ackerfurchen auf und ab, hatte beide Arme ausgestreckt und machte mit den Lippen *bzzzzzzz*.

»Zebediah, hör auf, ein Flugzeug zu spielen«, rief Winifred. »Komm mit, wir fahren jetzt gleich ins Dorf.«

»Wenn du mich fragst, ein Fall für Will«, sagte ich leise zu Winifred und war fest davon überzeugt, dass Wilfred mich nicht hören konnte.

Aber er hatte es gehört, legte die Hacke weg und sagte: »Du kannst mich gern Will nennen.«

»Wie willst du denn genannt werden, mein Junge?«,

fragte Old Tom. »Lass diese Mädchen nicht über dich bestimmen.«

»Ist mir wirklich egal«, sagte Wilfred.

»Das lob ich mir«, sagte Old Tom. »Lass die Leute reden. Kümmer dich nicht drum. Spure dir deine eigene Furche. Laufe dein eigenes Rennen. Zieh deine Kreise, wie du willst.« Er nickte entschlossen und machte mit dem Kartoffelpflanzen weiter.

»Ich wollte ihn nicht maßregeln«, rief ich und drehte mich kurz noch einmal zu Old Tom um, während wir bereits zum Lieferwagen rannten.

»Weiß ich doch«, rief Old Tom zurück.

Aber eins war jetzt klar, nämlich dass es zu spät war, um den dreien noch Spitznamen zu geben. Ich würde mich mit den Spitznamen für ihre Eltern zufriedengeben müssen.

»*Bzzzzzzzzz*«, machte Zebediah mit ausgestreckten Armen und sprang über den Zaun, der den Kartoffelacker umgab. »*Bzzzzzzzzz.*«

»Das mit dem Fliegen ist so eine fixe Idee von ihm«, sagte Winifred.

Die beiden Jungs hatten ganz dreckige Hosen, aber das schien sie nicht weiter zu stören.

Wir setzten uns alle auf die Bänke, die Old Tom auf der Ladefläche angebracht hatte.

»Passt auf die Eier auf! Nicht draufsetzen!«, sagte Winifred.

Dann kam Sina in ihrer Ausgehuniform für Brookmans aus dem Haus gestürmt und sprang auf den Fahrersitz. Sie trug immer Kleid und Hut, wenn wir zu Brookmans fuhren. Wir wussten ja nie, wen wir da treffen würden.

Bei Brookmans angekommen, trugen wir die Eier und die Milch zum Hintereingang des Ladens, wo Mrs Brookman alles in Empfang nahm; dann gingen wir wieder ums Haus herum und betraten den Laden durch die Vordertür. Mrs Brookman bezahlte Sina, die wiederum von dem Geld jedem von uns eine Münze in die Hand drückte. Davon durften wir uns was Süßes kaufen. Was eine lange, sorgfältige Überprüfung aller verfügbaren Möglichkeiten nach sich zog. Sina und die sechs anderen Frauen, die gerade im Laden waren, hielten unterdessen einen Kaffeeklatsch ab, zu dem im Hintergrund das Radio spielte. Plötzlich schrie Sina auf, beugte sich rüber und drehte die Lautstärke höher. Es kamen gerade Nachrichten aus unserer Gegend und der Nachrichtensprecher verkündete: »Am gestrigen Nachthimmel wurde durch Einwohner von Victoria ein schnell vorbeiziehendes blaues Licht gesichtet. Das kanadische Raumfahrtinstitut bittet alle, die letzte Nacht dieses Licht gesehen haben, sofort anzurufen. Das Institut vermutet, dass es sich dabei um einen Meteor handelte.«

»Das ist mein Meteor! Das ist mein Meteor!«, rief Sina und hüpfte auf und ab. »Ich hab's gesehen! Ich hab das blaue Licht gesehen!«

»Haben Sie das, meine Liebe?«, fragte Mrs Brook-

unter ihren Fingernägeln waren mindestens eine Woche alt und auch ihre Haare sahen so aus, als wären sie schon eine ganze Weile nicht gekämmt worden. An ihrem Hinterkopf hatte sie ein Rattennest. Alles in allem nicht gerade jemand, den man gern in seinem Essen herumfuhrwerken sieht.

»Mrs Whitekraft ist hier, um dir einen Job anzubieten, Gladys.«

»Muss ein Irrtum sein«, sagte Gladys, machte kehrt und verschwand wieder hinter dem Perlschnurvorhang. »Ich hab mich für nichts beworben.«

»Komm wieder raus, Gladys. Heute ist dein Glückstag. Du hast dich nicht für keinen – äh, einen – beworben, aber es wird dir hier einer angeboten. Mrs Whitekraft braucht eine Köchin. Und du kannst kochen.«

»Nein, kann ich nicht«, sagte Gladys.

»Doch, das kannst du«, sagte Mrs Brookman. »Ich hab dich dabei ertappt.«

»Sie würden natürlich bei uns auf dem Hof wohnen. Jedenfalls für die Dauer der Anstellung. Es ist nur vorübergehend. Sie hätten Ihre eigene Hütte«, sagte Sina. »Recht schön eingerichtet.« Der letzte Satz war von einem vagen und unsicheren Blick begleitet.

»Und es gibt auch ein Klohäuschen«, sagte Zebediah. »Mit Fledermäusen.«

Zebediah war ganz begeistert von dem Klohäuschen. Zum Glück beachtete ihn keiner.

»Also, ich weiß nicht. Ich bin hier ganz zufrieden.« Gladys blieb verstockt. »Für eine Tätigkeit als Köchin ist in meinem Terminkalender kein Platz mehr, tut mir leid.« Sie sagte das in einem hochnäsigen Tonfall, der wohl einschüchternd klingen sollte, aber sich nur nach schlechtem Theater anhörte.

»Papperlapapp«, meinte Mrs Brookman. »Deine Mutter hat dich zu mir geschickt, damit du deinen Horizont erweiterst. Also erweitere dich. Ähm, verbreitere ihn. Geh hin und koche!«

»Das ist alles sehr amüsant!«, warf Miss Macy ein, wie immer vor sich hinträumend. Miss Macy konnte sich über alles freuen, weil ihr Fakten oder das wirkliche Leben dabei nie in die Quere kamen. »Ach, die wunderbaren Eintöpfe, die ich schon gekostet habe! Das Chili con Carne bei den Pfadfinderinnen! Und wenn ich dir einen guten Rat geben darf, meine Liebe«, sagte sie und griff vertrauensvoll nach den Händen von Gladys, was Mrs Brookmans Nichte bis in die Wand hinein zurückweichen ließ. »Verachte nicht das Brot!«

»Igitt, haltet mir die bloß vom Hals!«, rief Gladys, die Ansprüche hatte, aber keine Manieren besaß.

»Lauf und pack deine Sachen. Du kannst sofort anfangen. Wir müssen für unser Land in diesen Kriegszeiten alles geben.« Mrs Brookman packte Gladys an den Schultern und schubste sie in Richtung Hinterausgang, wo die Treppe in den ersten Stock hochführte.

»Leuchtet mir nicht ein, wie meine Kochkünste auf einem Bauernhof unseren Jungs an der Front helfen sollen«, sagte Gladys.

»Die Bauern sind das Rückgrat der Nation«, sagte Miss Macy. »Sie bauen das Getreide an, das unsere Soldaten jenseits des Ozeans nährt.«

Um ihren letzten Satz zu unterstreichen, schlug Miss Macy die Hacken zusammen. Was eindrucksvoller gewesen wäre, hätte sie keine orthopädischen Schuhe getragen. Sie salutierte und zwang dadurch alle anderen, ebenfalls zu salutieren. Und das brachte mich auf eine Idee.

»Wir haben sogar Soldaten auf unserem Anwesen!«, rief ich.

Natürlich beachtete mich keiner, aber irgendetwas von dem, was ich gesagt hatte, musste in Sinas Erwachsenengehirn eingesickert zu sein, denn sie fuhr fort: »Sie werden es kaum glauben, aber wir haben tatsächlich Truppen bei uns stationiert. Die jungen Soldaten wohnen in Baracken im Wald und laufen bei uns überall herum.«

»Ich pack schnell meine Sachen«, sagte Gladys. Sie verschwand durch den Perlschnurvorhang und hastete die Treppe hoch. Eine Minute später kam sie in hochhackigen Pumps zurück, in denen sie es auf dem Hof ungefähr zwei Sekunden lang aushalten würde. Die Waden entlang hatte sie braune Linien gezogen, wie Mädchen es machen, die sich keine Nylonstrümpfe leisten können. Nur dass bei

Gladys die aufgemalten Nähte eine Schlangenlinie bildeten und schlampig aufgezeichnet waren, sodass es wirkte, als ob ihre Strümpfe etwas runtergerutscht wären und hochgezogen werden mussten. Wie ich bald lernen sollte, war Schlampigkeit Gladys' Markenzeichen, ob es nun ihr Aussehen oder ihre Kocherei betraf: Alles war irgendwie halbfertig, so als wüsste und könnte sie es eigentlich besser, wollte sich aber keine Mühe damit geben. Mit großer Mühe zerrte sie einen schweren Koffer hinter sich her.

»Ich hoffe, es ist Ihnen hinreichend klar, dass meine Aufgaben nicht zu strapaziös sein dürfen?«, sagte sie in ihrem gekünstelt hochnäsigen Akzent zu Sina, während wir alle zum Lieferwagen gingen. »Ich brauche nämlich viel Zeit für die Ausrichtung meiner mystischen Antennen?«

Gladys kletterte in die Fahrerkabine des Lieferwagens und setzte sich dort auf die umgedrehte Milchkanne, die uns als Beifahrersitz diente. Winifred, Wilfred, Zebediah und ich kletterten hinten rein.

»Ihre was?«, fragte Sina.

»Meine mystischen Antennen? Weil ich übersinnliche Fähigkeiten habe?«, antwortete Gladys. Sie hatte das mit dem hochnäsigen Akzent fallen lassen und nahm die nicht weniger ärgerliche Angewohnheit an, alle ihre Sätze mit einem hohen Ton zu beenden, so als wären es Fragen. Ich machte im Kopf dahinter hastig lauter Punkte anstelle von Fragezeichen und hätte Gladys am liebsten eine kleine Einführung in die Kunst der richtigen Satzmelodie gegeben, wusste aber, dass es Sina selber unheimlich juckte, das zu tun. Doch selbstverständlich würde keine von uns beiden so unhöflich sein.

»Ich habe vor, es zu meinem Lebensunterhalt zu machen? Weissagungen, Teeblätterleserei, Aura eines Menschen? Im Augenblick beschäftige ich mich mit Kristallkugeln? Ich glaube, ich habe eine besondere Gabe für Kristallkugeln?«

»Ach, wirklich«, meinte Sina trocken. »Es ist immer so tröstlich, an etwas zu glauben, finden Sie nicht auch? Old Tom hatte eine Tante in Irland, die an grüne Kobolde glaubte. Und Isländer glauben gern an Elfen. Aus diesem Schmonzes müssen sie viel Stärkung und Trost ziehen. Halten Sie sich in den Kurven besser an der Tür fest. Die Milchkanne verrutscht leicht.«

Sina ließ den Motor an.

»Kannst du für mich in die Zukunft schauen?«, brüllte Zebediah.

»Ja«, sagte Gladys. »Deine Aura ist sehr stark. Hast du einen Vierteldollar?«

»Ich hab gar kein Geld«, rief Zebediah.

»Leider spüre ich, wie meine Kräfte gerade schwächer werden«, antwortete Gladys.

Wir wollten gerade losfahren, als Mrs Brookman aus dem Laden gerannt kam und rief: »Meine Liebe, ich hätte beinahe Ihre Post vergessen!« Sie reichte Sina durchs Fenster einen Stapel Briefe und dann fuhren wir nach Hause.

Auf dem Hof half Sina Gladys dabei, sich in der Hütte einzurichten, und versuchte, sie dazu zu überreden, Kekse zu backen. Aber Gladys erwiderte, ihre mystischen Antennen würden ihr signalisieren, dass es kein guter Tag fürs Backen sei.

»Quatsch mit Soße«, erwiderte Sina. »Tu, was man dir sagt.«

»Na gut, wie Sie meinen«, schmollte Gladys und erhob sich in der Hütte von der schmalen Pritsche, auf die sie sich hatte fallen lassen, um eine ihrer Modezeitschriften durchzublättern, die sie mitgebracht hatte. »Aber ich übernehme keine Verantwortung für das Ergebnis.«

»Können wir die Modezeitschrift durchblättern, während Sie die Kekse backen?«, fragten Winifred und ich, aber Gladys schaute uns nur an und sperrte die Hüttentür mit dem Schlüssel zu, den Sina ihr gegeben hatte.

»Sie ist nicht sehr nett«, flüsterte Winifred.

Sina zeigte Gladys die Küche. Wilfred war draußen, um Old Tom beim Anpflanzen von Erbsen, Kopfsalat, Möhren, Roter Bete und Kletterbohnen im Küchengarten zu helfen. Zebediah, Winifred und ich drückten uns bei Sina herum, weil wir den Mann vom Raumfahrtinstitut nicht verpassen wollten. Sina hatte sich im Salon niedergelassen und ging ihre Post durch, als sie auf einmal aufschaute, uns entdeckte und sagte: »Oh.« Mrs

Brookman hatte ihr nämlich auch die Post für die Maddens zur Aufbewahrung mitgegeben, bis Crying Alice wieder da war. Sina nahm einen Brief vom Stapel der Madden-Post und überreichte ihn Zebediah. »Der ist für dich«, sagte sie. »Und jetzt raus mit euch. Ich muss Rechnungen bezahlen und wenn ihr mich ablenkt, dann steck ich die Schecks alle noch in die falschen Umschläge. Das ist mir schon mal passiert und es dauert eine Ewigkeit, bis alles wieder seine Richtigkeit hat.«

»Rufst du uns, wenn der Mann kommt?«, fragte Zebediah.

»Na klar. Aber jetzt raus«, sagte Sina noch einmal. Doch statt Rechnungen zu bezahlen, begann sie, nervös abzustauben und aufzuräumen.

Wir gingen nach draußen und setzten uns auf die Stufen vor der Haustür.

»Von wem ist er denn?«, fragte Winifred und versuchte, Zebediah den Brief aus der Hand zu nehmen. Aber der presste ihn fest an sich.

»Lass das, er gehört mir!«, rief er.

»Dann mach ihn auf«, sagte Winifred.

»Nein«, rief Zebediah.

»Willst du nicht wissen, von wem er ist?«, fragte Winifred.

»Weiß ich schon. Und was drinsteht, ist geheim. Ich habe mein großes Ehrenwort gegeben.«

»Unsinn«, sagte Winifred. »Du versuchst dich nur

wichtigzumachen. Lass ihn besser mich lesen. Es könnten ein paar zu lange Wörter drin sein.«

»Er hat mir versprochen, dass keine drin sind«, sagte Zebediah.

»Wer hat das versprochen? Ist er von Daddy?« Winifreds Stimme bebte. »Schreibt er dir und uns nicht?«

»Das geht dich gar nichts an«, sagte Zebediah, und als Winifred aufstehen wollte, um ihm den Brief zu entreißen, sprang er auf und rannte in Richtung Wald.

»Lass ihn«, sagte Winifred. Es klang traurig.

Als ich Zebediah rennen sah, wurde mir klar, dass wir keine Chance hatten. Für jemanden mit so kurzen Beinen rannte er schnell wie der Wind, und bevor wir es uns versahen, war er schon über die Felder und im Wald verschwunden.

»Und er wird sich wirklich nicht verirren?«, fragte ich. »Kann schon sein, dass er einen guten Orientierungssinn hat, aber es ist ein großer Wald.«

»Spielt keine Rolle. Ich glaube, bei ihm im Gehirn ist ein Kompass eingebaut«, sagte Winifred. »Und es hat keinen Sinn, ihn dazu überreden zu wollen, dass er dir etwas gibt, was er dir nicht geben will. Er hat einen fürchterlichen Dickkopf. Mutter sagt, das hat er von Daddy. Du kannst Daddy auch nicht sagen, was er tun oder lassen soll. Egal, ich schleiche mich nachts einfach mal in sein Zimmer. Daddy schickt ihm wahrscheinlich nur irgendwelche Zeichnungen von Flugzeugen und solchen Kram. Beide sind komplette Luftikusse!« Sie lachte über ihren eigenen Witz, hörte aber auf, als plötzlich ein Wagen aufs Haus zubrauste. Als er anhielt, stieg ein sehr, sehr wichtig aussehender kleiner Mann mit einem Hut auf dem Kopf und vielen Stiften und anderen Instrumenten in der Brusttasche aus.

»Das muss ...«, sagte Winifred.

»... der Mann vom Raumfahrtinstitut sein«, fuhr ich fort.

Wir starrten ihn beide mit offenem Mund an.

DER MANN VOM RAUMFAHRTINSTITUT

»Sina!«, brüllte ich und rannte ins Haus. »Es ist der Mann vom Raumfahrtinstitut! Er ist da!«

»Zwei Stunden früher als vereinbart«, brummte Sina, die aus dem Salon auftauchte.

Wir gingen in die Küche, um zu sehen, ob die Kekse fertig waren. Gladys saß auf dem Küchentisch, summte Bebopfetzen vor sich hin und klopfte dazu mit einem Löffel auf ihrem Oberschenkel den Takt. Überall war Mehl verstreut und aus dem Backofen stiegen schwarze Rußschwaden empor.

»Die Kekse?«, fragte Sina.

»Gut Ding braucht Weile«, antwortete Gladys und klopfte weiter auf ihren Schenkel.

Sina seufzte.

»Ach, was soll's? Er kann ja nicht erwarten, dass wir Kekse für ihn gebacken haben, wenn er zwei Stunden zu früh kommt. Wahrscheinlich ist er Physiker. Die glauben nicht an die Zeit. Wo ist er denn?«

Ich zeigte nach draußen zu den Stufen vor der Haustür, wo er sich gerade mit Winifred unterhielt.

»Hallo«, sagte Sina, während sie aus der Haustür trat und ihm die Hand entgegenstreckte. »Kommen Sie doch rein.«

»Weiter Weg hier raus«, sagte der Wissenschaftler. »Viele Kurven.« Er griff nach Sinas Hand und schüttelte sie voller Begeisterung. Dann wischte er sich über die Stirn, als hätte er gerade den Oregon Trail hinter sich gebracht. Er zog vor der Haustür die Schuhe aus und machte mit Handgelenkgewedel und übertriebenen Bewegungen so viel Aufhebens darum, als wollte er uns klarmachen, dass es sich nicht um ganz normale gute Manieren handelte, sondern um ein besonderes Raumfahrtinstitutsprotokoll, das diese alltägliche Handlung mit Feierlichkeit und Bedeutung auflud, so ähnlich, wie wenn Chirurgen sich vor einer Operation die Hände waschen. Sina legte keinen besonderen Wert darauf, dass im Haus die Schuhe ausgezogen wurden, und wir hatten alle unsere Schuhe an, aber darauf wiesen wir nicht extra hin. Ein Mann vom Raumfahrtinstitut weiß schließlich, was er tut. Wir Kinder schauten ihm ehrfürchtig zu, als hätten wir noch nie jemanden seine Schuhe ausziehen sehen, und dann gingen wir alle hinein.

»Kopf hoch«, sagte Sina. »Zur Stärkung gibt es vielleicht später Kekse.«

Rauch drang aus der Küche und wir hörten Gladys laut schimpfen: »Himmelarschundzwirn! Ich hasse diesen Holzofen!«

»Oder vielleicht auch nicht«, sagte Sina. »Kommen Sie doch in den Salon.«

»Wenn ich ehrlich bin«, sagte der Mann, »würde ich lieber das Fenster sehen, von dem aus Sie den Meteor beobachtet haben.«

»Warum?«, fragte Sina mit einem Anflug von Panik. Ich wusste genau, was in ihr vorging. Sie hatte es mit Müh und Not geschafft, im Salon aufzuräumen und Staub zu wischen. Aber in ihrem Schlafzimmer ging es wie immer drunter und drüber.

»Ich würde gerne ein paar Vermessungen vornehmen«, sagte der Mann, »wenn Sie nichts dagegen haben.«

Sina sah ganz so aus, als würde sie etwas dagegen haben, aber ihr fiel kein guter Grund ein, um Nein zu sagen.

»Können wir mitkommen?«, fragte Winifred.

»Jaja«, sagte Sina geistesabwesend. »Das heißt, ich glaube schon.« Ich spürte dabei genau, dass sie sich unsicher war, wie schlimm es oben bei ihr im Schlafzimmer wirklich aussah, und ob der Anblick für kindliche Augen geeignet war. »Wo ist Zebediah? Wollte er nicht auch den Mann vom Raumfahrtinstitut kennenlernen?«

»Mr Hastings«, sagte der Mann und lüftete seinen Hut.

»Er ist weggerannt«, sagte Winifred. »Wir wissen nicht, wo er ist.«

»Na, hoffentlich ist er nicht bei den Schweinen«, sagte Sina. »Jungs fühlen sich immer wie magisch von den Dingen angezogen, die am schmutzigsten sind und den meisten Ärger verursachen.«

Mr Hastings lachte höflich, was Sina verunsicherte, denn ihr war gar nicht bewusst gewesen, dass sie einen Scherz gemacht hatte.

»Was ist mit Wilfred?«, fragte Sina.

»Er ist bei Old Tom«, sagte ich.

Sina steckte den Kopf aus dem Fenster und rief: »Wilfred! Der Mann vom Raumfahrtinstitut ist hier!«

Aber Old Tom und Wilfred winkten beide nur zurück, als wollten sie sagen: »Jaja, aber kein Bedarf. Wir haben hier was Wichtiges zu tun.«

»Na, da haben sich ja zwei gefunden«, sagte Sina. »Dann wollen wir mal nach oben.«

Wir marschierten gemeinsam hoch. Sina näherte sich der Tür zu ihrem Zimmer so vorsichtig, als wäre dahinter eine Bombe versteckt. Sie öffnete sie sehr, sehr behutsam und spähte hinein.

»Ähm.« Sie räusperte sich. »Vielleicht räume ich besser ein bisschen auf.«

»Ach was, nicht nötig«, sagte Mr Hastings. »Wir vom

Raumfahrtinstitut sehen alle möglichen Dinge.« Er wollte offensichtlich keine Zeit vertrödeln.

Aber Sina legte die Hand auf seine sich vorwärtsschiebende Brust und gab ihm einen kräftigen Schubs. Er stolperte rückwärts und machte ein verwundertes Gesicht. Sie nützte seine Verblüffung, um ins Zimmer zu schlüpfen, hastig die Tür hinter sich zuzuschieben und den Schlüssel umzudrehen. Wir hörten wütendes Herumgewerke, ab und zu, das kann ich leider nicht verschweigen, ertönte ein Fluch. Als sie schließlich die Tür wieder aufmachte, waren ihre Wangen vom Tumult des Aufräumens gerötet, Haarsträhnen hingen ihr ins schweißglänzende Gesicht und ein langer grüner Socken baumelte an ihrem grauen Haarknoten. Ich griff danach, zog ihn hastig herunter und versteckte ihn hinter meinem Rücken. Sina hatte davon nichts bemerkt, lächelte Mr Hastings huldvoll an, als wäre das alles nicht gewesen, und sagte: »Kommen Sie rein.«

Ich schaute mich kurz im Zimmer um und fragte mich, wie es wohl erst davor ausgesehen haben musste. Es lagen immer noch überall Zeitungen verstreut. Sina liebte es, sie immer abends im Bett zu lesen. Das Bett war nicht gemacht und mitten auf dem Laken befanden sich ein Apfelbutzen und ein Haufen eingeschnäuzter Papiertaschentücher. Kleidungsstücke häuften sich auf dem Boden, genauer gesagt, es gab dort drei Haufen, so als wären sie für die Wäsche vorsortiert, was wahrscheinlich auch der Fall war. Sina arbeitete mit einem System von drei Haufen: schmutzig, fast-schmutzig-genug-für-die-Wäsche-aber-noch-tragbar und sauber-aber-noch-nicht-zusammengelegt. Sie hatte mir das mit den drei Haufen vor langer Zeit erklärt und hinzugefügt, sie wolle mir damit keinen klugen Rat geben, sondern mir lediglich ihr Prinzip erklären. Jetzt wurde sie bei dem Anblick etwas blass um die Nase, aber sie musste beschlossen haben, einfach eine Schneise hindurchzuschlagen und keinerlei Entschuldigung über ihre Lippen kommen zu lassen. Sie beschränkte sich aufs rein Geschäftliche und sagte: »Hier durch das Fenster habe ich es gesehen.« Sie zeigte auf das Fenster neben ihrem Bett.

»Interessant«, sagte Mr Hastings und zog ein Instrument aus seiner Hemdtasche. »Darf ich?« Er gab durch eine Handbewegung zu verstehen, dass er aufs Bett wollte.

Sina streckte die Hände wie eine Herzogin aus, die Fühlen-Sie-sich-in-meinem-Schloss-wie-zu-Hause bedeuten will, und Mr Hastings krabbelte übers Bett, wobei er ebenfalls so tat, als gäbe es die schmutzigen Taschentücher und den Apfelbutzen nicht. Dann begann er, verschiedene Messungen vorzunehmen.

»Und wo genau haben Sie das Objekt da draußen vor dem Fenster gesehen?«

»Ähm, also, es war da«, sagte sie. »Genau hinter den Bäumen.«

»Interessant«, sagte der Raumfahrtmann noch einmal. »Würden Sie es als ...« Mr Hastings machte eine dramatische Pause und drehte langsam den Kopf, schaute ihr in die Augen und fuhr bedeutungsschwer fort: »... blaues Licht bezeichnen?«

Winifred und ich sprangen vor Schreck ein paar Zentimeter in die Höhe, aber Sina blieb in aller Seelenruhe mit beiden Füßen auf dem Boden.

»Ja«, log sie und ihr Gesicht begann zu zucken, wie es in solchen Fällen bei ihr immer zu zucken pflegt. Denn sie hatte uns ja bereits erzählt, dass das Objekt viele blinkende Lichter gehabt habe und nur ein paar davon blau gewesen seien. »Ja, das würde ich. Deswegen habe ich auch angerufen. Denn im Radio wurde gesagt, es würde ...« Hier machte sie ebenfalls eine dramatische Pause, ahmte das langsame Drehen des Kopfes und den durchdringenden Blick des Mannes nach. »... einen blauen Schatten werfen.«

»So in etwa«, sagte Mr Hastings.

Er blickte Sina forschend in die Augen. Obwohl zwischen ihnen mehrere Armlängen Abstand waren, schienen sie gemeinsam eine Art von Tanz aufzuführen, sie bewegten sich zum stummen Taktschlag dessen, was sie nicht sagen wollten.

»Dieses blaue Licht – ich meine, dieser Meteor, worum es sich ja ganz offensichtlich handelt ...«

Er schien mit der Mettwurst nach dem Schinken zu

werfen, aber Sina errötete noch mehr und schlug die Augen nieder.

»Also, wir reden hier ja von einem Meteor ...«, sagte er und obwohl es sich um eine Feststellung handelte, schien sie auch eine Frage zu beinhalten.

»Ja«, hauchte Sina so atemlos, dass wir sie kaum hören konnten. Ich war mir sicher, dass sie gleich die Wahrheit gestehen würde.

»Wie schnell, würden Sie sagen, ist er denn geflogen? Hatten Sie den Eindruck, dass er ...« Wieder eine dramatische Pause, das Kopfdrehen, der durchdringende Blick. »... mit rasender Geschwindigkeit das Firmament durchquerte?«

Winifred und ich beugten uns unwillkürlich vor, um kein Wort zu verpassen.

»Hmm«, machte Sina. »Also, das mit der Geschwindigkeit ist natürlich relativ, wie wir seit Einstein wissen.«

»Hmm«, machte er ebenfalls und nickte, als würde er ernsthaft darüber nachdenken. »Genau darum geht es hier, oder? Wie stark alles, was wir sehen, von uns selber abhängt. Reichlich vertrackte Angelegenheit.«

»Ja, reichlich vertrackt«, sagte Sina.

»Hmm«, machte Mr Hastings noch einmal. Und dann, immer noch auf der durchgelegenen Matratze kniend, vermaß er stumm noch einmal, was er ganz bestimmt auch schon beim ersten Mal korrekt vermessen hatte. Danach noch ein weiteres Mal. Ich hatte den Eindruck, dass er Zeit schinden und Sina erneut die Gelegenheit geben wollte, ihr Geständnis zu machen. Aber Sina presste die Lippen entschlossen aufeinander.

»Und schien dieser Meteor sich denn mit gleichmäßiger Geschwindigkeit zu bewegen?«, fragte er schließlich wie beiläufig und änderte seine Taktik, indem er so tat, als würde ihn der Meteor gar nicht interessieren. Obwohl er vorher regelrecht an Sinas Lippen gehangen hatte. Ich hatte den Eindruck, dass er ihr kein Wort glaubte und hoffte, ihr auf diese Weise mehr zu entlocken.

Sina antwortete: »Wie schon gesagt, das ist relativ.«

Was Mr Hastings nachhaltig zu beeindrucken schien, denn er notierte sich etwas. Vielleicht schrieb er auf: *Subjekt jongliert mit Einsteins Relativitätstheorie.*

»Und gab's da noch etwas?«, fragte er.

»Hätte noch was sein sollen?«, entgegnete Sina.

»Entschuldigung«, rief Winifred dazwischen und durchbrach den Zauber des Tanzes der Nicht-gesagten-Wahrheiten. »Aber was genau haben Sie da gemessen?«

»Die Winkel«, antwortete er lächelnd. »Immer die Winkel … und die Winkelzüge.«

Das letzte Wort zischte er, was Winifred und mich mehrere Schritte zurückweichen und übereifrig nicken ließ, so als hofften wir, dadurch seine Angriffe abwehren zu können, falls er gleich völlig ausrasten würde.

»Die Winkel, jaja, die Winkelzüge«, gaben wir als Echo wieder. Obwohl das eigentlich überhaupt nichts erklärte, hielten wir es für das Beste, ihm begeistert zuzustimmen.

Warum, so fragte ich mich, wurde nichts von dem, was gedacht wurde, auch gesagt? Uns gegenüber hatte Sina doch so darauf beharrt, ein Ufo gesehen zu haben. Warum weigerte sie sich jetzt, sich dem einzigen Menschen anzuvertrauen, der bereit war, ihr zu glauben? Mr Hastings schien sich dasselbe zu fragen, während er weiter auf dem Bett kniete und sich näher und näher zu ihr beugte, während sie reglos vor dem Bett stand, wie magnetisch angezogen vom professionell hypnotisierenden Blick des Raumfahrtmannes. Er schaute ihr immer tiefer und tiefer in die Augen. Wer wohl zuerst blinzeln würde? Mr Hastings knickte zuerst ein, denn inmitten des allgemeinen Schweigens kippte er immer weiter und weiter nach vorne, bis die durchgelegene Matratze, die verzweifelt ihr Bestes gab, als Stütze endgültig überfordert war und er polternd aus dem Bett fiel. Das musste ich ihm lassen, er war sofort wieder auf den Beinen, ohne deswegen viel Aufhebens zu machen, und schien es unbeschadet überstanden zu haben, wischte nur etwas über seine Hose, so als gehörte es zu den Standardübungen der Männer aus dem Raumfahrtinstitut, aus Betten zu fallen. Und sobald der Zauber, Sina Das-was-sie-nicht-sagen-wollte aus der Nase zu ziehen, verflogen war, wurde er wieder ganz der umgängliche, normale, altmodische, umständliche Nullachtfünfzehn-Wissenschaftler: »Wir bedanken uns jedenfalls, dass Sie angerufen haben. Falls Ihnen dazu noch etwas einfällt, bitte zögern Sie nicht, sich noch einmal bei uns zu melden.«

»Ja, natürlich«, sagte Sina, als wir ziemlich erleichtert ihr Schlafzimmer verließen und sie die Tür hinter sich zumachte.

»Und um wie viel Uhr, sagten Sie, war das?«, fragte Mr Hastings wie beiläufig, während wir gemeinsam die Treppe hinuntertrabten, so als wäre ihm die Frage gerade in den Sinn gekommen, was natürlich nicht der Fall war. »Dass Sie da vor dem Fenster etwas gesehen haben?«

»Ach, weiß nicht mehr genau, ungefähr um halb zehn«, sagte Sina, die ebenfalls wieder ganz normal und geschäftsmäßig geworden war. »Oder was meinst du, Franny?« Man hätte meinen können, dass in ihrer Welt so mysteriöse und magische Dinge wie Ufos und seltsame kenntnisreiche Männer aus dem Raumfahrtinstitut nie und nimmer vorkamen.

»Ja, so ungefähr«, sagte ich.

Wir begleiteten Mr Hastings zur Haustür, wo er seine Schuhe wieder anzog, diesmal ohne die Feierlichkeit, mit der er sie vorher ausgezogen hatte. Ich überlegte, ob er in die Schuhe wohl mit einer ganz besonderen Zeremonie, die ausdrückte, dass er einen wichtigen Beweis gefunden hatte, reingeschlüpft wäre, wenn Sina ihm die echte Geschichte mit dem Ufo erzählt hätte. Es war sehr schade, dass wir das nie erfahren würden.

Weil uns nichts mehr einfiel, was wir sagen konnten, folgte eine bedeutungsschwangere Pause. Ich hatte vorher nie erlebt, was eine bedeutungsschwangere Pause ist – nämlich eine Pause, die so erfüllt ist von etwas, das vielleicht gleich geschehen wird, dass es sich anfühlt, als würde da ein unsichtbares lebendiges Ding, der Embryo eines Ereignisses, in ihr stecken. Interessant, so etwas einmal zu erleben.

Als Mr Hastings sich dann aufrichtete, um sich zu verabschieden, wandte er sich plötzlich zu Sina, schaute ihr noch einmal direkt in die Augen und sagte: »Wie gut, dass Sie nicht geglaubt haben, es würde sich um ...« Sein Blick wurde noch durchdringender. »... ein Ufo handeln!«

Wir zuckten alle zusammen. Dagegen konnten wir gar nichts tun. Aber als Sina erstarrte und immer noch nichts sagte, fing er laut wiehernd an zu lachen, als wäre das alles nur als Scherz gemeint gewesen.

»Hahahaha«, lachte er fröhlich weiter, aber seine Augen blickten überhaupt nicht fröhlich drein. Sie waren wie kleine Kugelblitze, die sich in Sinas Augen bohrten und fragten, ohne zu fragen, sodass ich schon sagen wollte: Genau, das hat sie aber gedacht, nur um dieser Komödie ein Ende zu machen. Aber bevor ich dazu ansetzen konnte, wurde ich von Sina davon abgehalten, die ebenfalls fröhlich lachte und sagte: »Ja, zum Glück«, und dann hastig wegschaute.

Mr Hastings warf ihr einen letzten forschenden Blick zu und sagte: »Auf Wiedersehen.« Obwohl wir alle wussten, dass er genau das Gegenteil meinte.

»Auf Wiedersehen«, erwiderte Sina, die auch das Gegenteil meinte. Sie schob uns hastig nach drinnen und machte die Haustür zu.

Ich drehte mich zu ihr und sagte: »Du hattest recht! Es war ein Ufo! Und er wusste es! Er wusste, dass es ein Ufo war!«

»Pst!«, machte Sina und schubste uns in Richtung Küche, während wir draußen das Auto wegfahren hörten.

Gladys hatte das mit dem Keksebacken offensichtlich aufgegeben. Überall in der Küche standen Bleche mit kleinen schwarzen Klumpen herum, aber von Gladys weit und breit keine Spur. Sina sagte, wir sollten uns an den Tisch setzen, und füllte Wasser in den Kessel. Eine Tasse Tee war bei ihr das Allheilmittel.

»Er hat dir tausend Brücken gebaut«, sagte ich. »Er wusste, dass du keinen Meteor gesehen hast. Er wollte, dass du es sagst, aber ohne dir dafür die Worte in den Mund zu legen.«

»Ja«, sagte Sina. »Wahrscheinlich hast du recht. Ich

bin eine Idiotin. Die Sache war nur die, als ich bei Brookmans mit dem Raumfahrtinstitut telefoniert habe, habe ich gesagt, ich hätte einen Meteor gesehen, und irgendwie hatte ich das Gefühl, keinen Rückzieher machen zu können, ohne wie ein Dummchen dazustehen. Wieder mal ›Des Kaisers neue Kleider‹. Ich hab einfach keine Zivilcourage.«

Und bevor das Wasser auch nur eine Chance hatte zu kochen, stand sie auf, ging hinaus und stapfte die Treppe hoch.

»Wo gehst du hin?«, rief ich ihr nach.

»Mein Zimmer aufräumen«, sagte sie und wir konnten sie oben wütend Sachen herumschmeißen hören. Deshalb nahmen wir den Wasserkessel von der Kochstelle und gingen nach draußen, um Zebediah zu finden. Winifred schlug vor, dass wir im Wald nach ihm suchen und ihm erzählen sollten, dass er wegen der Geheimnistuerei mit seinem Brief den Mann vom Raumfahrtinstitut verpasst hatte. Wie sie das sagte, klang es ziemlich schadenfroh.

»Es war die Art, wie Mr Hastings es sagte«, erklärte ich Winifred unterwegs. »Er hat versucht, aus ihr herauszukitzeln, dass es ein Ufo war. Er hat es auf alle möglichen Weisen versucht.«

»Warum hat er sie dann nicht einfach direkt gefragt?«, sagte Winifred. »Wenn er doch gewusst hat, was es war?«

»Weil die Leute, wenn man rumgeht und sie fragt, ob sie vielleicht vor ein paar Tagen ein Ufo gesehen haben, dann glauben, dass sie Dinge gesehen haben, die sie gar nicht gesehen haben, oder sich wichtigmachen wollen, indem sie Dinge behaupten, die gar nicht stimmen. Die Leute müssen von sich aus damit kommen. Der Mann vom Raumfahrtinstitut kann nicht sagen: Das war ein Ufo und jetzt erzählen Sie mal. Ich glaub auch nicht, dass er irgendwelche Messungen vorgenommen hat. Was für Messungen hätten das denn sein sollen? Ich glaube, er wollte ihr nur eine Chance geben, mit der Wahrheit rauszurücken.«

»Sina sollte da noch mal anrufen.«

»Vielleicht macht sie das ja«, sagte ich. Aber irgendwie war ich mir sicher, dass sie es nicht tun würde. Dieser ganze entmutigende Zwischenfall hatte ihr glorreiches Erlebnis mit dem Ufo auf eine Weise beschädigt, die nicht mehr rückgängig zu machen war. Es war schon schlimm genug, Menschen davon zu erzählen, die einem nicht glaubten, dass man ein Ufo gesehen hatte. Aber jemandem nicht davon zu erzählen, der bereit war, einem zu glauben, war noch viel schlimmer.

Dann entdeckten wir zu meinem großen Erstaunen Zebediah in Gesellschaft des Einsiedlers. Sie kamen uns auf dem Küstenpfad entgegen, den Old Tom vor vielen Jahren angelegt hatte. Soweit ich wusste, hatte der Einsiedler seit seinem Unfall mit keinem Menschen mehr geredet außer mit Old Tom. Und auch mit ihm nicht sehr viel, sagt Old Tom, denn der Einsiedler sei etwas wunderlich und manchmal vergesse er ganz und gar, wie das mit dem Reden überhaupt gehe, und müsse die Hände zu Hilfe nehmen. Old Tom glaubt, dass der Einsiedler einen fürchterlich starken Schlag auf den Kopf bekommen hat und zu lange im eiskalten Wasser gewesen ist, bevor es ihm dann gelang, ans Ufer zu schwimmen. Er sagt, davon habe er bleibende Schäden davongetragen.

»Was wolltest du denn da mit dem Einsiedler?«, fragte ich, als Zebediah zu uns gerannt kam. Der Einsiedler drehte sich um und ging nach Hause.

»Ich hab ihn ausspioniert«, sagte Zebediah. »Durch die Bäume. Er hat seine Hütte aus Schwemmholz gebaut. Sie liegt im Wald und es führt kein Weg hin. Man würde nie draufkommen, dass sie da ist, wenn man es nicht weiß. Ich hab sie gefunden, weil ich den Spuren von einem Tier gefolgt bin. Er hat einen Flaschenzug runter zum Strand, damit er alles hochziehen kann, was er da findet. Er hat auch einen Garten, wo Gemüse wächst. Er hat mich gesehen und in die Hütte eingeladen.«

»Er hat dich in die Hütte eingeladen?«, fragte ich erstaunt. »Zu mir hat er noch nie ein Wort gesagt.«

»Typisch Zebediah«, schimpfte Winifred. »Du musst einfach überall deine Nase reinstecken und dich bei Fremden aufdrängen, was?«

»Wie sieht es denn bei ihm in der Hütte aus?«, fragte ich. Ich hatte den Einsiedler auch von Zeit zu Zeit ausspioniert, aber bis in die Hütte war ich nie vorgedrungen.

»Er hat Tausende von Büchern«, sagte Zebediah.

»Das ist aber merkwürdig«, sagte ich. »Er fährt nie in die Stadt, wie kommt er dann dazu?«

»Er hat mir erzählt, dass Old Tom ihm die Bücher gibt.«

»Wusste ich gar nicht«, sagte ich und fühlte mich ein bisschen gekränkt, dass der Einsiedler Zebediah Dinge erzählte, die er und Old Tom mir nicht erzählt hatten. Mal abgesehen davon, dass der Einsiedler ja eigentlich sowieso mit niemandem redete. Aber wenn, fand ich, dann sollte er mit mir reden, nicht mit Zebediah. Schließlich wohnte er ja auf unserem Anwesen. Mir war etwas ungemütlich bei dem Gedanken, dass es vielleicht so wirken konnte, als würde ich glauben, der Einsiedler wäre gewissermaßen unser Eigentum, und das traf die Sache auch nicht wirklich. Aber ich fand es einfach empörend, dass er sich lieber einem zappeligen sechsjährigen Jungen anvertraute als einem klugen und bezaubernden zwölfjährigen Mädchen.

»Wie hat es ihn überhaupt hierher verschlagen?«, fragte Winifred.

»Old Tom sagt, er trug Lumpen am Leib, die wie eine zerfetzte Luftwaffenuniform aussahen, als er ihn eines

Tages im Wald fand, wo er sich gerade einen Unterschlupf baute. Old Tom sagte zu ihm, es seien nur noch drei Kilometer bis zu unserem Haus, doch der Einsiedler antwortete nicht. Deshalb fragte Old Tom ihn, ob er von der Luftwaffe wäre und vielleicht mit seinem Flugzeug abgestürzt sei, aber der Einsiedler erinnerte sich nicht daran, ob er bei der Luftwaffe, beim Heer oder bei der Marine war, und wusste auch nicht, was passiert war. Old Tom vermutete, dass er wahrscheinlich an der Küste angeschwemmt worden war, deshalb suchte er tagelang immer wieder die ganze Steilküste ab, um sicher zu sein, dass da nicht noch ein verletzter Soldat lag und Hilfe brauchte. Er bot dem Einsiedler an, ihm bei der Suche nach seiner Familie zu helfen oder die Luftwaffe zu benachrichtigen, aber der Einsiedler flehte Old Tom an, niemandem von ihm zu erzählen. Er hatte Angst, dass sie ihn dann fortbringen würden. Er liebte seine Hütte, die er gerade baute. Old Tom sagte, dass man an der Konstruktion erkennen konnte, dass er klug war und viele Fähigkeiten besaß. Er sagte auch, es sei höchst unwahrscheinlich, dass jemand, der zufällig auf ihn stoßen würde, sich irgendwelche Gedanken machte. Aber trotzdem sei es gut, wenn seine Hütte im Wald versteckt war.«

Ich machte eine kleine Pause.

»Old Tom sagte, es sei für ihn völlig in Ordnung, wenn der Einsiedler nicht wollte, dass irgendjemand von ihm erfuhr. Er hält es auch nicht wirklich geheim; er erzählt es nur nicht groß herum. Old Tom ist der Meinung, dass der Einsiedler seinen Beitrag für sein Land geleistet hat. Dieser Dienst hatte ihn ganz klar etwas gekostet und wir schuldeten es ihm, dass er sich bei uns ein Nest bauen durfte, wenn er das wollte. Deshalb kaufte Old Tom ihm Kleidung und brachte ihm Töpfe und Pfannen und eine Bettdecke und andere Dinge, die er brauchte, damit er sich gemütlich einrichten konnte – alles nach und nach, um ihn nicht zu überfordern. Und er traf mit ihm eine Übereinkunft: Er würde ihm Gemüsesetzlinge geben, damit er sich einen eigenen Gemüsegarten anlegen konnte, und er würde ihn so lange mit Gemüse versorgen, bis er sich von seinem eigenen Garten ernähren konnte, und mit Milch, Butter und Eiern, gelegentlich auch mit Mehl und Zucker und anderem, und er würde alles in einer Kiste jede Woche für ihn in der Molkerei abstellen. Im Gegenzug müsste der Einsiedler aber auch etwas für ihn tun. Etwas, sagte Old Tom, das er selbst nicht tun konnte. Und der Einsiedler stimmte zu.«

»Und was wollte er von ihm?«, fragte Zebediah.

»Dass er im Nachtgarten Unkraut jätet«, sagte ich.

Und dann läutete die Glocke zum Abendessen.

DER ERSTE BRIEF

Wir saßen alle im Esszimmer um den Tisch. Diesen Umzug in die vornehmeren Räumlichkeiten des Hauses hatten wir vornehmen müssen, weil wir zusammen mit Gladys jetzt endgültig zu viele waren, um noch um den kleinen Küchentisch zu passen. Sina hatte riesige Leuchter auf den schweren alten Holztisch gestellt und die Kerzen angezündet. »Ein bisschen Petroleum sparen kann nicht schaden«, sagte sie. Es fühlte sich sehr festlich an. Sina, Old Tom und ich saßen sonst nie um den Tisch im Esszimmer. Normalerweise wurde er von Sina und Old Tom nur dafür benutzt, um die Unterlagen aus dem Eier- und Milchverkauf darauf auszubreiten und mal wieder die Büroarbeit zu erledigen. Aber jetzt hatten wir uns wie die Könige und Königinnen darum versammelt, die Kerzen strahlten hell und auf einmal fand ich den Kommentar meiner Eintagsfreundin, es sei bei uns »merkwürdig mittelalterlich«, zutreffend. Der Tisch war so groß, dass wir aufstehen und ein paar Schritte machen mussten, um uns die Schüsseln weiterzureichen, oder wir mussten sie wie auf einer Kegelbahn an der Kante entlangschlittern lassen und auf das Beste hoffen. Vor uns standen verbrannter Fisch, verbrannte Kartoffeln und verbrannte Bohnen. Als Nachspeise gab es verkohlte Kekse.

»Die Sache ist die«, sagte Gladys, als sie bemerkte, wie wir hilflos und verzweifelt auf dieses verbrannte Festmahl starrten, »also, von diesem dummen Ofen mal abgesehen – und ich möchte hinzufügen, dass in einer zivilisierten Stadt wie Nanaimo, wo ich herkomme, niemand mehr mit einem Holzofen kocht –, also, davon mal ganz abgesehen, ist die Sache die, dass es nichts gibt, wodurch ich mich beim Kochen ablenken kann.«

»Ich möchte nicht wissen, wie das Ergebnis erst aussieht, wenn Sie abgelenkt sind«, sagte Sina.

»Nein, nein, darum geht es ja gerade. Ich brauche Ablenkung. Sie müssen nämlich wissen, dass der Teil meines Gehirns, der sich voll auf etwas konzentrieren kann, nicht meine größte Stärke ist.«

»Zweifellos«, sagte Old Tom, der immer noch versuchte, den verkohlten Kartoffeln auf seinem Teller etwas Essbares abzugewinnen. Old Tom liebte Kartoffeln. Er schien es nicht fassen zu können, dass es jemand tatsächlich geschafft hatte, Kartoffeln ungenießbar zu machen.

»Der Teil meines Gehirns, der gut arbeitet, ist hinten. Sie wissen schon, am Hinterkopf«, fuhr Gladys fort. Sie plauderte auf die hemmungslose und fröhliche Weise, wie es Menschen es tun, die sich gern selber reden hören. Und am liebsten über sich selber reden. Unsere Blicke wanderten alle zu dem zerzausten Rattennest von Haaren auf ihrem Kopf, das seit mindestens einer Woche unangetastet zu sein schien.

Gladys fuhrwerkte mit der Gabel herum, während sie redete, und schwenkte sie achtlos über ihrem Kopf, sodass ihr Bröckchen von verbranntem Lachs in die Haare fielen. Da begriffen wir, wie es kam, dass ihre Haare so zerzaust aussahen, denn sie dachte überhaupt nicht daran, die Fischbröckchen zu entfernen. Ein etwas größeres Stückchen verbrannter Lachs war mitten in ihrem Rattennest gelandet und ragte zwischen den Haaren heraus, als wäre es ein Stück von ihrem verkohlten Gehirn, das sich herausgestrampelt hatte, um zu hören, was sie da erzählte. Wir mussten die ganze Zeit wie gebannt hinschauen. Zebediah gluckste und kicherte.

Gladys warf ihm einen Blick zu, der ein Gegenüber von geringerem Format zum Zwerg hätte schrumpfen lassen, und fuhr fort: »Die Menschen, müsst ihr wissen, haben entweder einen Vorderkopf oder einen Hinterkopf, der gut arbeitet. Niemals beides auf einmal. Und wenn man einen guten Hinterkopf hat, dann nützt es gar nichts, Dinge mit dem Vorderkopf erledigen zu wollen. Das klappt nicht.

Das gibt ein unerträgliches Mischmasch. Da kommt verbrannter Fisch heraus. Das Einzige, was dann hilft, ist, das Vorderhirn abzulenken, damit der hintere Teil besser arbeiten kann. Große Köche benutzen den Hinterkopf. Künstler benutzen den Hinterkopf. Hellseherinnen, und damit meine ich mich, benutzen den Hinterkopf.«

»Und wer benutzt den Vorderkopf?«, fragte Wilfred und blinzelte sie hinter seinen dicken Brillengläsern fragend an.

»Fabrikarbeiter«, sagte Gladys.

»Ich will Fabrikarbeiterin werden, wenn ich erwachsen bin«, sagte Winifred zu unserer großen Überraschung auf einmal. Wir richteten uns alle auf unseren Stühlen auf, neigten die Köpfe und schauten sie neugierig an.

»Wirklich?«, fragte ich. »In was für einer Fabrik denn?« Ich war froh, das Thema wechseln zu können. Von Gladys' Gehirn hatte ich genug.

»Ist mir egal«, sagte Winifred.

»Ich glaube, es ist das erste Mal, dass ich jemanden das sagen höre«, sagte Sina und schaute Winifred weiter von der Seite an. Ich spürte, dass Winifred bei ihr an Achtung gewonnen hatte.

»In der vierten Klasse sollten wir uns aussuchen, was wir später einmal werden wollen, und dazu ein Plakat malen. Als ich sagte, dass ich Fabrikarbeiterin werden will, lachten alle, aber das war mir egal. Ich habe nämlich eine Regel und die lautet: Gib nie vor, etwas zu sein, das du nicht bist.«

»Das ist sehr bewundernswert, mein Liebes«, sagte Sina. »Und bestimmt auch sehr befreiend. Du wirst eine großartige Fabrikarbeiterin sein.«

»Wir sind jetzt ganz davon abgekommen, wie mein Vorderhirn abgelenkt werden kann«, mischte Gladys sich ein und schob missmutig ihr verbranntes Essen von sich fort.

»Ähm-hmm«, sagte Sina, die ihr Essen längst aufgegeben und stattdessen Cornflakes und Milch auf den Tisch gestellt hatte und Müslischüsseln verteilte. »Und wie, schlagen Sie vor, soll das geschehen?«

»Ich bin froh, dass Sie fragen«, sagte Gladys und wirkte gleich munterer. »Ein Radio würde unglaublich viel helfen. Da könnte ich mit dem vorderen Teil meines Gehirns zuhören, der dann abgelenkt wäre, und der hintere Teil meines Gehirns könnte ungehindert arbeiten.«

»Nein«, sagte Sina.

»Sie könnten wenigstens einen Versuch wagen«, sagte Gladys.

»Nein«, sagte Sina. »Ich will so was nicht im Haus haben.«

»Im Laden hören Sie doch auch Radio«, sagte Gladys.

»Das ist was anderes«, sagte Sina.

»So geht es los – und dann nimmt es ein böses Ende«, sagte Old Tom, der schließlich auch vor den verbrannten Kartoffeln kapitulierte und anfing, wie wir alle Cornflakes zu essen. »Erst Radios, dann Klos mit Wasserspülung, dann Elektrizität. Und ehe du dich's versiehst, führst du ein Leben aus zweiter Hand. Die Menschen reden nicht mehr miteinander, weil die Leute im Radio ja so viel interessanter sind. Und es wird nicht mehr Klavier gespielt und am Abend miteinander gesungen, weil man ja das Radio hat, das das für einen erledigt. Und auf einmal ertappst du dich dabei, wie du glaubst, dass dir etwas Wichtiges entgeht, wenn du nicht jeden Abend Punkt sechs Uhr auf deinem Stuhl sitzt und Radio hörst. Und jemand möchte etwas zu dir sagen, aber du antwortest: *Psst, ich hör grad Radio.* Und bald glaubst du, dass du alles mitkriegen musst, was da im Radio läuft – Nachrichten, Musik, Unterhaltungssendungen, Gesprächsrunden. Du glaubst, dass alle anderen auch alles hören, und willst mithalten – und weißt du, was? Genauso ist es! Sie lauschen diesem Ding da und hören einander nicht mehr zu. Keiner lebt mehr mit Kind und Kegel und Freund und Feind in einer Gemeinschaft oder in einem Dorf zusammen. Nein, sie haben alle Umgang mit Menschen, die sie gar nicht persönlich kennen. Denen sie in Wirklichkeit nie begegnen werden. Sie leben mit dem Radio. Aber sie spüren, dass etwas fehlt. Und das tut es auch. Weil das Radio sich nämlich nicht darum kümmert, ob es sie gibt oder nicht.«

»Oh, Mann, so ein Quatsch«, sagte Gladys.

»Das ist kein Quatsch«, sagte Sina, »höchstens ein bisschen übertrieben ...«

»Ist es nicht«, sagte Old Tom.

»Aber ich werde Ihnen jetzt mal sagen«, unterbrach ihn Sina, »was da auch noch ist und das kann gar nicht ernst genug genommen werden – das ist die Sache mit den Radiowellen. Ich kann mir nicht vorstellen, dass das gut für einen ist. Sich das mal vorzustellen, die Menschen, die sowohl Strom als auch ein Radio haben, nichts als Wellen, die sie da bombardieren und Tag und Nacht ihre Körper durchschneiden. In ihrem Haus ständig hin und her laufen, von den Wänden abprallen und zurückgeschickt werden, ihre Gehirnströme durcheinanderbringen und wer weiß was noch alles stören ...«

»Und das wäre?«, fragte Gladys.

»Das können wir doch noch gar nicht wissen«, sagte Old Tom. »So neu, wie das alles ist. Vielleicht werden bald Kinder mit drei Augen geboren? Würde Ihnen das gefallen? Wenn Sie ein Baby mit drei Augen hätten?« Old Tom verschränkte die Arme, als wäre damit ein für alle Mal alles gesagt, und er und Sina nickten sich über den Tisch hinweg zu.

»Wie Sie meinen«, sagte Gladys. »Das ist Ihre Sache. Ich werde mein Bestes tun, aber erwarten Sie bloß nicht von mir, dass keine verbrannten Kartoffeln nicht mehr auf den Tisch kommen oder was anderes nicht, weil mein Hinterkopf nie eine Chance nicht bekommen hat.«

»Keine doppelten Verneinungen an meinem Abendbrottisch«, sagte Sina mürrisch. »Nicht vor den Kindern.«

»Sie sind keine netten Arbeitgeber nicht«, sagte Gladys. »Sie sind überhaupt keine netten Leute nicht. Und ich sag gerne zweimal und noch öfter nein.«

»Wir sind sehr nette Menschen«, entgegnete Sina. »Wir mögen nur keine Radios. Oder Grammatikfehler.«

Und dann – obwohl das Wetter bis dahin den ganzen Tag wunderschön gewesen war – ertönte auf einmal ein mächtiger Donnerschlag, vor den Fenstern wurde es tiefschwarz, eine fauchende Windbö vom Ozean fuhr herein und Old Tom und Sina sprangen auf und rannten hinaus, um die Tiere in den Stall holen.

Wilfred erhob sich ebenfalls. »Vielleicht kann Old Tom ja Hilfe gebrauchen«, sagte er und rannte ihnen nach. Als Zebediah sie dann wie die Verrückten im Regen kreuz und quer herumlaufen sah, beschloss er, dass er unbedingt auch nach draußen musste, um zwischen ihnen Flugzeug zu spielen, und mit ausgestreckten Armen platschte er durch den Matsch und machte dazu Motorengeräusche. Tarzan und Molly galoppierten an ihm vorbei, als Old Tom sie in die Scheune trieb, und die Kühe wurden von Sina von der anderen Seite in den Stall getrieben und ich schaute dem Schauspiel fasziniert zu und fragte mich, wie lange das wohl noch gut gehen und ob nicht gleich ein schreckliches Unglück passieren würde. Es war das reinste Chaos ausgebrochen. Trotzdem konnte meine ungute Vorahnung auch einfach mit dem plötzlich gesunkenen Luftdruck zu tun haben, was immer für eine wohlig gruselige Atmosphäre sorgt.

Auch Winifred stand auf und sagte: »Das ist die Gelegenheit. Ich werde nach dem Brief von Daddy suchen!«

Ich hörte, wie sie immer zwei Stufen auf einmal die Treppe hoch nahm. Dann musste sie in Zebediahs Zimmer angelangt sein. Ich fing gerade an, die Teller abzuräumen und in die Küche zu tragen, wo Gladys die Arme bis zu den Ellenbogen in Seifenschaum stecken hatte, als ich eine kühle Brise durchs Esszimmer fahren spürte. Ich erstarrte und stellte die Teller ab. Zuerst dachte ich, der Luftzug käme vom Kamin, aber dann kam mir der Gedanke, dass das sehr unwahrscheinlich war, weil wir den Kamin nie benutzten, und als ich den Rauchabzug überprüfte, war die Klappe fest verschlossen. Dann fiel mir ein, dass vielleicht jemand die Haustür offen stehen lassen hatte, aber als ich den Kopf hinaus in den Flur steckte, sah ich, dass die Tür zu war. Ein merkwürdig kalter Hauch lag in der Luft. Ein Todeshauch, aber das dachte ich erst im Nachhinein. Ich hatte noch nie eine solche fröstelnd machende Kälte verspürt. Während ich noch dastand und überlegte, woher der Luftzug wohl kommen mochte, zogen sich die Vorhänge im Esszimmer von selbst zu. Das Fenster, vor dem sie sich befanden, stand keineswegs offen, der Wind von draußen hatte nicht hereindringen können und so oder so hätte kein Wind auf der Welt es fertigbringen können, den Vorhang von beiden Seiten zuzuziehen. Ich habe nicht geschrien. Wie ich herausgefunden habe, schreit man nicht, wenn das Gehirn einfach nicht schnell genug ist, um zu verarbeiten, was man sieht. Und dann spürte ich zu meinem allergrößten Erschrecken zwei eisige Finger auf meiner Schulter und eine Sekunde später sah ich es – ein weißer Fleck huschte durch das Zimmer. Plötzlich begriff ich, was los war. Es konnte nur eines bedeuten. Ich rannte zur Haustür und brüllte, noch bevor der Gedanke feste Form angenommen hatte: »Ein Gespenst! Ein Gespenst!«

In meiner Hysterie war ich fest davon überzeugt, dass der Geist mich als Geisel hielt. Wir haben eine Tür mit einem Riegel, der zur Seite geschoben werden muss, und ich zog und zog am Riegel, aber er bewegte sich nicht. Warum wollte der Geist nicht, dass ich das Haus verließ? Was hatte er mit mir vor? Ich schrie weiter: »Ein Gespenst! Ein Gespenst!« Erst in der Sekunde, als Gladys in den Flur gerannt kam, begriff ich, was der Grund dafür war, dass der Riegel sich nicht noch weiter nach links schieben ließ: Er war bereits ganz nach links geschoben, die Tür war gar nicht verriegelt. Ich griff nach dem Türknauf, drehte ihn, die Tür flog weit auf und ich rannte an Zebediah vorbei, der immer noch

Flugzeug spielte, ins Freie und schrie dabei: »Ein Gespenst! Ein Gespenst! Ein Gespenst!«

Weshalb ich dann ziemlich enttäuscht war, als ich in die Scheune kam, wo Sina seelenruhig Hafer in die Tröge der Pferde füllte und Old Tom und Wilfred eifrig Heu nach unten schaufelten und mich keiner beachtete.

»Ein Gespeeeeeenst!«, brüllte ich noch einmal ausgiebig und laut, weil ich dachte, dass mich keiner gehört hatte. Wie war es sonst zu erklären, dass sie so ungerührt weitermachten? Ach, wie wenig war mir doch meine eigene Reaktion auf Sinas Ruf »Ufo!« in Erinnerung.

Und tatsächlich drehte sich jetzt Sina zu mir um, musterte mich und sagte: »Also wirklich, Franny. Das muss jetzt nicht sein. Lass uns dieses Spiel nicht spielen!«

»Was?«, fragte ich, weil ich immer noch glaubte, dass sie mich vielleicht nicht richtig gehört hatte. Oder vielleicht nervlich doch etwas angeschlagen war. Schließlich hatten wir auf einmal eine große Gästeschar im Haus.

»Ich sehe ein Ufo und jetzt siehst du ein Gespenst?«

»Willst du damit sagen, dass es gar kein Gespenst war, sondern dass ich dein Ufo gesehen habe?«, fragte ich verwirrt.

»Nein, ich will damit sagen, dass du mich unbedingt überbieten willst. Das erstaunt mich bei dir schon etwas.«

Da begriff ich. Sie dachte, ich würde mich selber wichtigmachen wollen, indem ich ein Gespenst erfand. Ich vergaß, von welchem Schrecken ich gepackt war, und reagierte verärgert. »Behauptest du, ich hätte gar kein Gespenst gesehen?«, fragte ich.

»Ehrlich, ich hätte von dir gedacht, dass du etwas einfallsreicher bist.« Sina füllte die Wassertränken der Pferde und Kühe. »Gespenster und Ufos sind sich als Erscheinung doch ziemlich ähnlich.«

»Sind sie nicht!«

»Was meinst du, Tom?«, fragte Sina.

»Ich meine, dass Franny glaubt, ein Gespenst gesehen zu haben, und ich meine, dass du glaubst, ein Ufo gesehen zu haben, und ich meine, dass hier alle übergeschnappt sind. Ihr seid durchgedrehte, verschreckte Hühner. Aber zum Glück habe ich Wilfred«, sagte Old Tom und klopfte Wilfred liebevoll auf die Schulter. Dann schaufelten die beiden weiter Heu. Old Tom hatte Wilfred offensichtlich richtig ins Herz geschlossen, nachdem sie den ganzen Tag lang nebeneinander gearbeitet hatten, und ich wurde plötzlich von so heftiger Eifersucht gepackt, dass ich Wilfred fast in einen Kuhfladen geschubst hätte. Wollen wir doch mal sehen, ob ihn das aus seinem Phlegma aufschrecken lässt, dachte ich, aber natürlich zügelte ich mich rechtzeitig und gab der Verlockung nicht nach.

»Niemand mag ein Äffchen, das alles nachahmt«, sagte Sina.

»Also, entschuldige mal«, sagte ich, »aber wenn wir dir mit deinem Ufo geglaubt haben, dann könntest du wenigstens kurz mal in Erwägung ziehen, ob es nicht auch Gespenster gibt.«

»Ihr habt mir nicht geglaubt!«, protestierte Sina. »Ihr habt nichts als Witze darüber gerissen.«

»Das ist jetzt unfair«, sagte ich. »Nur Old Tom hat sich darüber lustig gemacht.«

»Ja, aber der Rest von euch hat auch gedacht, ich hätte einen Sprung in der Schüssel.«

Ich sagte nichts. Sie hatte recht. Es war offensichtlich, dass wir uns inzwischen weniger dafür interessierten, ob diese Phänomene auch wirklich waren, als dafür, uns gegenseitig zu übertrumpfen. Und es lag an irgendeinem Groll, den wir beide hegten.

Missmutig fütterten wir die Tiere zu Ende und gaben ihnen Wasser. Dann liefen Sina und ich durch den prasselnden Regen zurück. Wilfred rannte dem brummenden Zebediah hinterher, packte ihn am Ärmel und zerrte ihn ins Haus. Und Old Tom drehte noch eine Runde, um sicherzustellen, dass auch alle Nebengebäude verriegelt waren. Im Hausflur konnten wir hören, wie Winifred in den Dachkammern herumhuschte. Als sie herunterkam, hatte sie einen verdächtig unschuldigen Ausdruck im Gesicht.

»Hast du ihn gefunden?«, flüsterte ich.

»Nein, verflixt und zugenäht«, flüsterte sie zurück. »Vielleicht kannst du später Zebediah mit irgendwas ablenken und ich schleich mich dann noch mal rauf.

In seiner Hosentasche, wo er ihn drin hatte, als er nach Hause kam, steckt er jedenfalls nicht mehr. Deshalb muss er ihn irgendwo im Zimmer versteckt haben. Ich hab in allen Schubladen und in seinem Bett gesucht, aber er ist ein Meisterverstecker. Ich brauche mehr Zeit.«

Sina und ich gingen in die Küche, um Gladys beim Abwaschen und Aufräumen zu helfen. Die anderen kamen auch in die Küche, schauten uns zu und tropften den Küchenboden nass. Ich erzählte ausführlich, was ich gesehen hatte, und stellte erfreut fest, dass Sina meiner Langversion etwas mehr Glauben schenkte. Sie schien endlich zu begreifen, dass ich das Gespenst nicht einfach bloß erfunden hatte, um ihr Ufo zu übertrumpfen. Aber Gladys zuckte nur mit den Schultern.

»Ach ja, Geister«, sagte sie, als gäbe es dort, wo sie herkam, Gespenster im Dutzend billiger. »Ich hab dich ›Ein Gespenst!‹ brüllen hören, und bis ich bei dir war, hattest du es dadurch schon verjagt. Aber es gibt nur ein Mittel, um Geister endgültig loszuwerden, man muss die Räume, in denen sie sich aufhalten, ausräuchern!«

»Ich habe gehört, dass Zimt auch ziemlich wirkungsvoll sein soll«, meinte Sina nachdenklich. Während ihres langen und turbulenten Lebens auf dieser Erde hatte Sina alle möglichen Wissensbrocken und Informationshäppchen aufgeschnappt, die in ihrem Gehirn auf irgendwelchen Bahnen unterwegs waren. Da sie jetzt offensichtlich der Meinung war, dass ich wirklich ein Gespenst gesehen hatte, schien sie in ihrem Vorratsspeicher nach etwas Verwertbarem zu kramen.

»Also«, sagte Gladys, »Zimt hilft auch schon etwas, aber wenn ihr mich fragt, geht nichts übers Ausräuchern. Wenn ihr mir Salbei und Rosmarin aus dem Garten bringt, dann zeige ich euch, wie das geht.« Sie wandte sich zu mir: »Dann kann dieses Gespenst dir nichts mehr anhaben.«

»Es gießt in Strömen«, sagte Sina. »Wenn hier weiter dauernd alle raus und reinstiefeln, haben wir überall Pfützen.«

»Was ist Ihnen lieber?«, fragte Gladys. »Pfützen oder Geister?«

Sina machte kehrt und wollte gerade durch die Haustür, um Salbei und Rosmarin zu holen, als Old Tom hereinkam und sich wie ein großer nasser Hund schüttelte.

»Wohin gehst du?«, fragte er.

»Rosmarin und Salbei holen. Verbrennen. Ausräuchern. Das vertreibt die Gespenster.«

»Wenn ihr sonst nichts zu tun habt«, sagte Old Tom.

»Du kannst auch gern mithelfen, wenn du magst«, sagte Sina.

»Danke, da muss ich passen«, sagte Old Tom und ging nach oben, um zu lesen.

Als Sina die Kräuter gebracht hatte, trocknete Gladys sie, weil sie vom Regen pitschnass waren, band sie fest zusammen und zündete sie dann an. Alle außer Old Tom marschierten dann hinter ihr her und zogen in feierlicher Prozession durchs Esszimmer. Gladys brabbelte irgendwelches unverständliches Zeugs vor sich hin, so wie es ihr gerade in den Sinn kam (jedenfalls schien es mir anfangs so), oder vielleicht war es ja auch eine richtige Geisterbeschwörung, na ja, also eigentlich das Gegenteil davon, weil wir den Geist ja vertreiben wollten. Auf alle Fälle hat es gut gerochen, ein bisschen wie an Thanksgiving.

»Vielleicht hat der Geist sich in ein anderes Zimmer verzogen«, sagte Zebediah. »Vielleicht sollten wir alle Zimmer ausräuchern.«

»Gespenster gibt es nicht«, sagte Wilfred. »Ich geh nach oben, um zu lesen.«

Sieh mal einer an, unser kleiner Gefolgsmann von Old Tom, dachte ich griesgrämig.

»Ich auch«, sagte Zebediah. »Mich gruselt's.«

»Nein, du bleibst noch hier«, sagte Winifred.

»Ich gehe«, sagte Zebediah.

»Nein, du musst noch dableiben«, sagte Winifred. »Ist doch so, Franny, oder? Ich hab nämlich gehört, dass bei so einer Geisteraustreibung unbedingt ein kleiner Junge dabei sein muss. Damit es voll wirken kann.«

»Quatsch mit Tomatensoße«, sagte Gladys. »So was Dummes hab ich noch nie gehört.«

»Na, wenn das jetzt nicht dummes Gerede ist«, sagte Winifred. »Bitte bleib noch zehn Minuten hier unten, dafür lese ich dir dann später ein Kapitel aus dem *Flieger-handbuch für junge Männer* vor.«

»Zwei Kapitel«, sagte Zebediah.

»Eines«, sagte Winifred.

»Eineinhalb.«

»Na gut. Ich muss jetzt in die Badewanne. Du bleibst hier und vertreibst das Gespenst.«

»Ich will aber nicht ganz allein hier sein«, sagte Zebediah.

»Bist du doch nicht, du Dummerjan. Es sind doch noch Franny und Sina und Gladys da.«

»Aber der Einzige aus unserer Familie.«

»Jetzt sei nicht so zimperlich. Du vertrittst unsere ganze Familie«, sagte Winifred. »Das ist eine große Ehre.« Und damit verschwand sie nach oben, um erneut nach dem Brief zu suchen.

Wir marschierten noch einmal um den Esstisch herum, aber ich merkte, dass bei Gladys der Elan nachließ.

»Gut, das war's dann«, sagte Sina. »Falls da wirklich ein Gespenst gewesen sein sollte, haben wir es jetzt kräftig ausgeräuchert. Lasst uns noch etwas Zimt verstreuen und dann ins Bett gehen.«

»NEIN!«, brüllte ich, um noch etwas mehr Zeit für Winifred herauszuschinden. Zu meiner großen Verblüffung brüllte Gladys ebenfalls »NEIN!«.

»Ich verspüre Schwingungen!«, sagte sie.

»Geisterschwingungen?«, fragte ich und bekam überall

an den Armen Gänsehaut. Trotz der lustigen Stimmung steckte mir das mit dem Gespenst noch in den Knochen und mich fröstelte.

»Nein. Übersinnliche Schwingungen – und sie kommen von ...«

Gladys drehte sich im Kreis und musterte uns alle mit zusammengekniffenen Augen, so als würde sie sich mit aller Kraft konzentrieren oder mit dem Jenseits kommunizieren. »Von IHNEN!« Sie deutete auf Sina, der ein Aufschrei entfuhr. Unwillkürlich machte sie einen Schritt zurück.

»Ja, Sie senden gerade besonders starke Wellen aus«, sagte Gladys und nickte wie zur Bestätigung. »Der Augenblick für eine Lesung ist hervorragend.«

»Was für eine Lesung?«, fragte Sina, nahm die brennenden Kräuter aus Gladys Hand und legte das Büschel in den Kamin, damit wir nicht aus Versehen noch das Haus abbrannten.

»Um zu verstehen, welche Botschaft Ihre Schwingungen aussenden.«

»Wie viel kostet mich das?«, fragte Sina und blickte Gladys skeptisch an.

»Das kränkt mich jetzt aber sehr«, sagte Gladys, zog einen Esszimmerstuhl zu sich heran und setzte sich. »Glauben Sie wirklich, ich bin im Stande, meiner hochverehrten Hausherrin für diesen Dienst etwas abzuverlangen?«

»Ja, das glaube ich«, sagte Sina. »Aber wenn es wirklich kostenlos ist, warum nicht?«

Zebediah und ich zogen uns ebenfalls Stühle heran. Das Ausräuchern war ja ein bisschen unheimlich gewesen, aber das hier schien spannend zu werden.

»Und jetzt«, sagte Gladys, »reicht mir eure Hände.«

»Muss das sein?«, fragte Sina.

»Sie haben wirklich gar keinen blassen Schimmer, was?«, fragte Gladys, die ihren aufgesetzten Charme fallen ließ und wieder zu ihrem alten pampigen Selbst zurückkehrte.

»Na, ich glaub, ich ahne und weiß schon so manches. Sie müssen mir schon verzeihen, wenn ich nicht auf das allerletzte Hoodoo-Voodoo reinfalle«, sagte Sina, die selber ganz gut austeilen konnte.

»Die Hände!«, befahl Gladys.

Sina legte ihre Hände in die Hände von Gladys.

Die Atmosphäre war, wie man so schön sagt, geladen. Die Szenerie hätte kaum dramatischer sein können: Rauchschwaden hingen noch im Zimmer, der Wind schüttelte die Tannen, es brauste und pfiff ums Haus. Sturmwellen peitschten gegen die Felsen, ringsum war es finster. Wir mussten die Petroleumlampen erst noch anzünden, nur die Kerzen flackerten auf dem Tisch. Unsere Gesichter waren ernst und angespannt. Wenn eine solche Stimmung herrscht, können schon mal schnell Gespenster erscheinen. Ich war jedenfalls sehr wachsam.

»Sagen Sie Ihren vollen Namen«, forderte Gladys Sina feierlich auf.

»Muss ich das?«, fragte Sina.

»Name!«, fuhr Gladys sie an. Dieses ständige Hin und Her zwischen geheimnisvoller Hellseherin und Kotzbrocken konnte einen auf Dauer ganz wirr machen.

Ich merkte, wie es Sina aus der Bahn warf, denn sie antwortete gehorsam: »Thomasina Maria Whitekraft.«

»Thomasina Maria, ich muss Ihnen drei Dinge mitteilen. Erstens ist es Ihr großes Geschenk – und es ist eine Gabe –, dass Sie keine Ahnung haben, wie schön Sie sind. Denken Sie immer daran, das ist ein Geschenk. Ihre große strahlende Schönheit und ihre Unterbewusstheit.«

»Ich glaube, das Wort Unterbewusstheit gibt es gar nicht«, sagte ich.

»Still«, sagte Sina. »Ich glaube, sie weiß vielleicht doch, was sie tut. Reden Sie weiter.«

»Zweitens haben Sie großes Talent. Aber das ist ebenfalls in Ihrem Unterbewusstsein.«

Mir fiel auf, dass sie das Wort »Unterbewusstheit« nicht noch einmal benutzte, was ich als Sieg verbuchte.

Obwohl Sina sich gegen den ganzen Unsinn bestimmt sträubte, strahlte sie.

»Drittens werden Ufos über das Radio versuchen, mit Ihnen Kontakt aufzunehmen. Das ist wichtig, das ist sehr, sehr wichtig ...« Und dann jagte Gladys uns einen

Riesenschrecken ein, weil ihre Augenlider zu flattern begannen, sie ohnmächtig wurde, von ihrem Stuhl glitt und auf den Boden fiel.

Sina sprang auf, aber im selben Moment hörten wir Winifred die Treppe herunterpoltern, immer zwei Stufen auf einmal nehmend, wie sie es immer machte.

»Ich hab ihn gefunden! Ich hab ihn gefunden!«, rief sie und stürmte ins Esszimmer. »Du kleiner Mistkäfer, was soll das denn heißen?« Über ihrem Kopf, sodass alle es sehen konnten, schwenkte sie ein Blatt Papier, auf dem in Blockbuchstaben vier Wörter geschrieben waren: DIE ZEIT IST GEKOMMEN.

GEHEIMNISSE

»Gib ihn her!«, rief Zebediah. Er kletterte auf den Stuhl, um besser nach dem Brief greifen zu können, und sprang hoch.

Woraufhin der Stuhl umkippte und auf Gladys fiel, die losbrüllte: »AUA! Habt ihr nicht bemerkt, dass ich grade wegen der Stärke der Schwingungen in tiefe Ohnmacht gefallen bin? Bitte etwas mehr Respekt!«

»Schluss damit! Stehen Sie auf«, sagte Sina. »Zeit für uns alle, ins Bett zu gehen.«

Gladys wollte sich langsam aufrichten, aber Winifred und Zebediah lieferten sich über ihr immer noch eine Rauferei mit Krallen und Zähnen, wie ich sie vorher noch nie erlebt hatte. Ein Freestyle-Ringen, bei dem sämtliche Griffe erlaubt waren, mitsamt Blutig-Kratzen und An-den-Haaren-Ziehen, bis sie direkt auf sie draufplumpsten. Gladys schrie erwartungsgemäß wie am Spieß, was aber weder Zebediah noch Winifred in ihrem Zorn aufzufallen schien – sie prügelten sich einfach auf ihr weiter und machten dabei so viel Lärm, dass Old Tom die Treppe herunterkam, gefolgt von Wilfred, und gemeinsam gelang es ihnen, Zebediah und Winifred auseinanderzuzerren, die, obwohl sie festgehalten wurden, immer noch wild um sich schlugen, während Gladys laut jammerte: »Und was ist mit mir?«

»Mit dir? Geh schlafen!«, sagte Sina, die sich erschöpft hingesetzt hatte, um die Petroleumlampen anzuzünden.

»Wie? Sie meinen in meine Hütte? Ich geh da im Finstern nicht allein rüber. Hier gibt es Gespenster!«

»Gespenster?«, sagte Old Tom. »Wegen der Gespenster würde ich mir an Ihrer Stelle keine Sorgen machen. Eher wegen der Pumas. Aber jeder, wie er meint. Und ihr beiden, ihr solltet euch mal eine Scheibe von eurem Bruder abschneiden. Wilfred ist ein Musterknabe, wie ich noch keinen erlebt habe. Ihn würde man nie dabei erwischen, wie er –«

Aber er wurde von Wilfred unterbrochen, der gerade den Brief seines Vaters mit dem rätselhaften DIE ZEIT IST GEKOMMEN entdeckt hatte. Mit dem Aufschrei »Kleiner Halunke, du wolltest wohl, dass das dein Geheimnis bleibt?« stürzte er sich auf Zebediah und verpasste ihm eine Kopfnuss.

Weil Wilfred stets ruhig und besonnen war, überraschte er uns alle damit. Nur für Zebediah selbst schien es keine große Überraschung zu sein. Er war offensichtlich an eine solche Behandlung gewöhnt.

»Ins Bett mit euch! Alle drei!«, rief Old Tom. »Das ist ja das reinste Irrenhaus.« Ob Zebediah von Wilfred eine Kopfnuss bekam oder nicht, schien ihm egal zu sein. Ihn ärgerte nur, dass Wilfred sie Zebediah verpasst hatte, während er gerade eine Rede hielt, in der er Wilfreds Tugenden pries.

»Geht jetzt alle ins Bett«, sagte Sina.

»Ich geh da nicht allein raus!«, rief Gladys. »Da gibt es Gespenster!«

Also griff Old Tom, gutmütig, wie er war, nach einer angezündeten Petroleumlampe und schickte sich an, Gladys über den Hof zu ihrer Hütte zu geleiten.

»Es gibt keine Gespenster!«

»Doch, gibt es!«

»Nein, gibt es nicht!«

»DOCH!«

»Es gibt bei uns Pumas. Es gibt bei uns Bären. Es gibt bei uns Eulen, die dich angreifen und dir die Augen auskratzen können. Es gibt Fledermäuse. Es gibt Wölfe. Es gibt ganz vieles, wovor du da draußen Angst haben kannst. Aber es gibt KEINE GESPENSTER!«

»Doch!«, sagte Gladys.

Nachdem Old Tom mit Gladys gegangen war, drehte sich Sina mit funkelnden Augen zu uns und sagte: »Und jetzt marsch ab ins Bett, alle miteinander. Keiner sagt mehr ein Wort. Ich verbitte mir für heute Abend jede weitere zwischenmenschliche Handlung, weil eine Spannung in der Luft liegt, die sich bei der geringsten weiteren Reibung entzünden kann. Und dann brennt mir noch das Haus ab. Wir dürfen untereinander keinen Kontakt mehr haben.«

Und während wir alle dastanden, sie verständnislos anstarrten und diese ungewohnte rednerische Delikatesse zu verdauen versuchten, kniff sie missmutig die Augen zusammen und kläffte laut: »AB INS BETT!«, was sonst gar nicht ihre Art war. Wir huschten alle in unsere Zimmer wie Kaninchen in ihre Löcher. Die Madden-Geschwister verschwanden in ihre Dachkammern und ich stieg hinauf in meine Laterne, um das Erlebnis mit dem Gespenst aufzuschreiben.

Obwohl ich von der Magie und dem Geheimnis des Geschehenen ganz erfüllt war und fieberhaft vor mich hinschrieb, fehlte wie gewöhnlich etwas, als ich danach meine Aufzeichnungen durchlas. Ich hätte es wissen müssen. Aus einem tatsächlichen Ereignis eine Geschichte zu machen, hatte noch nie geklappt. Ich versuchte, eine Seejungfrau einzubauen, aber das machte es auch nicht besser. Ich bin nicht blöd, ich weiß, Geschichten entstehen nicht dadurch, dass man einfach Dinge aneinanderreiht und dann aufs Beste hofft. Die Geschichten, wo auch immer sie herkommen, entspringen nicht einfach so meinem eigenen schlaumeierischen kleinen Gehirn. Aber dennoch, seufzte ich, muss man es einfach versuchen. Deshalb fing ich noch einmal von vorne an, aber es wollte auch diesmal nicht klappen. Mir dämmerte allmählich, dass die Magie in einer Geschichte nicht dadurch entsteht, dass man über etwas Magisches schreibt. Die Geschichte selbst muss magisch sein. Und mich beschlich immer mehr das Gefühl, dass es mit mir als Schreiberin selbst gar nichts zu tun hatte. Ich wollte unbedingt erzwingen, dass meine Geschichten etwas Magisches hatten. Aber es gelang mir einfach nicht, was wahnsinnig frustrierend war. Viele Leute schreiben ganz gute Geschichten. Nur wenige schreiben Geschichten, die magisch sind. Schließlich ging ich ins Bett.

Ich lag noch eine Weile wach und lauschte auf Störgeräusche, aber die einzige Störung war Sina, die an die Tür klopfte, hereinkam und mir sagte, dass sie mir unbedingt etwas erzählen müsste. Als sie geendet hatte, wusste ich gar nicht mehr, wo bei mir oben und unten war. Aber der Rest der Nacht war friedlich und still.

***

Der Sonntagmorgen war ruhig und klar. Wir waren alle wieder mehr oder weniger normal oder taten wenigstens so, als wären wir wieder bei Sinnen. Als wir zum Frühstück herunterkamen, war nichts vorbereitet und von Gladys weit und breit nichts zu sehen. Sina machte sich besorgt zu ihrer Hütte auf und sagte, sie hoffe, dass Gladys nicht krank sei. Aber ich spürte ganz genau, dass sie nach den Aufregungen der letzten Tage befürchtete, es könne ihr irgendwas zugestoßen sein – Geister, Ufos, was weiß ich? Was uneingeladene Gäste betraf, hatten wir in der East Sooke Farm jedenfalls im Moment ein großes buntes Angebot.

Als Sina zurückkam, wirkte sie wie vor den Kopf gestoßen.

Sie setzte sich zu uns Kindern an den Küchentisch. Keiner von uns vieren wusste, ob uns jetzt jemand ein Frühstück hinstellen würde oder ob wir uns selber darum kümmern mussten. Zuerst sagte Sina gar nichts, starrte nur vor sich hin, als müsste sie erst einmal bei ihren Gedanken klar Schiff machen. Dann drehte sie sich zu uns und sagte: »Gladys wird heute nicht für uns kochen.«

»Ach, herrjemine«, sagte ich. »Sind Marsmännchen daran schuld?«

»Sie sagt, heute sei ihr freier Tag. Das sei von der Gewerkschaft so vorgeschrieben.«

»Ist sie Mitglied in einer Köchinnen-Gewerkschaft?«, fragte Winifred überrascht.

»Behauptet sie jedenfalls«, sagte Sina. »Und sie hat mich beschuldigt, eine üble Ausbeuterin zu sein. Ich hab ihr geantwortet, damit ich eine Ausbeuterin sein kann, müsste sie erst einmal richtig etwas arbeiten. Daraufhin hat sie mir die Tür vor der Nase zugeschlagen.«

Als Old Tom vom Füttern der Tiere hereinkam und sah, dass wir noch gar kein Frühstück auf dem Tisch stehen hatten, hantierte er herum und machte erst einmal Kaffee und danach für uns alle Pfannkuchen. Auf die Nachricht, dass Gladys nicht kochen würde, wirkte er erfreut und sagte: »Macht nichts. Ich bereite mein berühmtes Brathuhn zu. Das beste Hühnchen, das ihr jemals gegessen habt, Kinder. Hab gesehen, du hast uns schon eins ausgesucht, Franny.«

»Ja«, sagte ich.

»Schlechte Eierlegerin?«, fragte er.

»Überhaupt schlechtes Huhn«, sagte ich und schaute in die entgegengesetzte Richtung. Ich wollte nicht, dass Old Tom ahnte, nach welcher Methode ich das Sonntagshühnchen auswählte, deshalb wechselte ich das Thema. »Sina, kannst du vielleicht Papierpuppen für Winifred und mich machen? Bitte, bitte!« Sina bastelte die besten Papierpuppen auf der Welt. Sie konnte ihnen jeden Gesichtsausdruck geben, den sie oder ich haben wollten. Winifred und ich waren schon etwas zu alt dafür, um noch mit Papierpuppen zu spielen, aber wir waren nicht zu alt dafür, welche zu besitzen.

»Na klar«, sagte Sina und gemeinsam begannen wir, eine ganze Familie hochnäsiger Puppen zu entwerfen. Wilfred und Old Tom setzten sich ans entgegengesetzte Ende des Esszimmertischs, an den wir zum Frühstücken umgezogen waren, und besprachen, welche Arbeiten sie an diesem Tag in Angriff nehmen wollten. Deshalb bemerkten wir kaum, als Zebediah hinausschlüpfte, im Wald verschwand und erst zum Mittagessen wieder zurückkehrte.

***

»Jungs«, sagte Sina nach dem Mittagessen, während sie Zebediah nachschaute, der wieder zur Haustür hinausrannte, »brauchen viel Zeit und Bewegungsfreiheit, um die Welt zu erforschen. Sie müssen in dem Alter so richtig in Schwierigkeiten geraten. Das hilft ihnen dabei, diesen Drang zu überwinden, bevor sie Männer werden.« Dann zeichnete sie eine Serie von Papierpuppen, die an ihren Füßen von Bäumen baumeln oder von Klippen springen und lauter solche Sachen. Wir fanden das sehr lustig. Aber nur, weil wir ja keine Ahnung hatten, was Zebediah tatsächlich trieb.

Alles in allem verlief der Tag friedlich und fand seinen Höhepunkt im überaus köstlichen Abendessen mit dem Brathuhn. Gladys geruhte, sich uns anzuschließen, und rührte keinen Finger, weder beim Tischdecken noch beim Abwasch. Aber wir gingen darauf nicht weiter ein und ich glaube, das war für sie ein bisschen enttäuschend.

***

Am Montagmorgen verschwand Zebediah wieder im Wald.

Winifred und ich hatten gerade angefangen, im Hühnerstall die Eier einzusammeln, als Wilfred mit einer Schubkarre ankam.

»Ich brauche etwas Kompost«, sagte er. »Old Tom hat gesagt, weil mit dem Kartoffelacker und dem Küchengarten jetzt alles paletti ist, können wir zwischendurch mal schnell etwas Kompost in den anderen Gärten verteilen. Ich soll überall eine Karre Mist abladen.«

»Die Blumengärten sind meine Lieblingsgärten«, sagte Winifred zu mir, während wir gemeinsam zuschauten, wie Wilfred vom Misthaufen neben dem Hühnerstall Mist auf seine Schubkarre schaufelte. »Gibt es da einen, den du besonders gern magst? Bei mir ist es der mit den ganz hohen Blumen.«

»Das ist der englische Garten«, sagte ich. »Das ist auch mein Lieblingsgarten. Es gibt dort Stockrosen und Glockenblumen und Lupinen und Mohnblumen. Wir wissen nicht, wer sie gepflanzt hat. Vielleicht war es Tante Bertha, die Erbtante von Old Tom, aber wir sind uns nicht sicher. Als ich klein war, habe ich da immer gespielt, weil der Garten für mich genau so ausgesehen hat, wie ich mir einen Märchengarten vorgestellt habe. Sinas Lieblingsgarten ist der italienische Garten.«

Winifred und ich griffen uns Schaufeln und gingen zu Wilfred, um ihm zu helfen. Als wir gemeinsam die Schubkarre über eine der vielen ungemähten Wiesen zum englischen Garten abwechselnd schoben und zerrten, deutete ich auf das Buchsbaumlabyrinth und das streng geometrische Muster der Hecken im italienischen Garten am Rand unseres Hofs. Wir nennen ihn auch den Boskettgarten. Daneben ist der Statuengarten, der wenig Pflege braucht, weil er vor allem aus Zwergbäumen und Statuen besteht.

»Der italienische Garten, der Statuengarten und der Kräutergarten wurden von den Leuten geschaffen, die hier auch die Tennisplätze angelegt haben und legendäre Partys feierten«, sagte ich. »Old Tom mag diese Gärten nicht besonders, weil da keine Blumen wachsen und der Buchsbaum ständig gestutzt werden muss. Wenn Sina nicht wäre, hätte er sie längst plattgemacht. Er kann nicht wie sie die Schönheit des italienischen Gartens erkennen. Im Kräutergarten gibt es auch Buchsbaum, der beschnitten werden muss, aber der ist niedrig und dient dazu, die Beete mit den verschiedenen Kräutern voneinander zu trennen. Old Tom sagt, die Tennisplatzleute müssen ganz vernarrt in Buchsbaum gewesen sein. Im Kräutergarten hat er nicht so viel dagegen, ihn immer wieder stutzen zu müssen, weil er da wenigstens einen Zweck hat und die Küchenkräuter schützt.«

»Old Tom hat gesagt, der Wildblumengarten und der Garten mit den exotischen Blumen sind heute noch nicht dran«, sagte Wilfred. Wir luden den Mist im englischen

Garten ab und gingen zurück. Als Nächstes war der Heliotropgarten dran.

»Nach dem englischen Garten ist der Heliotropgarten mein zweiter Lieblingsgarten«, sagte ich, während wir die Schubkarre wieder mit Dung füllten, »weil er so romantisch ist und so wunderbar nach Vanille duftet. Er geht auf Mrs Brown zurück. Aber man muss da dauernd die verwelkten Blüten und Blätter abzupfen. Ich bemühe mich, immer dran zu denken, wenn ich vorbeikomme. Dann geh ich rein und zupf ein bisschen rum. Ich hab nämlich Angst, dass er als Erster plattgewalzt werden würde, wenn einer der Gärten dran glauben müsste. Old Tom möchte gern mehr Gemüse anbauen, aber das würde bedeuten, dass einer der Blumengärten dafür weichen muss. Und er würde niemals den japanischen Garten unterpflügen, weil das nämlich sein Lieblingsgarten ist. Obwohl er immer behauptet, er bereue es, damit hier angefangen zu haben.«

»Die Leute reagieren wahrscheinlich etwas komisch darauf, seit Krieg ist«, mischte Wilfred sich besserwisserisch ein.

»Oh, nein, das ist Old Tom vollkommen egal!«, rief ich. »Nein, er sagt, es hat damit zu tun, dass es so eine Last sei, sich darum zu kümmern. Aber ich weiß, dass er es nicht so meint. Der japanische Garten ist der Garten, den er wirklich liebt, und er macht darum viel Aufhebens mit der genau ausgetüftelten Bepflanzung und den schmalen Wegen, die hindurchführen. Außerdem hat er für ihn das meiste Geld ausgegeben. Jedes Mal, wenn er etwas Neues hinzufügt, merkt er, dass etwas anderes fehlt und unbedingt gemacht werden muss. Zuerst stellte er Steinlaternen auf. Das führte dann zu einer kleinen Brücke über den Bach. Danach war er mit dem Bach unzufrieden und legte einen Seerosenteich an. Der Seerosenteich zog eine Pergola mit Glyzinien nach sich, deren lavendelfarbene Ranken bis ins Wasser hängen. Was ihn wiederum erst so richtig mit der Nase darauf stieß, dass im Teich Koi fehlten, deshalb kaufte er Koi, die aber immer wieder von den Reihern aufgefressen wurden, bis er sich ein Netz ausdachte, das über den Teich heruntergelassen werden kann, damit die Reiher nicht an die Koi rankommen. Wenn wir Besuch von richtigen, echten Gärtnern bekommen, dann können sie sich beim Anblick des japanischen Gartens vor lauter Aahs und Oohs immer gar nicht mehr einkriegen. Das ist der Garten, den sie am meisten bewundern.«

Danach arbeiteten wir eine Weile stumm gemeinsam weiter. Die letzte Ladung Kompost kippten wir vor dem japanischen Garten aus. Winifred und ich blieben noch einen Moment, um an der Glyzinie zu riechen. Im japanischen Garten halte ich mich nicht so oft auf. Für meinen Geschmack ist er etwas pedantisch, aber die Glyzinie duftete wirklich wunderbar. Wann immer Old Tom sich nach Ruhe und Frieden sehnt, findet man ihn auf der Steinbank neben dem winzigen Wasserfall, den er auch noch selber gebastelt hat. Er sagt, dass ihn nichts mehr beruhigt, als dem Wassergeplätscher zu lauschen.

Aus dem englischen Garten ertönte ein Ruf von Old Tom, woraufhin Wilfred zu ihm rübertrottete, um ihm beim Unkrautjäten und Verteilen des Komposts zu helfen.

Winifred und ich marschierten zurück in den Hühnerstall. Wir mussten ja noch die Eier weiter aufsammeln, durchleuchten und in die Kartons sortieren.

»Sollten wir nicht auch etwas Kompost vor dem Nachtgarten abladen?«, fragte Winifred. Wir hatten die letzten Eier einsortiert und wollten die Kartons gerade in den Kartoffelkeller tragen, wo sie kühler lagerten.

Bevor ich antworten konnte, kam Sina in den Hühnerstall und es geschah etwas noch nie Dagewesenes, sie rief nämlich: »Franny, Liebes, kannst du bitte gleich die Eier und die Milch hinten in den Lieferwagen stellen? Ich fahre zu Brookmans.«

»Aber da warst du doch erst Samstag«, sagte ich.

»Ja, weiß ich. Aber ich kann doch wohl hinfahren, wann ich will, oder? Und außerdem hätte Zebediah gern, dass ich einen Brief für ihn aufgebe.«

»Zebediah hat einen Brief an Mutter und Daddy geschrieben?«, fragte Winifred.

Sina zog den Umschlag aus ihrer Jackentasche und sagte: »Nein, offensichtlich nur an deinen Vater.«

Winifred und ich schauten uns an.

»Was ist denn?«, fragte Sina. »Warum sollte er denn nicht an seinen Vater schreiben?«

»Nein, nein, alles in Ordnung«, antworteten Winifred und ich wie aus einem Mund.

Sina warf uns einen langen, misstrauischen Blick zu, deshalb sagte ich: »Aber, Sina, du fährst doch sonst auch nicht häufiger als einmal in der Woche zu Brookmans. Wie oft hast du mir schon erklärt, dass das Benzin dafür teurer wäre als das, was wir mit dem Verkauf der Eier und der Milch verdienen.«

»Ich weiß sehr gut selber, was ich immer zu dir sage, Franny. Trotzdem fahre ich heute hin.«

»Dürfen wir auch mitkommen?«, fragte Winifred.

»Davon werde ich euch wohl kaum abhalten können«, sagte Sina, der deutlich anzumerken war, dass sie dieser Vorschlag nicht begeisterte.

Ich hatte keinen blassen Schimmer, warum Sina einen Grund haben sollte, Winifred und mich nicht mitzunehmen. Wir waren doch liebreizende Begleiterinnen. Deshalb stellten wir die Eier und die Milch auf die Ladefläche und rannten ins Haus, um uns schnell saubere Blusen anzuziehen. Mit einem Mistspritzer auf der Kleidung wollten wir keinesfalls losfahren.

***

Bei Brookmans waren alle Nachbarinnen mit Kaffeetrinken beschäftigt. Sina drückte Winifred und mir wieder eine Münze in die Hand. Ich fragte mich, ob sie wohl vergessen hatte, dass sie das bereits am Samstag getan hatte, denn eine Münze gab es höchstens einmal in der Woche. Höchstens. Winifred und ich beschlossen, uns davon etwas Süßes zu kaufen, das leicht durch vier zu teilen war. Es wäre uns nicht ganz gerecht vorgekommen, Wilfred und Zebediah von den Segnungen des unverhofften Geldregens auszuschließen. Unentschieden standen wir vor den Smarties und anderen Zuckersachen, als ich bemerkte, dass Sina sich höchst merkwürdig verhielt. Sie stand wie immer bei den Kaffeeklatschtanten, aber mit halbem Bein außerhalb des kleinen Kreises und etwas näher bei der Kassentheke, wo das Radio platziert war. Dann beobachtete ich, wie sie ihre Hand zur Theke hin ausstreckte und die Lautstärke des Radios heimlich lauter drehte. In diesem Moment hörte ich auf, mich um die Auswahl der Süßigkeiten zu kümmern, sondern behielt lieber weiter Sina im Auge. Nach kurzer Zeit wanderte ihre Hand erneut zum Lautstärkeregler. Sina verharrte in merkwürdiger Körperhaltung, hatte das Gesicht erwartungsvoll den anderen Frauen zugewandt, nickte, wenn die anderen nickten, und lachte, wenn die anderen lachten, aber ihre Miene verriet mir, dass sie kein Wort von dem, was gesagt wurde, mitbekam.

»Wie wär's mit Kaugummikugeln?«, fragte Winifred laut. »Statt der Smarties?«

»Schsch!«, machte Sina in diesem Moment so laut, dass alle um sie herum zu reden aufhörten.

»Ich … ich habe nicht euch gemeint«, sagte Sina zu den Nachbarinnen, die sie alle fragend anschauten. »Und dich hab ich auch nicht gemeint«, sagte sie zu Winifred. »Oder dich«, sagte sie zu mir.

»Wen haben Sie dann gemeint, meine Liebe?«, fragte Mrs Brookman.

»Ich, ähm, ich habe den Mann im Radio gemeint«, sagte Sina. »Er hat eine so unangenehme Stimme.« Sie errötete.

»Er kann Sie nicht hören«, sagte Miss Macy. »Das weiß ich, weil ich auch schon versucht habe, mich mit diesen klugen und interessanten Männern im Radio zu unterhalten. Manchmal fühle ich mich so einsam. So allein in meinem Haus. Die Männer im Radio bieten sich dann als nette Gesellschaft an. Aber ich bin zu der Schlussfolgerung gekommen, dass sie mich nicht hören können. Egal, wie laut ich rede.«

»Welche Männer im Radio denn?«, fragte Mrs Brookman.

»Alle«, sagte Miss Macy.

Die Frauen verdrehten stumm die Augen, Winifred und ich kauften unsere Süßigkeiten und danach plätscherte das Gespräch weiter vor sich hin. Sina, Winifred

Am Donnerstag überreichte Zebediah Sina einen weiteren Brief an Mr Madden. Sina versprach, ihn noch am selben Tag bei Brookmans aufzugeben. Dann verschwand Zebediah wieder im Wald.

»Das ist mir unangenehm«, sagte Winifred zu mir, als wir erneut Eier und Milch in den Lieferwagen luden. »Ich will nicht, dass sie sich verpflichtet fühlt, für ihn den persönlichen Postboten zu spielen. Sie hat doch sowieso schon so viel zu tun.«

»Ich glaube nicht, dass sie es wirklich nur für ihn macht«, sagte ich. »Du hast sie doch erlebt. Das mit dem Radio hast du doch auch beobachtet. Alles sehr merkwürdig. Ich glaube, da gibt es etwas, das sie uns nicht erzählt. Das passt gar nicht zu ihr, so geheimnistuerisch zu sein. Und es passt ganz und gar nicht zu ihr, so oft zu Brookmans zu fahren.«

»Alle sind plötzlich so geheimnistuerisch«, sagte Winifred. »Daddy, Zebediah, Sina. Glaubst du, dass sie unter einer Decke stecken? Hecken die gemeinsam was aus?«

»Was sollten denn dein Vater, Zebediah und Sina gemeinsam aushecken? Und deine Mutter – welche Rolle würde sie dabei spielen? Und Old Tom? Nein, Wilfred hat wahrscheinlich recht und die Briefe sind ganz harmlos. Außerdem kann Zebediah ja gerade mal Druckbuchstaben schreiben oder täusch ich mich da? Bestimmt schickt er deinem Vater nur Zeichnungen mit irgendwelchen Flugzeugen, die er entworfen hat, und versucht, sich selbst wichtigzumachen.«

»Und was ist mit dem Brief von Daddy, in dem stand: DIE ZEIT IST GEKOMMEN?«, fragte Winifred.

»Wer weiß? Höchste Zeit, mehr Sport zu treiben. Höchste Zeit, besser Schreiben zu lernen. Keine Ahnung. Das würde ich nicht so ernst nehmen.«

»Zu spät«, sagte Winifred. »Wir müssen es ernst nehmen.«

FAMILIENRAT

Aber am Samstag hatte Winifred mehr Glück. Als nämlich Sina bei unserer Rückkehr von Brookmans einen Brief an Zebediah aus ihrem Packen zog, ihn ihr überreichte und sagte: »Hab ich da nicht grade Zebediah aus dem Wald kommen sehen? Willst du laufen und ihn ihm geben?«

Winifred schnappte sich hastig den Brief, bevor Sina ihre Meinung änderte. Danach blätterte Sina weiter durch die Post, riss Umschläge auf und überflog die Briefe, die sie selbst bekommen hatte. Deshalb bemerkte sie gar nicht, dass Winifred und ich in mein Zimmer hochrannten, wo Winifred den Brief an Zebediah aufmachte. Er war von Fixing Bob und wie der erste in Blockbuchstaben geschrieben: BEHALTE ES FÜR DICH, ABER FINDE NOCH MEHR HERAUS.

»O weh, o weh. Wilfred muss jetzt unbedingt davon

erfahren«, sagte Winifred. »Wir müssen es ihm zeigen. Wir müssen eine geschlossene Front gegen Zebediah bilden. Was da steht, gefällt mir gar nicht. Wahrscheinlich ist Mutter deswegen auch nach Comox gefahren. Vielleicht stellt Daddy diesmal wirklich was richtig Dummes an!«

»Aber was könnte dein Vater denn planen?«, fragte ich. »Und warum sollte er Zebediah davon erzählen?«

»Keine Ahnung.« Winifred klang besorgt. »Aber wir finden es raus. Da kannst du sicher sein.«

Winifred zog Wilfred zur Seite, bevor wir uns alle zum Mittagessen versammelten, und zeigte ihm den Brief. Sie beschlossen, ein Treffen mit Zebediah anzuberaumen, um den Dingen auf den Grund zu gehen. Ich fühlte mich geschmeichelt, dass sie mich einbezogen, alles in allem handelte es sich ja schließlich um eine Familienangelegenheit.

Beim Mittagessen redeten wir nicht viel. Vielleicht weil Gladys Maraschinokirschen in den Thunfischsalat getan hatte und wir alle, Gladys eingeschlossen, damit beschäftigt waren, sie mit unseren Zungen aufzuspüren und in unsere Servietten zu spucken, möglichst ohne dass es jemand anders bemerkte. *Werft kein Essen weg! In Europa verhungern die Kinder!*, wurde uns überall von Plakaten und von den Erwachsenen, die es gebetsmühlenhaft wiederholten, eingeschärft. Natürlich sagten sie uns nie, wir sollten alles aufessen, wenn es um Süßigkeiten ging, nur wenn es sich um so lästige Speisen wie Spinat handelte. Aber trotz des Mitleids, das wir alle mit den armen hungernden Kindern in Europa hatten, war klar, dass die Maraschinokirschen einfach nicht genießbar waren. Weshalb wir uns eigentlich keine so große Mühe hätten machen müssen, sie heimlich in die Servietten zu spucken. Das heißt alle bis auf Zebediah, der jedes Mal, wenn er eine Maraschinokirsche erwischte »mjamm, mjamm, mjamm« machte und Gladys damit hoffentlich nicht zu weiteren neumodischen kulinarischen Eskapaden ermutigte. Oder vielleicht waren wir anderen auch nur geistesabwesend. Ich hätte es nicht sagen können. Nachtisch gab es keinen. Die Thunfisch-Maraschinokirschen-Kombination schien ein Eintopfwunder zu sein, das Salat, Sandwich und Dessert in sich vereinte.

Nach dem Essen machten wir uns zu viert auf an den Strand, ohne Zebediah mehr zu verraten, als dass da eine Zusammenkunft des Familienrats anberaumt war.

Es herrschte gerade Flut, deshalb setzten wir uns auf die großen Felsen und starrten schweigend aufs Meer hinaus, während wir darüber nachdachten, wie wir das unangenehme Thema mit den Briefen am besten anschneiden konnten.

»Na gut«, sagte Wilfred schließlich, »ich eröffne hiermit unseren heutigen Familienrat. Du ahnst vielleicht, Zebediah, warum wir ihn abhalten.«

»Nein«, sagte Zebediah.

»Du ahnst es nicht?«

»Nein, ihr kriegt's aus mir nicht raus«, sagte Zebediah. »Ihr wollt wissen, was Daddy mit DIE ZEIT IST GEKOMMEN meint. Ich sag's euch nicht, weil ich ihm versprochen habe, dass ich es niemandem sagen werde.«

»Das ist noch nicht alles.« Winifred zog den jüngsten Brief, den sie Zebediah bisher vorenthalten hatte, aus der Jackentasche. »Wir haben den Brief, den er dir heute geschickt hat, und wollen von dir wissen, was er mit BEHALTE ES FÜR DICH, ABER FINDE NOCH MEHR HERAUS meint.«

»Das ist mein Brief!«, rief Zebediah, sprang auf und wollte ihn ihr aus der Hand reißen.

Aber Winifred war schneller. Wilfred war ebenfalls aufgesprungen, packte Zebediah und setzte sich auf ihn drauf. Winifred steckte den Brief zurück in ihre Jackentasche.

»Wenn Daddy schreibt, dass du es für dich behalten sollst, dann heißt das nicht, dass du es auch vor uns geheim halten sollst.« Wilfred keuchte vor Anstrengung, weil Zebediah unter ihm so heftig zappelte. »Welchen Grund sollte Daddy denn haben, dir zu schreiben und uns nicht?«

»Weil ich ihm selber auch schreibe«, sagte Zebediah. »Und ich weiß Dinge, die ihr nicht wisst.«

»Tust du nicht«, sagte Winifred.

»Doch, tu ich«, sagte Zebediah.

»Ja, wirklich? Dann sag uns doch, was Daddy damit

meint, die Zeit sei gekommen«, forderte Wilfred ihn auf. »Ich sag dir jetzt mal, wofür die Zeit gekommen ist und was Daddy denkt. Es ist höchste Zeit, dass du uns erzählst, was los ist.«

»Ihr habt doch überhaupt keine Ahnung«, sagte Zebediah.

»Genau das ist der Punkt«, sagte Wilfred. »Deshalb sag es uns jetzt. Denk dran, dass wir uns vor langer Zeit geschworen haben, zwischen uns dreien immer alle Informationen, die wir über Mutter und Daddy gesammelt haben, auszutauschen. Es ist sehr wichtig, dass wir Kinder eine gemeinsame Front bilden.«

»Ich hab's Daddy versprochen und mein Versprechen halte ich«, sagte Zebediah. »Das letzte Mal, als er nach Hause gekommen ist, hat er mir etwas erzählt, das er euch nicht erzählt hat. Er hat gesagt, das sei unser kleines Geheimnis.«

»Du Natter«, sagte Winifred. »Von dir haben wir ganz besonders erwartet, dass du Mutters und Daddys Geheimnisse mit uns teilst!«

»Zebediah«, sagte Wilfred. »Teilen ist immer besser.«

»Ja«, sagte Winifred. »Haben Franny und ich denn nicht unsere Süßigkeiten mit dir geteilt, als wir sie auch heimlich selbst hätten behalten können?«

»Habt ihr nicht. Ihr habt gesagt, ihr gebt mir nur dann was, wenn ich euch mein Geheimnis verrate«, rief Zebediah wütend.

»Ganz genau«, sagte Winifred. »Du hast keine Süßigkeiten bekommen, weil du nicht teilen, wolltest. Du musst lernen zu teilen, Zebediah. Nicht zu teilen ist eine Sünde. Wenn du das jetzt nicht mit uns teilst, teilen Wilfred und ich auch nie mehr etwas mit dir. Nicht unsere Süßigkeiten, nicht unsere Geheimnisse, gar nichts. Und wenn du stirbst, fährst du zur Hölle. Zusammen mit Gespenstern und Kobolden.«

»Aber ich teile!«, brüllte Zebediah. »Ich teile nur nicht mit euch, was ich nicht mit euch teilen darf. Aber ich teile! Ich teile ganz viel mit euch!«

»Nein, tust du nicht, du Blindschleiche«, sagte Winifred. »Du rennst jeden Tag in den Wald und erzählst uns nicht, was du da die ganze Zeit treibst. Du kriegst von Daddy Briefe und ganz bestimmt will er, dass du uns erzählst, was er da schreibt, und du tust es nicht.«

»Ihr habt mich nie gefragt, was ich im Wald mache«, schrie Zebediah zornentbrannt. »Und ich fahr nicht mit Gespenstern und Kobolden zur Hölle.«

»Das kannst du dir nicht aussuchen«, sagte Winifred.

»Man wird da von ihnen runtergezerrt, ob man will oder nicht«, sagte Wilfred mit ausdrucksloser Miene.

»An deinen Haaren zerren sie dich runter«, sagte Winifred.

Ich fand, dass das Mit-den-Gespenstern-und-Kobolden-zur Hölle-Fahren etwas dick aufgetragen war. Aber es war ja schließlich nicht meine Familie. Und es schien sich um eine bewährte und erprobte Methode zu handeln, damit Zebediah ausspuckte, was er wusste.

»Und du hast recht, du fährst nicht mit Gespenstern und Kobolden zur Hölle, du fährst zu einer besonders schlimmen Hölle für kleine Jungs, die Geheimnisse vor ihren Geschwistern haben«, sagte Winifred, »und da warten so grässliche Kreaturen auf dich, dass bisher noch nie jemand davon gehört hat. Nur eines weiß ich ganz sicher, Zebediah Madden: Gespenster und Kobolde sind dagegen Kuscheltiere.«

»Na, na, jetzt lass mal gut sein, Winifred«, sagte Wilfred, legte ihr die Hand auf den Unterarm und drehte sich dann zu Zebediah. »Wollen wir ihm eine Chance geben, uns alles zu erzählen. Also, Zebediah, was machst du denn jeden Tag im Wald?«

»Ich besuche den Einsiedler«, sagte Zebediah.

»Tust du nicht«, entfuhr es mir. »Du willst uns doch nicht weismachen, dass ihr Freunde seid, nur weil er dich beim Ausspionieren erwischt hat. Der Einsiedler will niemanden um sich haben. Deshalb ist er ja ein Einsiedler.«

»Ipso facto«, sagte Wilfred.

Ich wusste nicht, was ›ipso facto‹ bedeutete, aber ich würde es nachschlagen. Das gab Zusatzpunkte, Wilfred!

»Er freut sich aber, wenn ich komme«, sagte Zebediah. »Er mag mich. Er hat mir gezeigt, wo die Seejungfrau ihn aus dem Meer gerettet hat.«

»Komm schon«, sagte Winifred. »Seejungfrauen!«

»Hat sie, hat sie.«

»Lügner«, sagte Winifred.

»Bin ich nicht«, sagte Zebediah. »Der Einsiedler hat es mir erzählt und er hat mir sogar ein paar Schuppen von ihr gezeigt, die sie verloren hat. Sie sind aus Gold und er bewahrt sie in einem Kästchen auf.«

»Du bist ein dicker, fetter Lügner«, sagte Winifred. »Uns nicht die Wahrheit zu sagen, ist ja eins. Aber sich so einen Riesenquatsch auszudenken!«

»Hab ich nicht! Das ist alles von ihm!«, sagte Zebediah, der unter dem schweren Körper von Wilfred zu zappeln aufgehört hatte. Aber am Brüllen konnte Wilfred ihn nicht hindern.

»Na gut«, sagte Wilfred, »dann gehen wir mal und fragen ihn.«

»Er wird euch nicht antworten. Er mag Menschen nicht«, sagte Zebediah. »Hat er mir erzählt. Aber mich mag er. Er mag mich, weil ich anders als die normalen Menschen bin.«

»Na, davon hab ich bisher noch nichts mitgekriegt«, sagte Winifred.

»Und selbst wenn es wahr wäre«, sagte Wilfred. »Du hältst dich von ihm fern. Er ist ein Verrückter. Mutter hätte es bestimmt nicht gern, dass du ganz allein einen so verrückten Menschen besuchst.«

»Ach was, er ist harmlos«, sagte ich. »Wirklich.

Sonst würde Old Tom ihn bestimmt nicht hier wohnen lassen.«

»Und was ist jetzt mit Daddy?«, kreischte Winifred. Sie hatte sich über Zebediahs Gesicht gebeugt.

»Ich werde es euch niemals erzählen!«, brüllte Zebediah zurück. »Und ihr könnt mich nicht dazu zwingen!«

Eine Weile war es still. Wir saßen alle schweigend da und wussten nicht, wie es jetzt weitergehen sollte.

Dann redete Zebediah als Erster. »In Ordnung«, sagte er. »Vielleicht hätte ich es euch erzählen sollen. Wenn ihr mich freilasst und ich zuerst den neuen Brief lesen darf, dann erfahrt ihr von mir, was das alles bedeutet.«

Wilfred blickte zu Winifred. Die zuckte mit den Achseln und zog Zebediahs Brief aus der Tasche.

»Versprochen?«, fragte sie.

Zebediah nickte so feierlich, wie er es in seiner Lage nur konnte, und Wilfred ließ von ihm ab. Aber bevor wir danach nur einen Muckser machen konnten, war Zebediah schon aufgesprungen, hatte Winifred den Brief aus der Hand gerissen und rannte in Richtung Wald davon.

»Lauf nur mit deinen kurzen Beinchen! Deine Lügen holen dich trotzdem ein!«, brüllte Winifred ihm hinterher. »Wir werden dir nie mehr vertrauen, Zebediah! Ich hoffe, du bist jetzt zufrieden!«

Wir wollten ihm gerade nachjagen, als Old Toms

Stimme zu hören war, der nach Wilfred rief, weil er ihn im Garten brauchte. Darum war es mit unserer Chance vorbei.

»Ich muss los«, sagte Wilfred. Und dann war auch er weg.

»Seejungfrauen, Ufos, Gespenster«, sagte Winifred. »Also wirklich.«

»Ja, wirklich, hast du schon mal so einen Quatsch gehört?«, empörte ich mich. Und fügte dann murmelnd hinzu: »Außer das mit dem Gespenst, das war was anderes.«

»Lass uns mal deine Mutter nach den Briefen fragen«, meinte Winifred. »Vielleicht, aber wirklich nur vielleicht, hat Zebediah ihr ja was erzählt.«

Und so trabten wir gemeinsam zu Sinas Atelier, wo Sina gerade eine halbfertige Seejungfrau aus Lehm umrundete, als wäre sie ein Boxer, der herumtänzelt und überlegt, wo er seinen K.-o.-Hieb anbringen kann. Als wir hereinkamen, fuhr sie erschrocken zusammen und rief: »Verflixt und zugenäht! Ich hatte es beinahe. Jetzt ist es weg.«

»Oh, Sina«, sagte ich, »das tut mir leid.«

»Wir gehen gleich wieder, Mrs Whitekraft«, sagte Winifred. »Wir lassen Sie in ein paar Sekunden wieder allein, damit Ihr Genie sich ungehindert entfalten kann.«

»Ha, Genie, von wegen«, rief Sina und klatschte den Lehm auf den Boden. »Vergiss es. Die Muse hätte mich auch heute nicht geküsst. Alles ein einziges Affentheater. Was wollt ihr?«

»Hat Zebediah dir erzählt, was in den Briefen steht, die sein Vater und er sich schreiben?«, fragte ich.

»Nein.« Sina wirkte überrascht. »Warum? Geht mich das was an?«

»Nein, nein. Alles in Ordnung«, sagte Winifred. »Wir wollten es nur wissen.«

»Ich finde, für einen Jungen in dem Alter hat er eine schöne Handschrift«, sagte Sina, wirkte dabei aber geistesabwesend. Sie hob den Lehmklumpen vom Boden auf und klatschte ihn auf den Sockel, um wieder von vorn anzufangen. Eine Sekunde später schien sie vergessen zu haben, dass wir da waren. Deshalb schlichen wir hinaus.

»Schöne Handschrift!«, schimpfte Winifred. »Zebediahs Blockbuchstaben sind viel unregelmäßiger, als meine es in seinem Alter waren.«

»Was soll's?«, sagte ich. »Erwachsene übertreiben gern, wenn es um Kinder geht. Sina behauptet immer, ich sei wunderschön – und ehrlich, sogar in meinen kühnsten Träumen weiß ich, dass das kompletter Humbug ist.«

Winifred nickte, aber ich spürte, dass sie mit den Gedanken woanders war.

***

Der Rest des Tages verstrich ohne besondere Vorkommnisse. Wir zogen uns recht früh in unsere getrennten Quartiere zurück, weil wir erst mal alle so ziemlich genug voneinander hatten. Gäste zu haben, ist eine Sache. Aber Gäste zu haben, in deren Familienprobleme man hineingezogen wird, eine andere. Interessant, aber ermüdend.

Ich ging in meine Laterne hoch. So fesselnd es nämlich gewesen war, Winifred und Wilfred dabei zu beobachten, wie sie Zebediah verhörten: Ich war dabei abgelenkt gewesen, weil ich spürte, wie sich bei mir auf einmal etwas veränderte. Ich merkte, wie es in mir zu hüpfen begann, wie ein kleiner Energieball in der Magengrube, und ich konnte es gar nicht erwarten, mich an die Schreibmaschine zu setzen. Meine Geschichte von der Meerjungfrau. Es juckte mich richtig in den Fingern. Vielleicht war ja irgendetwas, das Zebediah über den Einsiedler und die Seejungfrau erzählt hatte, der Auslöser gewesen, wer weiß? Lange bevor ich von der Seejungfrau des Einsiedlers wusste oder bevor Sina und ich voneinander wussten, was uns gerade beschäftigte, hatte Sina an ihrer Seejungfrauenskulptur gearbeitet und ich an meiner Seejungfrauengeschichte. Seejungfrauen waren auf einmal überall. Es ist manchmal, als ob solche Sachen in der Luft liegen und alle gleichzeitig danach haschen. Es gibt ein Jahr, da handeln auf einmal alle Bücher von Drachen, ohne dass es

das Fenster aufmachte, hörte ich Old Tom rufen: »Sofort raus mit dem Jungen. Hast du denn wirklich gar nichts im Kopf? Er könnte sich jederzeit etwas wünschen. Und wer weiß, was er sich dann wünschen würde? Bist du von allen guten Geistern verlassen? Die Wünsche eines kleinen Jungen sind unberechenbar. Das könnte für uns alle gefährlich werden.«

Der Einsiedler antwortete nichts, sondern hob Zebediah kurzerhand hoch und schleuderte ihn über den Zaun, wie man es mit einem Sack Kartoffeln macht, den man auf die Ladefläche eines Anhängers wirft. Dann jätete er weiter im Nachtgarten Unkraut, so als wäre nichts geschehen. Als wäre er vollkommen dem Zauber des Nachtgartens verfallen.

»Lass dich ja nie mehr – hörst du mich? –, nie mehr dadrin erwischen!«, schrie Old Tom Zebediah an.

Der arme Zebediah brach in Tränen aus, wahrscheinlich war er noch nie so angebrüllt worden. Dann rannte er ins Haus. Ich konnte hören, wie Old Tom zu sich selbst sagte: »Na gut. Musste wohl mal sein. Hoffentlich hat's gesessen.«

Als ich mich vom Fenster wegdrehte, stürmten Winifred und Wilfred zu mir ins Zimmer, die die Szene von ihren Fenstern aus ebenfalls beobachtet hatten. Wir hörten den schluchzenden Zebediah die Treppe hochrennen. Wilfred lief in den Flur hinaus, packte ihn und zerrte ihn in mein Zimmer. Ja, und dann rückte ich trotz meiner Bedenken damit raus. Schließlich hatten die drei bei uns schon Ufos, Gespenster und Seejungfrauen erlebt. Da konnten sie diese Geschichte jetzt auch noch verkraften.

DER NACHTGARTEN

Was um Himmels willen hast du im Nachtgarten gemacht, Zebediah?«, fragte Winifred und ließ sich auf mein Bett plumpsen.

»Ich war da wegen dem Einsiedler«, sagte Zebediah. »Er hat mir erzählt, dass er heute dort die ganze Nacht Unkraut jätet, weil Vollmond ist. Ich hab ihm helfen wollen, so wie Wilfred Old Tom hilft.«

»Ich fass es nicht!«, rief Winifred. »Zebediah! Musste es ausgerechnet der Nachtgarten sein? Der einzige Ort, den Old Tom dir strengstens verboten hat?«

Zebediah schniefte. »Ich hab gedacht, wenn der Einsiedler dabei ist, dann macht das nichts«, sagte er.

»Macht aber was«, sagte ich.

»Ich hab nicht geglaubt, dass Old Tom so wütend sein würde«, sagte Zebediah. »Ich hab gedacht, alle würden schlafen. Warum hat er so gebrüllt?«

»Gute Frage.« Wilfred wandte sich zu mir und fragte flüsternd: »Warum war er eigentlich so wütend?«

Old Tom war noch nicht die Treppe hochgekommen. Aber weil wir nicht wollten, dass er von unserem kleinen Treffen bei mir etwas mitbekam und uns über ihn reden hörte, wenn er an meiner Zimmertür vorbeiging, flüsterten wir.

»Old Tom ist deshalb so wütend geworden«, flüsterte ich, »weil der Nachtgarten vor langer, langer Zeit von Zauberhand hier angepflanzt worden ist. Das ist schon so lange her, dass niemand mehr weiß, wie lange. Old Tom sagt, es gibt ihn schon immer, seit uralten Zeiten.«

»Haben ihn die Höhlenmenschen angepflanzt?«, fragte Zebediah.

»Nein, noch früher. Und in unserer Familie heißt es, wenn man sich im Nachtgarten etwas wünscht, dann geht dieser Wunsch in Erfüllung. Aber man hat nur einen einzigen Wunsch frei. Und der Wunsch kann nicht rückgängig gemacht werden. So ist es überliefert.«

»Glaubt Old Tom an so was? Solchen Kram mit Wünschen, die man bei einer guten Fee frei hat?«, fragte Wilfred skeptisch.

»Er glaubt mit jeder Faser seines Körpers daran«, sagte ich. »Deshalb lässt er auch den Einsiedler im Nachtgarten das Unkraut jäten. Old Tom hat seinen Wunsch nämlich noch nicht aufgebraucht. Er sagt, dass er auf etwas Großartiges und Lebensveränderndes wartet, das er sich wünscht. Und bis jetzt sei das noch nicht der Fall gewesen, aber wenn es so weit ist, sagt er, dann wird er es wissen. Das Schlimmste wäre für ihn, sich im Nachtgarten aufzuhalten und zufällig zu denken: ›Hmmm, eine Suppe heute Mittag wäre was Feines!‹, oder so was Ähnliches und damit alles zu vermasseln. Er sagt, in der Vergangenheit hätten Leute sich auch schon harmlose Dinge gewünscht, die sich später als Fluch für den Wünscher oder unschuldige andere Menschen herausgestellt hätten. Er findet, dass Kindern das Wünschen im Garten nicht erlaubt sein sollte, weil sie sich leicht selbst und anderen oder vielleicht sogar der ganzen Welt schaden könnten. Wer weiß, was alles passieren kann, wenn ein Wunsch so schnell erfüllt wird und nicht mehr rückgängig zu machen ist? Sina sagt immer, dass sie damit nichts zu tun haben will. Sie sagt, sie will nicht behaupten, dass es wahr ist, aber sie behauptet auch nicht das Gegenteil, sie hält sich da einfach raus. Wir meiden das Thema, wo wir nur können. Das haben wir schon immer so gehandhabt. Aber vor ein paar Abenden hat mir Sina noch etwas über den Nachtgarten gesagt. Etwas, das Tante Bertha, Old Toms Erbtante, ihnen einst erzählt hat – und Old Tom, sagte sie, hätte nicht gewollt, dass ich davon erfahre.« Ich machte eine kleine Pause. »Wahrscheinlich ist das nur so ein Gerede von einer alten Frau«, hatte Old Tom zu Sina gesagt. »Deswegen dem Kind Angst einzujagen, halte ich nicht für richtig.« Doch dabei blieb es nicht. »Ich muss es dir jetzt erzählen, Franny«, hatte Sina vor ein paar Tagen zu mir gesagt. »Bertha hat nämlich auch einmal ein Gespenst gesehen. Und sie war sich ganz sicher, dass sie wusste, wer es war.«

Und dann erzählte ich den dreien, was Sina mir mitgeteilt hatte:

»Als Bertha im Sterben lag, erzählte sie Old Tom und mir von dem Geist. Es begann alles mit Maria May, die mit ihren Eltern hier auf der East Sooke Farm lebte. Du findest ihren Grabstein auf dem Friedhof von Sooke. Dort steht, dass sie von 1798 bis 1822 lebte. Sie war auf unserer Insel für ihre Schönheit bekannt, aber ihre Heiratsaussichten waren schlecht. Ihre Familie hatte nicht viel Geld, der Hof warf kaum genug ab, um davon leben zu können. Da verliebte sie sich eines Tages in Captain Hawkins, einen Kaufmann und Seefahrer, der einem alten englischen Adelsgeschlecht entstammte. Seine erste Frau war im Kindbett gestorben und er wollte nicht wieder heiraten, bevor die von ihm Auserwählte nicht bewiesen hatte, dass sie ein Kind austragen und zur Welt bringen konnte. Maria erklärte sich bereit, von ihm ein Kind zu empfangen, ohne ihn vorher zu heiraten. Noch bevor es zur Geburt kam, starb der Vater von Captain Hawkins, der daraufhin dessen Titel und Vermögen erbte und mit dem nächstbesten Schiff zurück nach England fuhr, um das Erbe anzutreten. Er hinterließ Maria May einen Brief, in dem er ihr versprach, eines Tages zu ihr zurückzukehren. Maria May erzählte ihren Eltern, was sich ereignet hatte, und flehte ihren Vater an, dass er sie im Nachtgarten ihren Wunsch, den sie frei hatte, wünschen ließ, um in England wieder mit Captain Hawkins vereint zu werden und mit ihm glücklich zu sein. Aber ihr Vater verbot es ihr. Wenn einem jungen Mädchen so etwas habe widerfahren können wie ihr, dann verfüge es nicht über genug Verstand, um sich den richtigen Wunsch erfüllen zu lassen. Sie solle sich in Geduld üben und ihm vertrauen. Er würde sich einen Wunsch für sie ausdenken, der sinnvoll und nützlich war. Ihr Glück müsse sie fortan ganz in seine Hände legen. Weil Marias Vater davon überzeugt war, dass Captain Hawkins niemals zurückkehren werde, nutzte er seinen eigenen Wunsch dafür, sich dessen Tod zu wünschen. Als Maria May die Nachricht von Captain Hawkins' Tod erreichte, versuchte sie, mithilfe ihres eigenen Wunsches den Wunsch ihres Vaters rückgängig zu machen. Danach schrieb sie an Captain Hawkins einen Brief und hoffte darauf, dass ihr Wunsch in Erfüllung gegangen war und sie von ihm Antwort erhielt. Doch sie erhielt nur einen Brief von den Angehörigen, in dem ihr mitgeteilt wurde, dass Captain Hawkins verstorben sei. Als sie ihrer Mutter von dem Brief und ihrer letzten Hoffnung erzählte, erklärte diese ihr, dass kein Wunsch jemals dafür verwendet werden konnte, den Wunsch eines anderen ungeschehen zu machen. Dies sei die schreckliche Endgültigkeit der Wünsche des Nachtgartens. Am nächsten Morgen wurde Maria Mays Leiche am Fuß der Klippe bei Beechey Head angespült. Ihr Vater sagte, sie sei geisteskrank geworden. Er begriff nicht, dass er ihr durch sein Tun alle Hoffnung genommen hatte. Jeder sollte nämlich selbst für sein Glück verantwortlich sein. Mr May verkündete, er habe nie eine Tochter gehabt, strich Maria Mays Namen aus der Familienbibel und weigerte sich, sie auf dem Anwesen zu begraben, wie ihre Mutter es wünschte. Mrs May, voller Gewissensbisse, weil sie ihrer Tochter nicht geholfen hatte, als sie ihre Hilfe gebraucht hätte, ließ auf dem Friedhof von Sooke für Maria einen Grabstein errichten, aber der Sarg, der davor in die Erde gelassen wurde, war leer. Sie verabreichte ihrem Mann ein Schlafmittel und mithilfe der Stallmagd begrub sie Maria May heimlich im Nachtgarten, sodass sie von ihrem Schlafzimmerfenster aus in den vielen langen Nächten, in denen sie von da an nicht schlafen konnte, auf ihr Grab hinunterblicken konnte. Als ihr auch dies kein Trost mehr war, stieg sie Abend für Abend in den Nachtgarten hinunter und schaute von dort zum Nachthimmel empor. Jeder, dachte sie, sollte seinen eigenen Wunsch wünschen dürfen. Keiner darf einem anderen das Wünschen abnehmen. Die Knechte und Mägde auf dem Hof gewöhnten sich an die einsame Gestalt auf der Steinbank und eines Morgens fanden sie Mrs May bei Sonnenaufgang immer noch dort sitzen. Wieder bei ihrer Tochter zu sein, das war ihr Wunsch gewesen, und er hatte sich nun erfüllt.«

Als ich geendet hatte, schwieg ich eine Weile.

»Ich erzähle dir das, Franny«, hatte Sina danach gesagt, »weil ich nicht wieder die Dinge unausgesprochen lassen möchte, so wie das beim Mann vom Raumfahrtinstitut war. Als du mit dem Gespenst angekommen bist, hab ich so getan, als würde ich dir nicht glauben, weil mir das einfach zu viel war. Aber das war dumm und feige von mir. Wenn Bertha einen Geist gesehen hat, dann kannst du genauso gut auch einen gesehen haben.«

Ich dachte, dass ich ein Gespenst gesehen hatte, egal ob das bei Bertha auch so gewesen war oder nicht. Aber ich wollte nicht kleinkrämerisch sein.

»Aber war es denn der Geist von Maria May oder der von ihrer Mutter?«, fragte ich Sina.

»Nun, man sagt ja immer, dass es sich bei den Geistern um Tote handelt, die keine Ruhe finden, deshalb glaube ich eher, es handelt sich um die Mutter. Wie ich hat sie sich Vorwürfe gemacht, nicht geredet zu haben. Natürlich handelt es sich bei mir nur um ein Ufo, weiter nichts. Trotzdem, solche unerledigten Dinge leben weiter und warten darauf, von anderen aufgegriffen zu werden.«

»Im Äther«, sagte ich.

»Genauso ist es. Ob wir wollen oder nicht, wir trinken alle aus demselben Brunnen. Ich behaupte nicht, dass das alles auch nur ein Körnchen Wahrheit enthält. Ich lege dir das alles nur dar, Franny. Die Möglichkeiten.«

»Wir haben den Grabstein«, sagte ich.

»Genauso ist es.«

»Und natürlich ...«, sagte ich.

»Das Gespenst«, hatte Sina hinzugefügt.

Winifred fiel von der Geschichte praktisch in Ohnmacht. Sie war halb auf, halb neben meinem Bett niedergesunken, als könnten ihre Beine sie nicht mehr tragen. Zuerst dachte ich, das mit den Geistern wäre der Grund dafür, aber dann flüsterte sie: »Menschen stürzen sich aus Liebe zu anderen ins Unglück, ist es nicht so? Menschen machen aus Liebe zu anderen alle möglichen Sachen. Dumme Sachen! Menschen wählen aus Liebe zu anderen sogar den Tod!«

Wilfred schob ungerührt seine Brille die Nase hoch und fragte: »Und was ist mit dem Einsiedler?«

»Als er zu uns kam, war der Nachtgarten ganz verwildert, überall spross Unkraut, unzählige Tannenzapfen waren hereingeweht worden und eine Gruppe kleiner Ponderosa-Kiefern drängte in die Höhe. Old Tom erzählt das Geheimnis des Nachtgartens eigentlich keiner Menschenseele weiter, aber als er den Einsiedler gebeten hat, das Unkraut zu rupfen, musste er ihn auf die Gefahren hinweisen.«

»Hat sich der Einsiedler dort niemals etwas gewünscht?«, fragte Winifred. »Auch nicht aus Versehen?«

»Keine Ahnung«, sagte ich.

Winifred drehte sich zu Zebediah. »In Zukunft hältst du dich von diesem Garten fern«, sagte er.

»Na gut«, sagte Zebediah. »Aber bevor wir wieder nach Hause müssen, wünsche ich mir dort noch etwas. Ich weiß ganz viele Sachen, die ich gerne hätte.«

»Was würdest du dir eigentlich wünschen, Wilfred?«, fragte ich. Plötzlich hatte mich die Neugierde gepackt. Wilfred war als Person eine dermaßen hart zu knackende Nuss.

»Ein Pferd. Nein, ein Motorrad«, sagte Wilfred.

»Und ich, ich würde mir ein Dutzend, ach was, ich würde mir dreihundertfünfundsechzig Kleider wünschen«, übertönte Winifred laut Wilfred. »Ein Kleid für jeden Tag im Jahr.«

»Wo willst du die denn aufhängen?«, fragte Wilfred. »Du hast doch gar keinen Platz dafür.«

»Sich Kleider wünschen ist ein dummer Wunsch«, sagte Zebediah. »Aus denen wächst du doch schnell raus.«

»Ihr könnt euch wünschen, was ihr wollt. Ich wünsche mir, was ich will.« Winifred klang beleidigt. »Außerdem ist das doch sowieso alles erfunden. Hört sich für mich viel zu fantastisch an. Ich glaub das nicht eine Sekunde. Aber wenn Old Tom sagt, dass wir uns nichts wünschen dürfen, dann dürfen wir das nicht. Es ist sein Anwesen und sein Garten und er hat hier das Sagen. Vergiss das nicht, Zebediah.«

»Immer wird was verboten«, schmollte Zebediah.

Dann hörten wir, wie die Haustür ins Schloss fiel, und Wilfred, Winifred und Zebediah huschten schnell nach oben in ihre Betten, bevor Old Tom die Treppe heraufkam und sie auf dem Flur erwischte und vielleicht noch einmal zu brüllen anfing. Obwohl er das, wie ich ihnen versicherte, wirklich so gut wie nie machte, von der heutigen Ausnahme einmal abgesehen.

Ich stieg in die Laterne hoch, weil ich wieder hellwach war, und nahm mir noch einmal die Erzählung von der Seejungfrau vor. Aber nichts zu machen. Während ich dasaß und mir nichts einfiel, sah ich einen weißen Nebelfleck durch den japanischen Garten schweben. Der verwischte weiße Fleck hatte eine andere Größe und einen anderen Umriss als der Fleck, den ich im Esszimmer gesehen hatte. Natürlich, dachte ich. Maria May zieht durch die Gärten. Aber im Haus geht Maria Mays Mutter um. Ich war so überwältigt von allem, was um mich herum geschah, dass mir dieser Gedanke sofort einleuchtete. Ich machte eine kleine Handbewegung, wie um Maria Mays Geist zuzuwinken, und setzte mich noch einmal an die Schreibmaschine. Vielleicht kriegte ich ja irgendwas über Geister und Gespenster zustande. Aber das wollte auch nicht so recht klappen. Schließlich ging ich wieder ins Bett.

***

Am nächsten Morgen beim Frühstück, das erneut Old Tom zubereitete, weil Gladys ihren von der Gewerkschaft verordneten arbeitsfreien Sonntag hatte, herrschte zwischen uns eine nichtssagende Höflichkeit. Ich hatte bis dahin nicht gewusst, dass es so etwas gab. Es war genau das Gegenteil zur bedeutungsschwangeren Pause, obwohl beides letztlich aus Schweigen bestand. Das erste Mal vielsagende Pausen und nichtssagende Worte zu erleben, war eine interessante Nebenwirkung, wenn man so viele unterschiedliche Menschen um einen Tisch sitzen hat. Aus dem höflichen Nichtssagen von Old Tom war herauszulesen, dass er so tun wollte, als wäre nichts geschehen. Sina hatte das ganze Debakel in der Nacht verschlafen, weshalb sie dazu wirklich nichts zu sagen hatte, und an uns Kindern war es nicht, sie davon in Kenntnis zu setzen. Die allgemeine Stimmung konnte als gedämpft bezeichnet werden. Bis zum Abend hatten wir aber alle wieder bessere Laune, die noch weiter stieg, als Old Tom uns wieder sein fabelhaftes, überhaupt nicht verkokeltes Brathuhn servierte. Gemeinsam verbrachten wir danach eine heitere Stunde rings ums Klavier, bei der auch Gladys sich zu uns gesellte. Sie funkte dabei kein einziges Mal mit einem Beboprhythmus dazwischen, was ein genauso großes Wunder war wie alles andere, was sich bisher ereignet hatte.

***

Am Montagmorgen gingen Old Tom und Wilfred hinaus in den Küchengarten, um dort Unkraut zu jäten, und Winifred und ich gingen zum Hühnerstall, um die Eier aufzusammeln, und Zebediah verschwand in den Wald. Nach einer Weile kam Sina zu uns und sagte: »Mädchen, ich fahre zu Brookmans, könntet ihr bitte alles hinten einladen?«

»Schon wieder?«, schrie ich auf.

»Ja«, sagte Sina und wich meinem Blick aus. »Ich, ähm, ich muss wieder einen Brief von Zebediah aufgeben.«

Winifred und ich schauten uns hilflos an und verdrehten die Augen. Mir fiel beim besten Willen nichts ein, was wir dagegen unternehmen konnten.

***

Der Rest der Woche verlief wie gehabt: Zebediah verdünnisierte sich in den Wald und Old Tom und Wilfred arbeiteten den ganzen Tag im Garten. Wenn ich bei ihnen vorbeiging, hörte ich Unterhaltungen wie:

»Bohnen.«

»Heckenschere.«

»Die Möhren pikieren.«

»Tomatendünger.«

»Blattlauskontrolle.«

»Heliotrope?«

»Ja.«

»Erbsen?«

»Zu früh.«

Danach begannen sie, gemeinsam zu grummeln und zu brummen. Sie schienen ihren eigenen Morsecode entwickelt zu haben, der nur aus Brummern bestand. Jedes Mal, wenn Old Tom in Wilfreds Nähe kam, klopfte er ihm auf die Schulter. Es freute mich für Old Tom, trotzdem war ich, wie immer, auch etwas eifersüchtig auf Wilfred. Wenn Old Tom sich die ganzen Jahre so nach Hilfe bei der Gartenarbeit gesehnt hatte, dann hätte er mich doch fragen können. Ich hatte ein schlechtes Gewissen, weil ich nicht gespürt hatte, wie gern er etwas Hilfe gehabt hätte. Riesengroße Lust, meine Tage schwitzend in einem der Gärten zu verbringen, hatte ich zwar keine. Ich wusste, wie mühevoll die Gartenarbeit war. Aber trotzdem. Gefragt werden möchte man schon.

Gladys kochte weiter grauenhaftes Essen.

Winifred, Sina und ich verbrachten die Vormittage bei Brookmans.

Am Mittwoch erhielt Zebediah erneut einen Brief und am Donnerstag gab Sina seine Antwort auf. Zebediah hatte Sina erzählt, dass wir ihm seine Briefe hatten klauen wollen. Bestimmt war sie entsetzt darüber gewesen. Aber alles, was sie sagte, war nur: »Wirklich, Franny, das hätte ich nicht von dir gedacht.« Zu Winifred sagte sie nichts, wahrscheinlich um nicht unhöflich zu sein.

»Mach dir nichts draus«, versuchte Winifred mich später zu trösten. »Und ich finde die Briefe, da kannst du Gift drauf nehmen.«

Aber sosehr sie auch suchte und suchte, sie konnte sie nicht finden. Zebediah musste inzwischen ein besseres Versteck gefunden haben.

***

Am Samstag verkündete Sina, dass wir wieder zu Brookmans fahren würden.

Es war ein ruhiger Vormittag. Niemand außer uns, Mrs Hornby und Miss Macy war im Laden. Mrs Brookman hatte sich nach hinten ins Lager verzogen und machte Inventur. Wie immer beobachtete ich Sina, die das Radio lauter aufgedreht hatte und jetzt irgendetwas vor sich hinmurmelte. Allmählich begriff ich, dass es sich dabei um einzelne Silben und Wörter aus den Sätzen des Radiosprechers handelte. Sina wurde immer aufgeregter. Miss Macy und Mrs Hornby schlürften genüsslich ihren Kaffee und hörten einfach nur zu, was der Mann im Radio sagte. Aber Sina, die vergessen zu haben schien, wo wir waren, rief auf einmal: »Wenn da irgendwas für mich drin versteckt sein sollte, dann kapier ich's nicht. Ich krieg's einfach nicht raus!«

»Sina!« rief ich, als es mir endlich dämmerte. »Du glaubst, dass die Ufos übers Radio mit dir Kontakt aufnehmen wollen! Genau wie Gladys es behauptet hat! Du glaubst, dass sie in einem geheimen Code mit dir kommunizieren! Und den versuchst du rauszufinden!«

Zu meiner großen Verblüffung reagierte Sina nicht empört und wie ein gehetztes Wild, sondern richtete sich zu würdevoller Größe auf und sagte: »Unsinn.«

»Doch, das tust du!«, rief ich. »Deshalb kommen wir auch so oft hierher.«

Da musste Sina klein beigeben. »Ich versteh's einfach nicht, ich versteh's einfach nicht«, jammerte sie. »Ich erhalte überhaupt keine Botschaften! Oder falls sie mir doch welche senden, verstehe ich sie nicht. Warum haben sie ihr Raumschiff vor meinem Fenster anhalten lassen? Warum bei mir? Was wollen sie mir mitteilen?«

»Was für ein Raumschiff denn?«, fragte Mrs Hornby und plötzlich fiel uns wieder ein, dass ja sie und Miss Macy neben uns standen, Kaffee tranken und uns zuhörten.

Mrs Hornby war eine typische Tee-und-Orangenmarmelade-Engländerin, eine von denen, die aus Übersee nach Victoria ziehen und nie auf ihr Fünf-Uhr-Teeritual verzichten oder ihren hochnäsigen Akzent ablegen. Es gibt sie bei uns in ganzen Scharen. Man stolpert in der Stadt ununterbrochen über sie und wenn man es nicht besser wüsste, könnte man glauben, dass es sich bei Victoria um so was wie einen durch und durch britischen Außenposten und nicht um eine kanadische Provinzhauptstadt handelt. Aber Mrs Hornby war besser als der Durchschnitt. Sie war wenigstens nett. Sie war kräftig gebaut, hatte einen Quadratschädel, kurze Haare und trug wetterfeste, vernünftige Kleidung, wie es sich für Frauen ihrer Art gehört. Nie wäre man auf die Idee gekommen, dass sie irgendwelchen verrückten Ideen anhing. Sie war die Sorte Mensch, zu der man ging, wenn man einen Druckverband brauchte oder die richtigen Regeln für ein Krocketspiel wissen wollte. Man spürte, dass sie in einer Notfallsituation immer kühlen Kopf bewahren und einem mit Rat und Tat und medizinischem Fachwissen zur Seite stehen würde. Der Typ, dem man von Abenteuern mit Marsmännchen berichtete, war sie nicht. Ich konnte sehen, wie Sina das alles durch den Kopf ging, während sie sich vorbeugte und Mrs Hornby in die neugierigen, freundlichen Augen schaute. Aber dann überraschte Sina mich. Sie schien sich buchstäblich zusammenzureißen und all ihren Mut zusammenzunehmen, etwas, das sie vor dem Mann aus dem Raumfahrtinstitut nicht zustande gebracht hatte. Aber vielleicht hatte sie ja aus diesem Tag etwas gelernt. Und beinahe trotzig erzählte sie die Geschichte mit dem Ufo.

Ich muss gestehen, dass ich nicht so mutig war wie Sina und mich hinter ihr versteckte, um nur ab und zu hervorzulugen. Denn es war mir eine unerträgliche Vorstellung, Mrs Hornby immer angewiderter dreinblicken zu sehen, während sie sich mit dem Gedanken vertraut machte, dass Sina, die sie bisher immer für ein voll zurechnungsfähiges Mitglied ihrer Runde gehalten hatte, in dieser Hinsicht nicht nur leicht zu wünschen übrig ließ wie Miss Macy, sondern dass sie vollkommen, vollkommen durchgeknallt war. Doch da täuschte ich mich gewaltig, denn statt Sina verächtlich zu mustern, wirkte Mrs Hornby auf einmal verwirrt und ihre Augen hatten einen fiebrigen Glanz, als wäre sie unverhofft auf eine wichtige Erkenntnis gestoßen und würde jetzt zwei und zwei zusammenzählen.

»Ich habe das bisher noch keiner Menschenseele erzählt«, sagte sie leise und legte die Hand vertrauensvoll auf Sinas Unterarm, was uns leicht verstörte, denn das passte so gar nicht zu ihr. Wenn man nämlich eines über die Engländer sagen kann, dann dass sie normalerweise nicht zu solchen Vertraulichkeiten neigen. »Aber mir ist etwas ganz Ähnliches passiert. Vor ungefähr zehn Jahren. Ich holte gerade meine Enkelin von ihrem Pfadfinderinnentreffen ab und wir fuhren die Lombard Road entlang – Sie wissen schon, die lange Landstraße mit den vielen Pappeln rechts und links?«

Wir nickten alle übereifrig. Wir wollten nicht, dass sie den Faden verlor.

»Da war die Straße vor mir auf einmal von Licht geflutet und als ich hochschaute, sah ich, dass in ungefähr fünf Meter Höhe ein riesiges Raumschiff über mir schwebte. Es war kreisrund und mit Lichtern übersät.«

»Blaue Lichter?«, fragte Sina.

»Ich erinnere mich nicht mehr daran, ob sie blau waren. Kann gut sein. Ich weiß nur noch, dass da ganz viele Lichter waren. Das Raumschiff schwebte einfach über mir am Himmel. Die Form war die von einer Untertasse, genauso wie in den Filmen. Da wurde mir klar, dass ich niemals jemandem davon würde erzählen können. Ich konnte es ja selber kaum glauben. Was würde meine Familie in England dazu sagen, wenn sie es erfahren würde? Elspeth Hornby sieht fliegende Untertassen. Ich hielt am Straßenrand. Natürlich war ich zu Tode erschrocken, aber, wie soll ich sagen, gleichzeitig auch gebannt und, na ja, auch irgendwie wie verzaubert. Noch nie in meinem Leben hatte ich so etwas erlebt. Die Welt war plötzlich wieder wie damals, als ich noch ein Kind war und an Feen in tiefen Wäldern und hinter den sieben Bergen bei den sieben Zwergen glaubte. Was wollte das Raumschiff hier? In British Columbia? Zu meiner Enkelin, die auf dem Rücksitz saß und nichts bemerkt zu haben schien, sagte ich nichts. Ich sagte nur: »Oma muss mal kurz aussteigen, um was an den Reifen zu überprüfen.« Ich wollte sie nicht erschrecken. Und wer weiß, ob es sich bei den Aliens oder was auch immer da drinnen war, um freundliche, höfliche Wesen handelte? Ich stieg aus und schaute nach oben. Etwas anderes fiel mir nicht ein. Und dann zischte das Raumschiff blitzschnell davon. Ich habe in meinem Leben nie etwas gesehen, das sich so schnell bewegt hat.«

»Ja!«, rief Sina. *»Ja!«*

»Haben Sie das Kanadische Raumfahrtinstitut angerufen?«, fragte ich.

»Nein. Wie gesagt, ich hab niemandem davon erzählt. Und auch mir gegenüber hat niemand jemals erwähnt, so ein Ding gesehen zu haben. Ich hab's hier drin aufbewahrt.« Sie deutete auf ihren Kopf, dann auf ihr Herz, dann wieder auf ihren Kopf. Mir schien, dass Mrs Hornby nicht so genau wusste, wo sie es bei sich trug. »All diese Jahre.«

Wir standen beieinander, wie Menschen es tun, wenn sie sich nach einem großen Unglück versammeln und noch nicht recht wissen, was sie dazu sagen sollen, aber sich auf besondere Weise miteinander verbunden fühlen.

Dann ergriff Miss Macy das Wort. »Wie Sie wissen, war ich Pfadfinderinnenführerin. Na ja, bin ich immer noch.«

Wir starrten sie wortlos an. Das passte mal wieder zu Miss Macy, in so einem Moment ohne Sinn und Verstand irgendetwas daherzuquasseln.

»Ich geh mit den kleinen Mädchen wandern und zelten«, fuhr Miss Macy fort, als hätten wir nicht gerade eine ganz unglaubliche Geschichte gehört. »Haben Sie etwas dagegen, wenn wir das bei Ihnen durchführen, Sina? Ihr Anwesen ist ja so groß und bestimmt gibt es bei Ihnen viele Stellen, wo wir gut unser Lager aufschlagen könnten. Und ich würde auch gern vorher mit den Mädchen ein paar kleine Erkundungstouren unternehmen, bevor es richtig ans Zelten geht. Um sicherzugehen, dass die kleinen Dingerchen nicht überfordert sind. Wie Sie wissen, streife ich selber gern bei Ihnen durch den Wald und kenne mich da aus, aber ich würde gern rausfinden, wie viel ich meiner kleinen Truppe zumuten kann.«

»Ähm, ja, natürlich«, sagte Sina und straffte die Schultern, nachdem sie wieder in die Wirklichkeit um uns herum zurückgekehrt war.

»Ja also, ich muss dann los«, sagte Mrs Hornby, griff nach ihrer Post und verließ den Laden. Wir blieben mit Dutzenden unbeantworteter Fragen zurück. Fragen, wie sie vielleicht noch nie in der Menschheitsgeschichte gestellt worden waren.

Aber wir hatten keine Zeit, uns mit diesen bisher noch nie da gewesenen Gedanken zu beschäftigen, denn Miss Macy fuhr fort: »Wissen Sie, ich würde gern so bald wie möglich einen Ausflug mit den Mädchen machen. Es ist gerade so schönes Wetter und sie haben jetzt alle Ferien und im Sommer, wenn wir normalerweise unsere Ausflüge und unser Zeltlager veranstalten, müssen die Mädchen ja dieses Jahr in die Schule gehen. Hätten Sie da was dagegen? In den nächsten ein, zwei Wochen? Könnte ich einfach ab und zu mit einer kleinen Versuchstruppe bei Ihnen vorbeikommen? Und mit meinen Pfadfinderinnen etwas die Gegend erkunden, wenn ich dafür Zeit erübrigen kann?«

Zwei Dinge beschäftigten mich, als sie das sagte: Erstens, was meinte Miss Macy mit »wenn ich dafür Zeit erübrigen kann«? Soweit ich wusste, machte sie tagaus, tagein nichts anderes, als entweder bei Brookmans mit den anderen Frauen Kaffeeklatsch zu halten oder endlose Spaziergänge auf unserem Anwesen zu unternehmen. Hieß das, dass sie nicht wusste, ob sie Zeit erübrigen konnte, weil sie pausenlos Kaffeepause machte? Oder nur ungern ihre langen Spaziergänge für etwas kürzere Spaziergänge unterbrach? Zweitens wunderte ich mich, dass Eltern bereit waren, Miss Macy ihre Töchter anzuvertrauen, erst recht für nicht ganz ungefährliche Unternehmungen wie lange Wanderungen durch den Wald oder Zelten in der freien Natur. Andererseits wusste ich aus eigener bitterer Erfahrung, dass es einfach niemals jemanden gab, der sich dazu bereit erklärte, eine Pfadfinderinnenschar von kleinen Mädchen anzuführen. Unsere Schule hatte versucht, eine Gruppe von sogenannten »Brownies« zu gründen, als ich sieben war – und niemand, aber auch wirklich niemand meldete sich freiwillig als Leiterin. Natürlich war da schon Krieg. Die Frauen mussten häufig die Arbeit der Männer übernehmen, weil die Männer zum Militär eingezogen wurden, deshalb waren nur noch wenige übrig, um am heimischen Herd den hausfraulichen Pflichten nachzugehen – und eine Pfadfinderinnentruppe anzuführen, kam schon gar nicht infrage. Wenn die Frauen von ihrer Arbeit in einem Männerberuf nach Hause kamen, mussten sie Essen kochen, ihren Kindern bei den Hausaufgaben helfen, Wäsche waschen und noch viele andere Sachen erledigen. Das Letzte, wonach ihnen der Sinn stand, war da, in einer Turnhalle siebenjährigen Mädchen Lieder beizubringen, die sie am Lagerfeuer singen konnten. Oder sie in die Pflicht und Tugend des Verkaufs von Pfadfinderinnenkeksen einzuführen. Aber jetzt schienen sie dafür Miss Macy gefunden zu haben. Vielleicht waren sie ja so dankbar, Miss Macy zu haben, dass sie sich dachten, wenn dann mal ein oder zwei Mädchen bei einem Ausflug verloren gehen, was soll's?

»Ja, natürlich. Das können Sie gerne machen. Ich gebe Old Tom Bescheid«, sagte Sina zerstreut und holte dann unsere Post bei Mrs Brookman ab. Es war auch ein Brief für Zebediah dabei und als Sina den Stapel neben meinen Füßen ablegte, glitt meine Hand über den Boden der Fahrerkabine vorsichtig dorthin. Aber Sinas Hand schoss automatisch hervor und schob den Stapel mit den Umschlägen zwischen ihre Füße, ohne dass sie dabei ihren zerstreuten Ausdruck im Gesicht verloren hätte. Sinas Reflexe waren bombastisch.

Wir fuhren schweigend nach Hause. In Sinas Kopf summte und brummte es, das sah ich ihr an. Es gab da jetzt noch jemanden, der ein Ufo gesehen hatte, was ihrem Erlebnis und der Voraussage von Gladys mehr Glaubwürdigkeit verlieh. Dann machte sie plötzlich auf der Sooke Road eine Kehrtwendung, was nicht unbedingt das ungefährlichste Manöver war, denn die Straße hat viele unübersichtliche Kurven und normalerweise sind auf ihr auch viele Laster mit Baumstämmen unterwegs. Zum Glück überlebten wir es, obwohl der Lieferwagen leicht ins Schleudern kam und Winifred und ich uns in Todesangst aneinanderklammerten. Während die umgedrehte Milchkanne unter uns, auf der wir kaum beide genug Platz hatten, hin und her schlingerte, fragte ich: »Und wohin, wenn ich fragen darf, geht jetzt die Reise?«

»Nach Victoria«, antwortete Sina bestimmt.

»Warum?«, fragte ich.

»Um ein Radio zu kaufen«, sagte sie.

»Und was ist mit den Radiowellen?«, stieß ich zwischen kleinen Angstschreien hervor, als der Lieferwagen in der Kurve von der Straße abkam und unter den rechten Reifen das Knirschen von Schotter zu hören war. Sina hatte eine Höllengeschwindigkeit drauf.

»Zum Teufel damit«, antwortete sie, umklammerte das Lenkrad noch fester und trat das Gaspedal noch tiefer durch.

In Victoria angelangt, marschierten wir schnurstracks zu Eaton's, wo Sina nach der Radioabteilung fragte. Wir wurden in den ersten Stock geschickt, wo sich sofort ein Verkäufer auf uns stürzte.

»Kann ich Ihnen helfen, Madam?«, fragte er, während er in seinem glänzenden blauen Anzug und seinen Lacklederschuhen auf uns zueilte.

»Das wird sich gleich zeigen«, sagte Sina. »Ich will ein Radio. Ein batteriebetriebenes Radio.«

»Selbstverständlich«, sagte der Verkäufer.

»Ich weiß nicht, was daran selbstverständlich sein soll«, sagte Sina. »Ich wollte vorher noch nie eines und werde höchstwahrscheinlich auch in Zukunft nie mehr eines kaufen. Aber jetzt habe ich diesen Wunsch.«

»Was für ein Radio darf es denn für Sie sein, wenn ich mir diese kühne Frage erlauben darf?«, fragte der Verkäufer. Vermutlich war er daran gewöhnt, mit allen möglichen Kundinnen und Kunden zurechtzukommen. Denn dass es sich bei Sina um einen Radionotfall der allerschlimmsten Art handelte, stand ja außer Frage.

»Tja, ähm, etwas nicht zu Großes«, sagte Sina.

»Natürlich«, sagte der Verkäufer.

»Und, ähm, mit etwas Farbe wäre auch ganz hübsch.«

»Wir hätten da ein wunderbares batteriebetriebenes Modell in Rosa«, sagte der Verkäufer. »Bakelit.«

»Und, ähm, es sollten Radiowellen aus großer Entfernung empfangen werden können.«

»Die Geräte empfangen die Radiowellen alle aus großer Entfernung.« Der Verkäufer kicherte in sich hinein. »Wenn ich es mal so ausdrücken darf: Das ist es ja, was ein Radio auszeichnet. Und selbstverständlich verfügen alle unsere Modelle über dieses Talent. Oder vielleicht sollte ich besser sagen: haben sie diese Begabung.«

Normalerweise wäre es uns eine Wonne gewesen,

seine lächerliche Ausdrucksweise zu verbessern und ihn über den richtigen Gebrauch seiner Muttersprache aufzuklären. Aber jetzt sah Sina großzügig darüber hinweg. Sie war dabei, einen viel dickeren Fisch an Land zu ziehen.

»Nein, ich meine, aus wirklich großer Entfernung«, sagte Sina. »Sehr, sehr weit entfernt.«

»Ich kann Ihnen versichern, Madam, dass unsere Radios von bester Qualität sind, auf dem neuesten Stand der Technik. Sie werden nichts zu beanstanden haben. Wir verkaufen Ihnen ein makelloses Gerät. Die Wellen, die unsere Radios empfangen, kommen von so weit her, dass Sie staunen werden.«

»Wie sehr?«, fragte Sina.

»Wie meinen?«, fragte der Verkäufer, dessen Redefluss ins Stocken geriet.

»Von wie weit her? Sagen Sie mir, von wie weit her, und ich sage Ihnen, wie erstaunt ich sein werde«, sagte Sina.

»Wollen Sie die genaue Entfernung wissen? Die genaue Entfernung können wir Ihnen nicht nennen, da muss ich Sie leider enttäuschen.« Der Verkäufer blickte selbst ganz enttäuscht drein. Er hatte einen Schnurrbart mit zwei langen Enden, die jetzt traurig herabhingen.

»Ja, aber ungefähr?«

»Welche Entfernung haben Sie sich denn so vorgestellt?«, erwiderte der Verkäufer kampfeslustig.

»Aus dem Weltraum«, sagte Sina. Wennschon, dann gleich richtig.

»Hahaha, Sie sind mir aber eine«, sagte der Verkäufer. »Sie versuchen es ja mit allen Mitteln.« Sein Mund lachte, aber der Rest seines Gesichts drückte Besorgnis aus.

»Also, was ist? Können Ihre Radios Wellen aus dem Weltraum empfangen oder nicht?«, fragte Sina und schaute über ihren Brillenrand auf ihn herab.

Sina ist so groß, dass man das Gefühl hat, sie könnte einem, wenn sie wollte, auf den Kopf spucken. Diese Wirkung hat es jedenfalls, wenn sie einen so anschaut. Oder aber dich gleich ganz verschlingen, falls sie dieses menschenfresserische Bedürfnis überkommen sollte. Damit macht sie normalerweise jeden fertig.

»Ähm, aber selbstverständlich«, sagte der Verkäufer. »Ich bin mir sicher, dass unser reizendes rosa Gerät so etwas kann, obwohl, ähm, es natürlich keine Möglichkeit gibt, das zu testen, ähm, weil Radiowellen ja nicht aus dem Weltall zu uns kommen, nicht wahr? Hahaha. Aber wenn sie aus dem Weltall zu uns geschickt werden würden, dann, ähm, würde unser kleines rosa Bakelitmodell sie sicherlich empfangen.«

»Sina«, flüsterte ich, weil ich die Zeit genutzt hatte, um die Preisschilder an allen Geräten zu studieren. »Das ist am teuersten.«

Doch der Verkäufer musste mich gehört haben, denn

er sagte: »Ganz genau, weil es nämlich unser Weltraummodell ist.« Und er machte dazu eine kleine Handbewegung, die den besonderen Charakter dieses Radios herausstreichen sollte. Oder auch eine fliegende Untertasse beschrieb. Schwer zu sagen.

»Wir nehmen es«, sagte Sina.

Schweigend fuhren wir nach Hause.

Sina hielt das Radio auf ihrem Schoß, als wäre es ein Baby.

Sie musste schon länger über den Kauf eines Radios nachgedacht haben, das sie gleich in ihr Atelier befördern wollte. Denn als Old Tom auf uns zukam, um zu fragen, wo wir so lange gesteckt hatten, und das Radio entdeckte, sagte sie nur: »Ich will da jetzt nicht drüber reden.«

Old Tom, mit diesem Tonfall bestens vertraut, machte auf dem Absatz kehrt und ging zurück in den Küchengarten, um Weißkohl zu pflanzen. Dafür strahlte Gladys, die aus dem Haus gekommen war und ebenfalls das Radio erspähte, bis über beide Ohren.

»Endlich!«, sagte sie.

DIE BRIEFE

Am Mittag übergab Sina Zebediah den Brief und er stieg sofort zu seiner Kammer hoch, wahrscheinlich um ihn zu lesen. Winifred und ich waren der Verzweiflung nahe. Wenn wir ihm folgten, um ihn ihm zu stehlen, würde er es nur wieder Sina erzählen. Aber uns fiel auch kein anderer Weg ein, um herauszufinden, was da vor sich ging. Old Tom hatte mir einmal erzählt, dass in Frankreich sogar kleine Kinder gefährliche Aufträge für die Résistance übernahmen. Das Vichy-Regime würde sich wahrscheinlich auf die Schenkel klopfen, falls Winifred und ich uns dem französischen Widerstand anschließen sollten.

Nach dem Mittagessen schlug Gladys Sina vor, gemeinsam Radio zu hören.

»Die ganze Woche lang habe ich bei Brookmans Radio gehört und auch jetzt rund um die Uhr, seit ich dieses

Ding hier habe«, wehrte Sina mit matter Stimme ab. »Ich brauch jetzt mal eine Pause.«

»Was haben Sie sich denn angehört?«, hakte Gladys nach.

»Ach, alle möglichen Sachen. Vor allem den kanadischen Staatsrundfunk«, sagte Sina.

»Na, da haben Sie's«, sagte Gladys. »Sie sollten Bebop hören. Das ist für Sie das Richtige.«

»Ist es nicht«, sagte Sina.

»Doch, ist es. Wenn Sie Botschaften von Außerirdischen hören wollen, müssen Sie mehr Musik hören. Das viele Gerede bringt Ihnen da nichts. Denken Sie doch mal nach! Warum sollte eine wilde Gruppe Aliens sich einen Sender aussuchen, der immer nur *bla bla bla bla bla bla bla bla* macht? Das tun die doch nicht! Ich würde es auch nicht tun. Da gibt's doch was Vernünftigeres. Bebop! Jawohl, das ist es. Dazu können sie in ihren fliegenden Untertassen tanzen, dass die Wände wackeln.«

»Wollen Sie unterstellen«, sagte Sina und ich hörte dabei ein bedrohliches Grollen heraus, »dass die Marsbewohner durchs Weltall toben und dabei rhythmisch mit den Fingern schnippen?«

»Falls sie Finger haben, dann schnippen sie wohl damit«, antwortete Gladys und schaute Sina trotzig an.

Sina musterte sie mit zusammengekniffenen Augen. »Ich bin mir nicht sicher, ob die Außerirdischen überhaupt Kontakt mit mir aufnehmen wollen«, sagte sie. »Aber ich bin fest davon überzeugt, wenn sie es wollten, würden sie es nicht über Musik versuchen. Und falls sie es doch über Musik versuchen sollten, dann ganz bestimmt nicht über Bebop.«

»Ich hab doch auch nicht gesagt, dass sie für Sie etwas singen werden.« Gladys verdrehte die Augen. »Die Botschaft wird in der Musik versteckt sein.«

»Und was glauben Sie, wie stellen die Aliens sich vor, dass ich die Botschaft dann aus der Musik heraushöre?«, fragte Sina.

»Tja, ähm, das ist dann ja wohl Ihre Sache, oder?«, erwiderte Gladys.

»Ja, ganz genau. Das ist meine Sache. Ich werde den kanadischen Staatsrundfunk hören. Allein. Und Sie widmen sich schön dem Backen. Vielleicht finden Sie ja was Neues, das Sie verkohlen lassen können. Maismehlbrot zum Beispiel.«

»Wenn ich in der Küche etwas Bebop hören könnte, würde mir ganz bestimmt nichts mehr anbrennen«, sagte Gladys.

»Und ob«, sagte Sina ungerührt. »Da würde ich jede Wette eingehen.«

Leider wurde dieses interessante Gespräch durch ein Klopfen an der Tür und das Erscheinen von Miss Macy unterbrochen, die kam, um nach geeigneten Wanderpfaden und Zeltlagerplätzen für ihre Pfadfindermädchen zu suchen.

»Hallo, das ist die kleine Ermintrude«, sagte Miss Macy. »Sie ist mein Versuchsküken. Ich habe sie heute dabei, um herauszufinden, wie weit es ein Dingelchen wie sie auf seinen Beinchen schafft.« Sie deutete auf ein sehr nervös wirkendes sechsjähriges Mädchen in voller Pfadfinderinnenmontur.

»Sei herzlich bei uns begrüßt, Ermintrude«, sagte Sina. »Na, dann wünsche ich euch eine schöne Wanderung.« Sie machte eine Handbewegung, wie um Miss Macy und Ermintrude wegzuscheuchen. Schließlich hatte sie Wichtigeres zu tun. Sie musste Botschaften von Marsmännchen decodieren.

»Ich dachte mir nur, ich sag Ihnen vorher, dass wir zusammen in den Wald gehen«, fuhr Miss Macy fort. »Das ist gute alte Pfadfinderinnentradition. Geh niemals allein in den Wald, ohne es vorher jemandem zu sagen.«

»Aber Sie gehen doch selber die ganze Zeit allein in den Wald, ohne es uns zu sagen«, rief ich. »Wir sehen Sie doch fast jeden Tag.« Aber natürlich achtete keiner auf mich. Nicht wenn es da im Raum drei Erwachsene gab oder, na ja, vielleicht eher zweieinhalb oder als was auch immer Gladys zählte.

»Wann wollen Sie denn zurück sein?«, fragte Sina, obwohl sie nicht so wirkte, als würde sie das besonders kümmern.

»Ehrlich gesagt, weiß ich es noch nicht.« Miss Macy wirkte verwundert über die Nachfrage. »Wir gehen zu

Beckman Cove, um dort die Wassertemperatur zu überprüfen. Wenn das Wasser bereits warm genug ist, könnten die Mädchen dort vielleicht ein bisschen schwimmen.«

Beckman Cove ist eine kleine Bucht, zu der man kommt, wenn man den Felspfad ein Stück entlangspaziert. Die Wassertemperatur ist bei uns eigentlich immer so niedrig, dass das Schwimmen im Meer oder auch nur ein Hineinwaten überhaupt nicht infrage kommt. Aber es gibt ein paar Buchten, wo das Meer ziemlich lange flach ist und das Wasser im Frühling und Sommer von der Sonne so aufgewärmt wird, dass man hineinwaten oder sogar schwimmen kann. Dazu zählt auch die Beckman Cove.

»Wer hat Ihnen denn das mit der Beckman Cove erzählt?«, fragte ich. »Ich weiß ja, dass Sie bei uns oft spazieren gehen. Aber ich hatte bisher keine Ahnung, dass Sie hier sogar im Meer schwimmen.«

»Einer der Soldaten hat mir die Bucht gezeigt«, sagte Miss Macy. »Sie haben rausgefunden, dass das Wasser dort nicht so kalt ist.«

»Zum Kuckuck noch mal!«, rief Sina. »Es ist eine Sache, Besucher hier zu haben, die den ganzen Tag Poker spielen, als ob das nicht schon reichen würde. Aber wenn sie dann noch anfangen, andere auf unserem Anwesen herumzuführen, als würde es ihnen gehören, ist für mich die rote Linie überschritten. Und keiner hat den Soldaten erlaubt, bei uns schwimmen zu gehen.«

»Aber du hast Miss Macy doch erlaubt, überall bei uns umherzustreifen«, sagte ich. »Und es stört uns auch nicht wirklich, wenn die Soldaten im Meer schwimmen. Beckman Cove ist weit vom Hof entfernt.«

»Das ist nicht der Punkt.« Sina konnte ziemlich halsstarrig sein. »Ich leiste ja gern meinen Beitrag in diesen schwierigen Zeiten, aber ich mag es nicht, dass die jungen Kerle frech werden und sich Dinge rausnehmen, die ihnen nicht zustehen.«

»A propos«, rief Gladys. »Wo sind die Soldaten denn eigentlich? Sie haben mir doch versprochen, dass hier überall welche rumlaufen.«

»Die Baracken liegen am Ende der Militärstraße«, sagte Miss Macy. »Ein gutes Stück von hier entfernt.«

»Ich wusste gar nicht, dass Sie öfter dort sind«, sagte Sina.

»Ach, na ja, ich weiß nicht, ob ich es *oft* nennen würde ... ab und zu«, erwiderte Miss Macy und in ihren Augen begann es zu flackern. »Kommt manchmal vor, dass ich mich etwas einsam fühle.«

Sina bekam plötzlich einen roten Kopf und ich war mir sicher, dass sie sich wünschte, sie hätte nicht gefragt.

»Können Sie mir zeigen, wo die Baracken sind?«, fragte Gladys.

»Mädchen, Mädchen«, sagte Sina. »Jetzt lasst mal die Soldaten in Ruhe. Wir dürfen sie nicht zu sehr stören. Sie leisten in diesen Kriegszeiten einen wichtigen Beitrag zur Heimatfront. Jede Ablenkung könnte uns alle ins Verderben stürzen. In Teufels Küche. Dann sind wir bald nur noch Gulasch und Erbswurst. Deshalb bloß keine Störung!«

»Ach, na ja«, sagte Miss Macy. »Alles halb so wild. Die Jungs freuen sich über jedes neue Gesicht in ihrer Pokerrunde. Es müssen immer nur zwei draußen bei den Geschützen bleiben. Alle anderen vertreiben sich irgendwie die Zeit und warten darauf, dass sie als Wachablösung dran sind. Die sind für jede Abwechslung dankbar. Sie sterben fast vor Langeweile.«

»Unsinn«, sagte Sina. »Ich bin sicher, sie leisten viele ganz wichtige Dinge, die sie aus lauter Bescheidenheit nur nicht erwähnen. Wir dürfen sie nicht belästigen. Wir müssen in diesen schwierigen Kriegszeiten alles tun, um sie zu unterstützen.«

»Ja, genau. Das hab ich auch vor«, sagte Gladys. »Sie zu unterstützen, wo und wie ich nur kann. Wissen Sie was, Miss Macy? Wir bringen ihnen Pfadfinderinnenkekse vorbei.«

»Tut mir wahnsinnig leid, Miss Brookman, aber wir haben keine Pfadfinderinnenkekse mehr«, sagte Miss Macy. »Wir verkaufen sie nicht das ganze Jahr über. Und wir schleppen sie auch nicht dauernd mit uns herum. Nein, nein, wir sind heute für einen Erkundungsmarsch gekommen. Wir wollen herausfinden, wie weit

Klein Ermintrude marschieren kann, bis ihre Beinchen ihr den Dienst versagen.«

Ermintrude fing an zu zittern.

»Und Sie brauchen mich auch nicht, Miss Brookman«, fuhr Miss Macy fort. »Immer die Straße entlang. Bis Sie zu den Baracken kommen. So, und jetzt machen mein Versuchsküken und ich uns auf den Weg.«

Miss Macy zog mit der kleinen Ermintrude ab. Gladys, die eigentlich Maismehlbrot hätte backen sollen, spazierte die Militärstraße entlang, um den Soldaten einen Besuch abzustatten.

Sina umklammerte ihren Kopf mit beiden Händen. Täglich wurden es mehr Menschen, die unser Anwesen heimsuchten, und es geriet allmählich alles außer Kontrolle.

Währenddessen bemerkten Winifred und ich, wie Zebediah sich die Treppe hinunter- und zur Hintertür hinausschlich.

Winifred bohrte mir den Zeigefinger in die Seite und flüsterte: »Ich wette, er will den Brief von heute verstecken. Komm mit, wir gehen hinterher.«

Deshalb stahlen wir uns auch davon und folgten Zebediah in einiger Entfernung, wobei wir uns immer wieder hinter Gebäuden versteckten, so lange, bis wir den Wald erreicht hatten. Von da an war es ein Kinderspiel, denn die Bäume boten uns sichere Deckung. Zebediah hätte einen grauenhaft schlechten Spion abgegeben, weil er sich nämlich kein einziges Mal umdrehte. Als er bei der kleinen Lichtung mit den alten Steinzeichnungen ankam, duckten wir uns hastig hinter einen Busch. Es gab dort lange, flache Felsen, wo man sich sonnen und die uralten eingeritzten Zeichnungen mit den Seehunden anschauen konnte. Zebediah setzte sich hin. Winifred und ich beobachteten, wie er den Brief aus der Hosentasche zog, aufmachte, las, dann wieder in die Tasche zurücksteckte, aufsprang und weiterlief. In seinen Schritten steckte ein neuer Schwung. Vor lauter Aufregung und Freude? Wir folgten ihm weiter und er führte uns schließlich zum Einsiedler, der gerade in seinem Garten Unkraut jätete. Wir konnten sehen, wie Zebediah dem Einsiedler den Brief zeigte. Dann verschwanden die beiden in der Hütte.

»Bestimmt hat er die Briefe dort versteckt«, sagte Winifred.

»Wir müssen uns was ausdenken, wie wir den Einsiedler aus seiner Hütte locken, dann können wir danach suchen«, sagte ich. »Aber wie machen wir das?«

»Ich hab's!«, rief Winifred so laut, dass ich schon befürchtete, sie hätte uns beide jetzt verraten. Mit dem Kopf nickte sie in die Richtung, in der unser Hof lag. Kehrt marsch, hieß das. Ich folgte ihr kopfschüttelnd. Als wir uns ein Stück von der Hütte entfernt hatten, sagte sie: »Kapierst du nicht? Wir müssen ihn überhaupt nicht von der Hütte weglocken. Wir schleichen uns heute Abend im Schutz der Dunkelheit hierher. Sobald der Einsiedler im Nachtgarten ist, um Unkraut zu jäten. Ist er dort jede Nacht?«

Ich überlegte. »Nicht jede Nacht, aber bei Vollmond meistens«, antwortete ich. »Aber auch bei Vollmond ist es im Wald stockfinster und echt gefährlich, man kann leicht stolpern und sich was brechen oder ins Meer stürzen.«

»Wir nehmen Taschenlampen mit«, sagte Winifred.

»Das lockt nur die Pumas an, die nachts auf Beutezug gehen.«

»Kein Plan ist perfekt«, erwiderte Winifred.

Ich blickte sie von der Seite an, ob sie das im Spaß meinte. Aber als sie sich zu mir drehte, war ihre Miene ernst. Keine Spur von Witz, Ironie oder Abenteuerlust. »Ich mache mir ganz schreckliche Sorgen um Vater, Franny. Ganz schreckliche Sorgen.«

»Gut«, sagte ich, »abgemacht.«

***

Am Abend war der Himmel so wolkenverhangen, dass der Mond nicht hervorschaute. Und auch der Einsiedler ließ sich im Nachtgarten nicht blicken. Deshalb warteten wir geduldig auf Sonntagnacht, hofften, dass der Himmel dann wieder klar sein würde, und taten unser Bestes, um trotz unseres Vorhabens bis dahin so normal wie möglich zu wirken. Am Sonntagabend würgten wir das grauenhafte Abendessen hinunter, das Gladys zubereitet hatte. Sie hatte darauf bestanden, dass sie diesmal das Sonntagshuhn briet, weil sie dafür angeblich ein besseres Rezept wusste als Old Tom. Wir flehten alle Old Tom an, ihr nicht die Küche zu überlassen und das Hühnchen stattdessen selber zuzubereiten. Aber er sagte, wir müssten ihr eine Chance geben, ihr Können unter Beweis zu stellen – was ganz zu Old Tom passte. Also drückten wir die Daumen und hofften, dass sie wirklich ein gutes Rezept hätte. Wie sich herausstellte, handelte es sich um verkohltes Hühnchen mit verkohlten Klößen.

»Wie um alles in der Welt«, fragte Sina, »haben Sie es bloß fertiggebracht, dass die Klöße angebrannt sind? Die werden doch in Wasser gekocht!« Es klang eher verwundert als nach Kritik.

»Tja, mein Geheimnis!«, sagte Gladys, die weiterhin genussvoll ihre eigenen Gerichte verspeiste.

Gladys hatte den Nachmittag zuerst bei den Soldaten verbracht, denen sie verbrannte Kekse mitnahm, die sich dort angeblich großer Beliebtheit erfreuten, und danach hatte sie, an die Mauer von Sinas Atelier gelehnt, auf dem Boden gehockt und Radio gehört und in regelmäßigen Abständen gerufen: »Sender wechseln!« Woraufhin Sina jedes Mal von drinnen rief: »Zieh Leine!«, was Gladys dann schließlich machte, um unser Abendessen zu verkohlen.

Nach dem Essen standen wir ums Klavier und sangen Lieder, während der Mond strahlend hell durchs Fenster schien. Winifred und ich nickten uns immer wieder bedeutsam zu.

Wir sangen mehrere Gospels und sämtliche Lieder aus *Oklahoma!*, dem Broadway-Musical-Riesenhit, wobei Gladys bei »Many a New Day« und »I Cain't Say No« immer wieder Beboprhythmen einzustreuen versuchte. Sina reagierte auf diese Wiedergabe leicht verstört – und es stimmte schon, »Many a New Day« verlor von seinem unschuldigen Charme, wenn es von einer herumlungernden, fingerschnippenden Gladys gesungen wurde, die jeden zweiten Vers mit *bebop bebop* untermalte. Aber alle waren so fröhlich und beschwingt, dass keiner den Miesepeter machen und daran herumnörgeln wollte. Weil alle sich so amüsierten, dauerte es nur leider eine Ewigkeit, bis sie endlich ins Bett gehen wollten. Ich brachte schließlich eine Schneeballreaktion in Gang, indem ich theatralisch und laut gähnte. Was ja immer ansteckend ist und selbst die widerspenstigsten Zu-Bett-Geher in schläfrige Stimmung bringt. Tatsächlich fing der eine oder die andere um mich herum gleich zu gähnen an, sie rekelten sich und klagten über ihre fürchterliche Müdigkeit und ich musste mich schrecklich zusammenreißen, um nicht laut zu rufen: *Dann geht doch bitte endlich ins Bett!*

Endlich war es soweit. Winifred schlich sich in mein

Zimmer und zusammen warteten wir angezogen darauf, dass die anderen alle einschliefen und der Einsiedler sich auf den Weg in den Nachtgarten machte. Wir saßen im Dunkeln am Fenster und schauten dorthin, wo die Felder aufhören und der Wald beginnt. Gladys war zu sehen, mit einer Taschenlampe in der Hand. Sie ging hastig in Richtung Militärstraße. Gemeinsam suchten wir mit den Blicken den Waldsaum nach dem Einsiedler ab, als es plötzlich bei mir an der Tür klopfte. Sina, wer sonst?

Winifred und ich starrten uns entsetzt an. Schließlich krächzte ich: »Ja?«

»Ich bin's, Sina«, sagte Sina. »Kann ich reinkommen, mein Liebes?«

»Nein!«, antwortete ich panisch. »Also, weil ... ich bin schon fast eingeschlafen.«

»Nein, bist du nicht. Ich hör doch, wo deine Stimme herkommt. Du liegst nicht im Bett – du sitzt am Fenster, hab ich recht?«

»Nein, das täuscht«, sagte ich. »Ich weiß einen neuen Echotrick in meinem Zimmer. Winifred hat ihn mir beigebracht.«

»Wie kann sie dir einen Echotrick beibringen?«, fragte Sina. »Klingt für mich merkwürdig. Was ist das überhaupt?«

»Hat sie aber«, sagte ich und erkannte in diesem Moment, dass ich überhaupt kein Talent zur Lügnerin habe. Ich gehöre nicht zu denen, die im Handumdrehen lange und verwickelte Geschichten erfinden können. »Menschen erfinden alles Mögliche, einfach so.«

»Wie wahr, wie wahr«, sagte Sina. »Du fehlst mir einfach ein bisschen, weißt du? Seit dem großen Ansturm.« (Das war Sinas Codewort für die Veränderungen bei uns durch die Ankunft der Madden-Geschwister.) »Wir sitzen gar nicht mehr in unseren Schaukelstühlen und betrachten den Sonnenuntergang, nur du und ich.«

»Ich weiß. Ich vermisse dich auch«, sagte ich. Auf einmal brach es mir fast das Herz und Sina tat mir leid. Obwohl ich bisher viel zu beschäftigt gewesen war, um unsere gemeinsamen Sonnenuntergänge zu vermissen, spürte ich jetzt auch, dass sie mir fehlten. Fast hätte ich Winifred rausgeschmissen und Sina ins Zimmer reingelassen. Mein ganzes Leben lang hatten Sina und ich das so gemacht, wir hatten immer unsere Stunde im Schaukelstuhl bei Sonnenuntergang. Aber nein, das ging jetzt nicht. Winifred machte sich große Sorgen wegen ihres Vaters. Sie war in Not. Ich durfte sie jetzt nicht im Stich lassen.

»Drum hab ich mir gedacht, dass ich vielleicht noch ein bisschen zu dir reinkomme, Franny. Wenn wir uns im Treppenhaus ans große Fenster setzen, wird es bestimmt von Menschen gleich nur so wimmeln. Wie ein offener Honigtopf die Ameisen anzieht. Aber hier, hab ich mir gedacht, wenn ich bei dir auf einen Sprung vorbeikomme, kann uns niemand stören.«

»Fände ich wirklich auch sehr nett, Sina«, sagte ich, während Winifred mir den Ellenbogen in die Seite rammte und wie wild den Kopf schüttelte. »Aber ich bin jetzt hundemüde. Lass es uns auf morgen verschieben.«

Ach, dachte ich, wie leicht können doch die intimen Bande, die zwischen uns und unseren Liebsten gesponnen sind, von einer Sekunde auf die andere durch ein Missverständnis zerstört werden. Wie wichtig mir doch Treue und Gewohnheit und die guten Gespräche waren, auf die ich bei Sina immer zählen kann. Ich wäre am Boden zerstört, wenn unser Verhältnis nicht mehr so wäre, wie es jetzt ist.

»Na schön ...«, sagte Sina. »Aber lass mich wenigstens kurz reinkommen und dir Gute Nacht sagen.«

»Die Tür ist verriegelt«, sagte ich. Wenigstens das stimmte. Winifred hatte es gemacht. Zum Glück hatte eine von uns etwas Weitblick. »Und dann müsste ich noch mal aufstehen.«

»Oh«, kam es von Sina. Ich spürte förmlich, wie sie in sich zusammensackte. Und wieder brach es mir deswegen fast das Herz. Für einen so baumstarken Menschen war Sina erstaunlich empfindsam. »Na gut. Also dann ... gute Nacht!«

»Gute Nacht, Sina«, sagte ich.

Es war still und wir konnten sie fortgehen und murmeln hören: »Sie werden größer. Eines Tages brauchen sie dich nicht mehr. So ist das eben.«

Ich rief durch die Tür: »Ich werde dich immer brauchen, Sina.« Aber sie war schon in ihr Zimmer gegangen und hatte die Tür hinter sich zugemacht und ich glaube nicht, dass sie mich hörte.

»Nicht weiter schlimm«, sagte Winifred, die auf ihre ganz eigene Weise zielstrebig und herzlos war. »Sie kommt drüber hinweg. Guck mal, da ist auch schon der Einsiedler.«

Und so war es. Der Einsiedler kam übers Feld gelaufen und öffnete das Tor zum Nachtgarten.

»Er klettert nicht über den Zaun, er benutzt einen Schlüssel!«, rief ich empört. »Wie ist er zu dem Schlüssel gekommen? Old Tom hat gesagt, das Schloss sei verrostet und das Tor seit Jahren nicht mehr benutzt worden.«

»Dann hat Old Tom gelogen«, sagte Winifred mit derselben Herzlosigkeit wie vorher. Ihr war nur ihr eigenes Vorhaben wichtig. Ich begann, es zu bedauern, dass wir Kameradinnen beim nächtlichen Sturm auf die Hütte des Einsiedlers waren. Aber für solche Überlegungen war es jetzt zu spät. Lautlos schlüpften wir aus dem Haus. Der Einsiedler jätete geschäftig im Nachtgarten Unkraut, deshalb schlichen wir im Mondlicht über die Felder und Wiesen und knipsten unsere Taschenlampen erst an, als wir in den Wald kamen.

Bei Nacht war der Wald ganz anders. Voller Schatten, voller Wurzeln und Steine, über die man stolpern konnte. Wir brauchten doppelt so lange wie bei Tag, um uns bis zur Hütte des Einsiedlers durchzuschlagen, und mehr als einmal wollte eine von uns beiden umkehren, aber wir setzten unseren Weg fort, angetrieben von Winifreds fürchterlicher Angst um ihren Vater. Wie froh waren wir jedoch, diese Mühe auf uns genommen zu haben, denn als wir endlich zur Hütte gelangten, gingen wir sofort hinein und fanden die Briefe auf dem Tisch liegen, offen, für jedermann sichtbar. Wir lasen sie in der Reihenfolge, in der sie angeordnet waren:

1. DIE ZEIT IST GEKOMMEN.

»O weh, o weh«, seufzte Winifred. »Mutter hat ja gesagt, dass Daddy im Begriff ist, irgendetwas Dummes anzustellen. Sie muss gespürt haben, dass da was im Anflug ist. Ich hätte ihr glauben sollen. Wie blöd kann man bloß sein?«

»Du bist nicht blöd, Winifred«, sagte ich streng. »Du hattest damals nur nicht genügend Informationen vorliegen. Jetzt lass uns die restlichen Briefe durchlesen, damit wir herausfinden, um welches große Geheimnis es sich zwischen deinem Vater und Zebediah da handelt.«

Wofür war die Zeit gekommen? Das wollten wir endlich wissen!

2. SEI VORSICHTIG.

3. BEHALTE ES FÜR DICH,
ABER FINDE NOCH MEHR
HERAUS.

Diesen Brief kannten wir ebenfalls schon.

4. BITTE IHN, DIR DEN CODE
ZU SAGEN.

5. MONTAG IST DER TAG.
WENN ICH EUCH NICHT MEHR
WIEDERSEHE, SAGE ALLEN,
DASS ICH SIE LIEBE.

Wie zu Stein erstarrt stand Winifred mit dem letzten Brief in der Hand da.

Dann sagte ich: »Es ist schlimmer, als wir dachten.«

RADIOSENDUNGEN

Wir rannten aus der Hütte, pressten die Briefe an uns und stolperten den finsteren Pfad entlang. Zum Glück arbeitete der Einsiedler noch im Garten, dann rasselten wir wenigstens nicht in ihn hinein.

»Warum der Code? Was meint er mit dem Code?«, sagte ich immer wieder. »Wer soll ihm den Code sagen?«

»Woher soll ich das denn wissen?«, entgegnete Winifred. »Ich verstehe das alles nicht. Aber es hat überhaupt keinen Sinn, Zebediah noch einmal zu fragen. Wenn er den letzten Brief gelesen hat, ohne dass ihm dabei das Blut in den Adern stockte und ohne dass er danach erschrocken zu uns kam, dann können wir wohl mit ziemlicher Sicherheit davon ausgehen, dass wir aus ihm rein gar nichts rauskriegen werden. Es gibt nur eins, was wir tun können. Wilfred und ich müssen Mutter anrufen. Wir müssen ihr melden, was wir wissen. Sie alarmieren, dass

Gefahr im Verzug ist. Vor allem aber müssen wir ihr sagen, dass morgen *der Tag* ist, was auch immer das bedeutet. Es sei denn, das alles ist nur so eine Art Riesenspaß oder ein Wir-tun-jetzt-mal-so-als-ob-Spiel von Vater und Zebediah.«

»Ganz bestimmt«, meinte ich erleichtert. »So was muss es sein.«

»Du kennst Daddy nicht«, sagte Winifred. »Auf alle Fälle müssen wir es Mutter sagen. Dann soll sie versuchen, dahinterzukommen, was alles bedeutet.«

»Ja, wir überreden Sina, dass sie mit uns allen morgen früh zu Brookmans fährt«, sagte ich. »Von da könnt ihr eure Mutter anrufen.«

Hastig legten wir den Rest des Weges zum Haus zurück. Nachdem wir für den nächsten Tag einen Schlachtplan entworfen hatten, gingen wir zu Bett. Dank meines ungewöhnlichen abendlichen Sportprogramms schlief ich tief und fest. Wie es Winifred erging, kann ich natürlich nicht sagen, vermute aber, dass sie sich auf ihrer Matratze schlaflos hin und her wälzte, so wie es all jenen ergeht, die von ihren Liebsten gedankenlos in Angst und Schrecken versetzt werden.

***

Wie nicht anders zu erwarten, waren Winifreds Haare, normalerweise immer ordentlich gekämmt und gescheitelt, ziemlich zerzaust und verstrubbelt, als wir am nächsten Morgen zum Frühstück runterkamen. Was Gladys sichtlich störte.

»Herrjemine«, seufzte sie, »vielleicht sollte ich dir doch mal eine meiner Modezeitschriften ausleihen.«

Ich biss mir gerade noch auf die Zunge, denn am liebsten hätte ich erwidert, dass ihre Modezeitschriften bei ihr ja wohl überhaupt nichts nutzten. So ein hoffnungsloser Fall sei sie. Die Haare von Gladys waren wie ein archäologisches Museum. Darin waren Überreste von allem ausgestellt, was sie bisher bei uns verspeist hatte.

Winifred und ich trafen beim Frühstück außer Gladys keinen an, weil wir später als gewöhnlich aufgestanden waren. Sina hatte bereits gefrühstückt und war in ihrem Atelier. Zebediah war wie immer im Wald verschwunden und Old Tom und Wilfred waren bestimmt schon wieder in einem der Gärten. Unser Plan war, Wilfred von allem in Kenntnis zu setzen und Sina danach zu bitten, uns zu Brookmans zu fahren, von wo Winifred ihre Mutter anrufen wollte. Als wir nach draußen gingen, waren Old Tom und Wilfred jedoch nirgendwo zu finden. Wir suchten bei den Kühen, im Schweinekoben, in der Scheune, in allen Gärten, auf dem Kartoffelacker, bei den Obstbäumen und durchkämmten dann eine Wiese nach der anderen. Nichts.

»Dieser Hof hat einfach zu viele Felder und Wiesen«, schimpfte ich, während wir sie kreuz und quer absuchten.

Schließlich gaben wir es auf und trabten zu Sinas Atelier. Gladys lehnte draußen an der Mauer und rief: »Hier spricht eine Außerirdische! Wechseln Sie zum Bebopsender!«

»Verschwinde, Gladys!«, rief Sina.

»Wo sind Old Tom und Wilfred?«, fragten wir, als wir zu Sina hineinstürmten.

Sina umrundete mit unsicherem Schritt ihre neueste Seejungfrau, einmal, zweimal, noch ein weiteres Mal. Die Seejungfrau von diesem Tag hatte Hörner.

»Also, von einer Seejungfrau mit Hörnern hab ich noch nie gehört«, sagte ich.

»Vielleicht bringt es ja was, wenn ich ihr Hörner aufsetze, hab ich mir gedacht«, sagte Sina. »Aber du hast recht. Das ist Quark und Käse. Es ist auch völlig unwichtig – Hörner oder nicht, das hat nichts mit dem zu tun, was ich wirklich festhalten will. Warum kann ich es nicht? Warum?« Sie fegte die Statue auf den Boden und sprang mit beiden Füßen darauf herum.

»Was wollen Sie denn festhalten?«, fragte Winifred mit zitternder Stimme. Es kann einen ganz schön mitnehmen, eine große, erwachsene Frau auf einem Klumpen Lehm herumtrampeln zu sehen.

»Etwas. Aber ich kann es nicht benennen«, sagte Sina. »Oder vorerklären. So was wie das hier!« Sie drehte das Radio auf. »Mozarts Divertimento in D-Dur. Das Andante.«

Wir standen da und lauschten gebannt. In der Musik steckte eine solche Sehnsucht. Und ein solcher Schmerz. Es schien in ihr etwas ausgedrückt zu sein, das wir alle kannten und oft verspürten. Aber niemand wusste ein Wort dafür.

»Das ist kein Bebop!«, brüllte Gladys. »Und was haben die Kerle vom Rundfunk eigentlich, dass sie dauernd dasselbe Stück spielen?«

»Ruhe da draußen!«, rief Sina. Dann schüttelte sie die Stimmung, in die sie geraten war, hastig ab. »Old Tom ist mit Wilfred zum Fischen rausgefahren. Er hat gesagt, dass sie wahrscheinlich erst morgen zurückkommen. Wenn die See nicht zu stürmisch ist, will er mit ihm die Küste hochschippern und es kann gut sein, dass sie in Friday Harbor anlegen und da die Nacht verbringen. Er sagt, dass Wilfred einen freien Tag verdient hat und dass sie mit den Gärten sehr gut in der Zeit liegen.

»Neiiiiiiiiin!«, rief Winifred. Es klang sehr schrill.

Sina musterte sie nur kurz. Sie hatte schon die ganze Zeit vermutet, dass bei Winifred irgendwann der Einfluss von Crying Alice durchbrechen würde.

»Wir müssen Wilfred unbedingt etwas mitteilen«, sagte Winifred, die in Schnappatmung verfallen war.

»Da müsst ihr wohl bis morgen warten. Auf See können wir sie nicht erreichen. Das wisst ihr doch. Was habt ihr denn heute vor? Habt ihr schon die Eier aufgeklaubt?«

»Noch nicht«, sagte ich. »Wir kommen gleich wieder.

Dann erfährst du, was wir heute vorhaben.« Ich zog Winifred nach draußen, damit wir über die Lage diskutieren konnten.

»Wir müssen etwas tun«, sagte Winifred, immer noch keuchend. Ihre Augen quollen unnatürlich hervor.

»Ja«, sagte ich, packte sie am Arm und schüttelte sie. Vielleicht kam sie dadurch wieder zu sich. »Wir brauchen Wilfred nicht, um deine Mutter anzurufen. Lass uns reingehen und Sina alles erzählen.«

»Nein«, sagte Winifred und zog ihren Arm weg.

»Winifred, irgendetwas musst du unternehmen.«

»Ja, aber es ist alles so schwierig. Oje, oje. Mal denke ich, dass wir es Mutter erzählen müssen, und dann denke ich wieder, dass wir keinen falschen Alarm auslösen sollten, bis wir nicht sicher sind, dass da wirklich irgendwas im Busch ist. Vielleicht ist das auch nur so ein Spiel zwischen Zebediah und Vater.«

»Wir haben das doch schon alles durchdiskutiert. Deine Mutter weiß, dass irgendwas nicht stimmt, sonst wäre sie doch nicht nach Comox gefahren, oder? Was wir ihr erzählen, dürfte sie kaum schockieren«, sagte ich. »Ich bin dafür, dass wir sie anrufen und ihr die Briefe vorlesen.«

»Ich weiß nicht«, sagte Winifred. »Wenn doch bloß Wilfred hier wäre.«

Also wirklich, dachte ich. Plötzlich war ich froh, dass ich keinen Bruder hatte, wenn das hieß, so abhängig zu werden.

»Vielleicht sollten wir den Einsiedler fragen, was los ist. Oder Sina kann ihn fragen. Ihr muss er ja eine Antwort geben«, sagte Winifred.

»Da wäre ich mir nicht so sicher«, wandte ich ein. »Und sie wäre außerdem nicht leicht davon zu überzeugen, dass sie ihn fragen soll. Sie findet, dass sich jeder um seine eigenen Angelegenheiten kümmern soll.«

»Aber wenn es sich um einen Notfall handelt?«, fragte Winifred.

»Wenn es sich um einen Notfall handelt, würde sie antworten, müssen wir deine Mutter anrufen.«

»Oje, ich weiß nicht, was ich tun soll. Ich weiß nicht, was ich tun soll«, sagte Winifred.

Ich wusste ganz genau, was sie meiner Meinung nach tun sollte. Aber mit den Besonderheiten ihrer Familie war ich wahrscheinlich doch nicht vertraut genug. So wie sie auch nicht mit denen meiner Familie. Und keiner von uns kannte wirklich den Einsiedler. Was wir alle gemeinsam hier aufführten, war ein Tanz miteinander ringender Konstellationen von Menschen, die mir wie Sternbilder vorkamen, mit ihren eigenen Mustern aus Licht und Dunkel, ihrer eigenen Schwerkraft.

»Weißt du was, jetzt lass uns die Eier einsammeln«, sagte ich. »Mit den Händen etwas zu tun, das habe ich schon oft gemerkt, hilft, den Kopf zu sortieren.«

Also klaubten wir die Eier auf und danach fielen Sina mehrere kleine Aufgaben im Haus ein, die Winifred und ich für sie erledigen sollten. Was ich, wenn ich ein kleinlicherer Mensch wäre, damit in Verbindung gebracht hätte, dass ich sie am Abend vorher nicht hatte hereinkommen lassen, um mir Gute Nacht zu sagen. Wir waren gerade damit fertig, die Treppenstufen vor der Haustür zu kehren, als Miss Macy mit einem neuen Versuchsküken auftauchte.

»Das ist Cheryl«, sagte sie zu uns.

»Hallo, Cheryl«, sagte Sina. »Was ist denn mit deiner Vorgängerin?«

»Die war ein Reinfall«, antwortete Miss Macy. »Nach sechs Kilometern ist sie zusammengebrochen. Und will jetzt überhaupt nicht mehr mit zum Zeltlager. Na, wenn sie ihr erst mal genug Tee eingeflößt haben, geht es ihr wieder gut«, sagte Miss Macy. »Aber du, Cheryl, du bist aus einem anderen Holz geschnitzt, nicht wahr? Ein bisschen die Steilküste runterrutschen und kurz mal in eine Bärenhöhle hineinstolpern wird dein Pfadfinderherz nicht gleich aus dem Takt bringen, oder?«

Cheryl fing zu zittern an. Das schien bei Pfadfinderinnen jetzt um sich zu greifen.

»Dacht ich's mir doch«, sagte Miss Macy, bevor Cheryl antworten konnte. »Wir werden heute auf dem Zeltplatz, den Klein Ermintrude und ich aufgestöbert haben, ein paar Steine zusammentragen. Es gibt so viel vorzubereiten! Frisch auf! Frisch auf! Mit Kompass, Pfeil und Bogen! Und immer ein Lied auf den Lippen!«

Erst da bemerkte ich, dass sie beide auf dem Rücken Pfeil und Bogen trugen.

»Sind diese Mädchen nicht etwas jung fürs Bogenschießen?«, fragte ich mit hochgezogenen Augenbrauen.

»Du bist nie zu jung dafür, dich gegen ein wildes Tier zu verteidigen!«, antwortete Miss Macy.

»Ich hoffe, Sie haben diesmal auch Wasserproviant dabei«, murmelte Sina kaum hörbar.

Normalerweise hätte sie dazu geschwiegen. Sie wollte nämlich nichts mit der Verlautbarung von Pfadfinderinnentugenden zu tun haben. Aber sie konnte auch kein Anwesen voller kleiner Mädchen, die wie Strohhalme umgepustet wurden, gebrauchen.

Winifred und ich begannen wieder, unruhig über die Felder und Wiesen zu streifen. Hin und her, auf und ab. Winifred schwankte weiter zwischen dem Wunsch, ihre Mutter anzurufen, dem Wunsch, aus Zebediah noch mehr Informationen herauszuschütteln, dem Wunsch, den Einsiedler mit Fragen zu bedrängen, und dem Wunsch, einfach abzuwarten und aufs Beste zu hoffen.

»Wenn Zebediah in den Wald zum Einsiedler gelaufen ist, dann weiß er inzwischen, dass wir die Briefe mitgenommen haben«, sagte ich.

»Oder er verdächtigt den Einsiedler, dass der sie beseitigt hat. Zebediah ist sehr misstrauisch«, sagte Winifred und beschleunigte den Schritt. »Er war nie ein treuherziges Kind.« Es war ungewöhnlich heiß. Schwitzend stolperte ich hinter ihr her und hoffte, dass sie zu einer Entscheidung käme, bevor ich selber wie ein gescheitertes Versuchsküken zusammenbrach.

»Also gut, dann lass uns Mutter anrufen«, sagte Winifred schließlich, nachdem wir achtmal die volle Länge und Breite unserer Felder durchmessen hatten.

»Dafür hätte ich mich auch entschieden.«

Am liebsten hätte ich noch hinzugefügt, dass sie mir und sich selbst jede Menge Schweiß und abgelaufene Turnschuhsohlen erspart hätte, wenn sie sich bereits bei Runde eins dazu entschlossen hätte. Aber natürlich sagte ich es nicht, denn Winifred hatte bereits genug Last auf ihren Schultern.

Als wir uns Sinas Atelier näherten, sahen wir sie zu unserer großen Verblüffung mit dem Radio in der Hand herausrennen. »Ojemine, ojemine!«, schrie sie. »Franny, mein Schatz, komm schnell her! Winifred, Zebediah!«

Wir rannten zu ihr und sie sagte nichts weiter, sondern stellte das Radio vor uns hin und drehte es laut auf.

»Comox. Vom Luftwaffenstützpunkt in Comox wurde heute Nacht die *Argot* gestohlen, das Langstreckenaufklärungsflugzeug unserer kanadischen Air Force. Um dieses Flugzeug, eine wahre Geheimwaffe, beneiden uns viele Nationen. Die *Argot* kann tagelang in der Luft bleiben, ohne nachtanken zu müssen. Ein Wartungstechniker mit Namen Robert Madden wird ebenfalls vermisst. Ob er entführt wurde oder etwas mit dem Verschwinden des Flugzeugs zu tun hat, ist bislang ungeklärt.«

»Darum ging es also? Er hat das Flugzeug gestohlen? Mutter muss es geahnt haben. Bestimmt hat sie das mit dem Flugzeug gemeint, als sie gesagt hat, dass sie befürchtet, er wird eine Riesendummheit begehen.« Winifreds Stimme fing zu zittern an – und dann bestätigte sie endlich Sinas heimliche Erwartung, indem sie in ein Schluchzen ausbrach, das genauso hysterisch und quälend war wie das von Crying Alice.

Sina und mir fiel nichts ein, womit wir sie trösten konnten. Bevor wir etwas zu ihr sagen konnten, kam ein Auto die Straße entlanggebraust und hätte uns beinahe umgefahren. Es bremste ab, blieb direkt neben uns stehen und Mrs Brookman sprang heraus. »Gut, dass du da bist, Schätzchen«, sagte sie, rannte zu Winifred und packte sie an den Schultern. »Schnell. Eure Mutter hat im Laden angerufen und möchte, dass ihr Kinder sie zurückruft. Wo sind deine Brüder?«

Zwischen Schluchzern stieß Winifred hervor: »Wilfred ist beim Fischen ... *schluchz schluchz* ... nicht zurück und wir wissen nicht, wann ... *schluchz schluchz schluchz* ... und Zebediah ist irgendwo im Wald ... *schluchz schluchz hüstel schluchz hüstel* ... bei einem Einsiedler.«

Sie sprach das letzte Wort aus, als hätte Zebediah sich aus reiner Boshaftigkeit absichtlich den lächerlichsten Gefährten ausgesucht, den es gab.

»Ach herrje, Zebediah!«, rief Sina. »Wenn er zum Mittagessen kommt und wir sind nicht da, beunruhigt ihn das bestimmt. Ich mache ihm ein Sandwich und leg es ihm hin und schreibe ihm einen Zettel, dass wir bei Brookmans sind. Das mit seinem Vater erzählen wir ihm erst, wenn wir mehr in Erfahrung gebracht haben. Jetzt hat es noch keinen Sinn.«

Sie stürmte ins Haus. Mrs Brookman drehte sich wieder zu Winifred. »Es tut mir so leid, mein Liebes. Du musst jetzt mutig sein und ganz allein den Anruf machen …«

Wir warteten ungeduldig, bis Sina wieder herauskam. Dann sagte Mrs Brookman zur völlig überrumpelten Winifred: »Komm, wir dürfen keine Zeit verlieren«, und schubste uns in ihr Auto.

»Der Telefonanruf von Mrs Madden – hat das mit dem *ohlengesten zeugflugen* zu tun?«, fragte Sina Mrs Brookman.

»Womit sollte es sonst zu tun haben? Ach, arme, arme Mutter«, schluchzte Winifred und überraschte uns alle damit, wie leicht sie eine Fremdsprache erlernte, auch wenn es sich nur um die Räubersprache hier bei uns im Dorf handelte.

»Na, na«, sagte Mrs Brookman. »Bis jetzt wissen wir noch gar nichts. Das gleichzeitige Verschwinden deines Vaters könnte reiner Zufall sein.«

»Haha«, sagte Winifred. »Und *was* für ein Zufall!« Sie fing wieder an zu schluchzen.

»Winifred, Liebes«, sagte Sina. »Weißt du irgendetwas, das wir nicht wissen?«

Ich zwickte Winifred in den Arm. Wenn Winifreds Vater in einem richtig schlimmen Schlamassel steckte, wie es jetzt ja wohl wirklich der Fall zu sein schien, dann war es besser, wenn wir ihn da nicht noch weiter hineinritten, indem wir enthüllten, was wir wussten. Ganz zu schweigen vom Ärger, den wir womöglich bekommen würden, weil wir schon im Voraus etwas davon gewusst hatten, ohne irgendetwas dagegen zu unternehmen.

Schweigend saßen wir alle im Auto. Nur Winifreds Schniefen war zu hören. Sina hatte das rosa Transistorradio mitgenommen und den kanadischen Staatsrundfunk eingestellt, wo wir auf die nächsten Nachrichten warteten. Es war eine interessante Erfahrung, im Auto zu sitzen und dabei Radio zu hören.

»Eines Tages«, sagte ich, als ich unser gemeinsames Schweigen allmählich quälend fand, »werden sie in die Autos noch Radios einbauen. Ihr werdet schon sehen!« Das war nur so dahingeplappert, um die Stimmung etwas zu heben.

»Pssst, Franny, nicht jetzt«, sagte Sina.

»Das gibt es bereits, Liebes«, sagte Mrs Brookman mit freundlicher Stimme. »Euer Lieferwagen ist ein alter Buick von 1918 und das hier ist ein Nash aus dem Jahr 1927. Mit dem Einbauen von Radios in Autos haben sie vor ungefähr zehn Jahren begonnen.«

Das ärgerte mich mal wieder. Warum war mir schon wieder jemand mit einer bahnbrechenden Erfindung zuvorgekommen? Aber, ähm, na ja, ich bin ja keine Erfinderin. Ich bin eine Schriftstellerin. Was schon schwierig genug ist.

»Schschschsch!«, machte Winifred entrüstet. Es kamen gerade die neuesten Nachrichten. Sie brachten ein Interview mit Crying Alice.

»Wie soll er das denn gemacht haben?«, war ihre Stimme aus dem Radio zu hören. »Er ist doch kein Pilot. Er hat übers Fliegen immer nur irgendwelche Handbücher gelesen. In letzter Zeit war er allerdings so merkwürdig gereizt und nervös. Aber das hätte ich nie von ihm erwartet.«

»Oh, Mutter!«, rief Winifred wütend. »Wie kannst du so etwas nur sagen!«

Wir machten alle laut »Pssst«, während Crying Alice fortfuhr und den Journalisten weiter mit ihrem Wortschwall überschüttete. »Ich bin hierher nach Comox gekommen, weil etwas mir sagte, dass er kurz davorstand, eine Riesendummheit zu begehen. Ich habe nämlich einen sechsten Sinn für solche Dinge, müssen Sie wissen. Und als ich dann hier war, sagte er zu mir: ›Ich habe vor, etwas Großartiges und Lebensveränderndes, ja sogar Lebensbedrohliches zu tun, etwas, das mutig und schön ist. Ich kann dir aber nicht sagen, was es ist.‹ – ›Du musst es mir sagen‹, habe ich ihn immer wieder angefleht. ›Wenn es lebensgefährlich ist, musst du es mir sagen. Kannst du dabei ums Leben kommen?‹ – ›Ja, könnte sein‹, hat er mir geantwortet. – ›Dann musst du es mir sagen‹, habe ich ihn immer wieder angefleht. – ›Nein, das werde ich nicht tun‹, hat er mir geantwortet. ›Du würdest es mir doch nur ausreden wollen.‹ Dieser Mann kann einen in den Wahnsinn treiben!«

Der Radioreporter ergriff das Wort. »Mrs Madden, heißt das, dass Sie glauben, dass Ihr Ehemann vorhatte, die *Argot* zu stehlen? Und dass er Ihnen deshalb nichts von seinen Plänen erzählen wollte?«

Es folgte eine erschrockene Pause, in der alle spürten, dass Crying Alice erst in diesem Moment begriff, was sie da gerade angerichtet hatte. »Nein«, antwortete sie. Aber jeder wusste, dass sie log.

»Oh, Mutter!«. rief Winifred. »Warum kannst du nicht einmal nachdenken, bevor du etwas sagst?«

»Deine Mutter war am Telefon ganz aufgelöst«, sagte Mrs Brookman. »Sie weinte sogar.«

Sina und ich warfen uns verstohlene Blicke zu, aber natürlich verkniffen wir uns jeden Kommentar.

Keiner im Auto sagte mehr etwas. Winifred richtete sich in ihrem Sitz auf. Ihre Augen bekamen einen stählernen Blick. Wenn schon ihre Mutter ihrem Vater nicht den Rücken stärkte, sie würde es tun. Als wir zum Laden kamen, wählte Mrs Brookman die Nummer, die Winifreds Mutter ihr gegeben hatte, und reichte Winifred den Hörer.

»Mutter?«, fragte Winifred vorsichtig.

»Uaaaaah!«, kam es vom anderen Ende der Leitung.

»Schsch, schon gut, Mutter. Jetzt reiß dich zusammen. Daddy geht es bestimmt gut. Vielleicht ist er, ähm, vielleicht macht er ja nur einen Spaziergang. Oder einen längeren Ausflug. Es gibt doch keine Beweise.«

»Uaaaaaaaaah!«

»Was auch immer er gemacht hat oder nicht gemacht hat, bestimmt hatte er dafür einen guten Grund. Wir müssen zu ihm halten, Mutter, und keine dummen Interviews im Radio geben, die uns nicht weiterbringen.«

»Uaaaaaaaaah!«

»Alles in Ordnung, Mutter. Schön, dass wir miteinander geredet haben. Uns dreien geht's hier gut. Ruf doch wieder an, sobald du was Neues weißt oder besser in der Lage bist, dich mit mir zu unterhalten.«

»Uaaarrrr uaarrrrrr uaarrrrrr!«

Die Schluchzer von Crying Alice hatten am Schluss noch ein grollendes, stotterndes *rrrr* hinzubekommen. Für mich hörte es sich ein bisschen so an, wie wenn ein Motor gleich den Geist aufgibt. Was das zu bedeuten hatte, wusste keine von uns so recht.

»Auf Wiederhören, Mutter«, sagte Winifred hastig und hängte auf.

Einen Augenblick stand sie wie erstarrt da und runzelte nachdenklich die Stirn. Wir anderen runzelten aus Mitgefühl ebenfalls die Stirn.

»Nun«, sagt Winifred schließlich, »sie wird uns keine große Hilfe sein. So viel ist jedenfalls klar.«

»Was willst du denn jetzt machen, mein Schatz?«, fragte Sina.

»Nach Hause fahren«, sagte Winifred. »Also, ich meine, zu Ihnen nach Hause. Um dort auf Zebediah und Wilfred zu warten.«

»Ja, natürlich«, sagte Sina.

Mrs Brookman fuhr uns zurück. Das Radio hatten wir die ganze Zeit an, aber es wurden jetzt keine weiteren Nachrichten mehr gesendet. Als wir zu Hause waren, bedankten wir uns bei Mrs Brookman und stiegen aus. Wir waren schon an der Haustür, als sie durchs runtergekurbelte Autofenster rief: »Ach ja, wie läuft's eigentlich mit Gladys?«

»Wunderbar!«, rief Sina zurück. Der Tag war schon schlimm genug, da wollte sie das Elend nicht noch vergrößern.

Und es war tatsächlich alles ein großes Elend. Wir hätten genauso gut gleich bei Brookmans bleiben können, denn Crying Alice rief noch dreimal an diesem Tag bei Mrs Brookman an und Mrs Brookman kam noch dreimal, um Winifred zu holen. Das erste Mal war, als es in den Nachrichten hieß: »Aufklärungsflugzeuge wurden losgeschickt, um nach der *Argot* zu suchen. Lieutenant Colonel McGee, der für die Operation verantwortlich ist, wollte sich zu Details und einem erhofften glücklichen

Ausgang jedoch nicht äußern, sondern antwortete nur: ›Der Ozean ist groß und tief.‹« Als Winifred ihre Mutter von Brookmans zurückrief, war von Crying Alice am Telefon wieder nur ein Schluchzen zu hören.

Das zweite Mal war, als der Nachrichtensprecher verkündete: »Inzwischen ist der Verdacht laut geworden, dass sich an Bord des Flugzeugs eine Crew von japanischen Spionen befindet. ›Die Japsen sind hinterhältig‹, verlautbarte Lieutenant Colonel McGee. ›Denen traue ich alles zu. Nach jetziger Kenntnis hatten sie Robert Madden auf dem Luftwaffenstützpunkt als Geheimagenten eingeschleust.‹«

Als Winifred mit ihrer Mutter sprach, sagte sie ruhig zu ihr: »Mutter, du musst nicht alles glauben, was du hörst.«

Die hilfreiche und erhellende Antwort von Crying Alice lautete daraufhin: »Uaaaah!«

Das letzte Mal war, nachdem wir im Radio gehört hatten, dass die Jagdflugzeuge, die inzwischen losgeschickt worden waren, den Befehl erhalten hatten, die *Argot* zu zerstören, falls sie sie entdeckten.

Winifred wurde daraufhin kalkweiß. Als sie ihre Mutter zurückrief, flüsterte sie nur »Oh, Mutter« in den Hörer.

Die trostspendende Antwort ihrer Mutter folgte prompt: »Schnief, schnief, schnief, uaaaah!«

Weil keiner aus ihrer Familie da war, auf den sie sich

hätte stützen können, handelte Winifred plötzlich sehr kühl und überlegt. Nach der dritten Fahrt zu Brookmans sagte sie zu mir: »Komm mit!«, und zog mich mit sich nach draußen. Bis dahin hatten wir die ganze Zeit mit Sina im Esszimmer gesessen und Radio gehört. Keine von uns hatte ein Wort geredet. Ab und zu war eine von uns aufgestanden und im Zimmer auf und ab gegangen oder hatte am Fenster nach Wilfred oder Zebediah Ausschau gehalten.

»Und wir dachten, dass Gespenster furchteinflößend sind«, beklagte ich mich, während Winifred mich über ein Feld zerrte. »Wohin gehen wir?«

Winifred antwortete nicht, sondern stapfte nur durch den Wald und den Küstenpfad entlang vor mir her, bis wir zu den Steinzeichnungen kamen. Dort angekommen, zog sie die Briefe ihres Vaters aus der Tasche und eine Schachtel Streichhölzer.

»Wir müssen sie verbrennen«, sagte sie.

Wie klug von dir, Winifred!

»Zum Glück haben wir Mutter noch nichts davon erzählt. Sie hätte es durchs Radio über ganz Kanada hinausposaunt. Wenn Zebediah zurückkommt, müssen wir ihm einschärfen, dass er niemandem etwas von seinem Briefwechsel mit Daddy sagen darf. Sie wollen die *Argot* zerstören.« Sie sagte den letzten Satz ohne jede Gefühlsregung und da begriff ich, dass wir manchmal, obwohl wir von Gefühlen überwältigt sind, nur wenig davon zeigen.

Wir verbrannten die Briefe, was für mich eine willkommene Abwechslung zum Auf-und-ab-Gehen im Esszimmer und zum Warten auf weitere Nachrichten war. Aber natürlich kehrten wir danach gleich wieder ans Radio zurück. Winifred war die Einzige in ihrer Familie, die die Lage überblickte, und ich muss sagen, sie meisterte alles verdammt gut.

Aus dem Nachmittag wurde allmählich Abend. Gladys, die inzwischen Bescheid wusste, kam und ging und brachte uns verkohlte Häppchen, was ungewöhnlich einfühlsam von ihr war, und bat uns kein einziges Mal, den Sender zu wechseln, weil sie Bebop hören wollte.

Als die Zeit zum Abendessen kam, verspürte keine von uns Appetit. Aber wenigstens konnten wir jetzt mit der Rückkehr von Zebediah rechnen. Während wir bei Brookmans waren, hatte er sich kurz blicken lassen und sein Sandwich gegessen und war seither wieder verschwunden. Obwohl es allmählich dunkel wurde, trieb er sich noch immer draußen herum. Doch bei Sina gab es eine strenge Regel: Wir konnten tagsüber überall auf dem Anwesen umherstromern, aber die Essenszeiten mussten strikt eingehalten werden. Das war ihre Methode, regelmäßig zu überprüfen, dass wir nicht ertrunken oder von Bären aufgefressen worden waren – und sie funktionierte so gut wie jede andere. Deshalb wussten wir, dass Zebediah bald zum Abendessen auftauchen würde, und so war es auch. Gladys war gerade dabei, das Essen auf den Tisch zu stellen, als wir ihn aus dem Wald kommen sahen. Und danach bemerkten wir zu unserer großen Erleichterung, dass Old Tom und Wilfred mit dem Fischerboot am Steg anlegten. Wir ließen Zebediah sich erst mal die Hände waschen, ohne ihm gleich etwas zu sagen. Außerdem wollten wir noch auf Wilfred warten. Erst als alle miteinander um den Tisch saßen, erzählten wir alles, was wir wussten.

Wilfred wurde kreidebleich und sagte nichts.

Zebediah jedoch erschütterte uns alle, vor allem Winifred und mich, die wir es mit Müh und Not durch den Tag geschafft hatten, indem er auf seinen Stuhl stieg, triumphierend die Faust in die Höhe streckte und überglücklich rief: »Er hat's getan!«

BIS TIEF IN DIE NACHT HINEIN

»Zebediah, setz dich hin«, sagte Sina mit großer Selbstbeherrschung. Sie blickte zu Winifred und Wilfred mit ihren langen und betrübten Gesichtern und fuhr fort: »Ich weiß, das hört sich alles schlimm an, aber …« Und weil ihr nichts einfiel, wie sie den Satz vernünftig zu Ende bringen konnte, sagte sie schließlich: »Möchte vielleicht jemand ein wenig verbrannte Suppe?«

Gladys war mit der Suppenterrine hereingekommen, von der ein strenger Geruch nach verbrannten Tomaten aufstieg.

»Was sollen wir jetzt tun?«, fragte Wilfred ruhig. Hinter seinen Brillengläsern, die ihm das Aussehen einer Eule verliehen, blitzte Panik auf.

»Wir essen jetzt erst einmal Suppe«, sagte Sina. »Es nutzt überhaupt nichts, wenn wir uns zu Tode hungern. Ansonsten halte ich es für das Beste, dass wir nichts über das verschwundene Flugzeug wissen. Falls irgendjemand auf die Idee kommen sollte, uns danach zu fragen. Was ja auch der Wahrheit entspricht.«

»Zebediah, du hängst dir ein Vorhängeschloss vor den Mund«, sagte Winifred. »Sie haben Jagdflugzeuge losgeschickt, um die *Argot* zu zerstören. Du weißt, was das bedeutet!«

»Was sollen wir jetzt tun?«, fragte Wilfred noch einmal.

»Wir essen jetzt alle zu Abend und dann ab mit euch ins Bett«, sagte Old Tom. »Mehr können wir im Moment nicht machen.«

»Ja«, sagte Sina und gab sich einen Ruck, um fröhlich und aufmunternd zu klingen. »Das ist das Beste, was ihr tun könnt. Wir vermuten allerdings, dass Zebediah etwas weiß –«

»Tu ich auch«, unterbrach sie Zebediah.

»Halt die Klappe«, fuhr Winifred ihn an.

»Tu ich nicht«, wehrte sich Zebediah.

»Ihr haltet jetzt beide die Klappe«, rief Wilfred, den ich so gar nicht kannte, »und lasst Sina in Ruhe ausreden.«

»Danke, Wilfred«, sagte Sina. »Also, was ich sagen wollte, wir haben bisher keine Beweise dafür, dass euer Vater tatsächlich irgendetwas mit der Entführung des

Flugzeugs zu tun hat. Von allem, was Zebediah zu wissen glaubt, mal abgesehen. Es handelt sich bisher um nicht mehr als Gerüchte. Meine Erfahrung ist, dass man mit einem klaren Kopf am besten an Probleme herangeht, egal welche, und wenn ihr die ganze Nacht wach bleibt und euch Sorgen macht, habt ihr morgen überhaupt keinen klaren Kopf. Versucht, ein paar fröhliche Gedanken zu haben, und geht schlafen.«

»Trotzdem«, sagte Wilfred. »Ich will die Nachrichten im Radio hören.«

»Ach, weißt du, mein Schatz, das würde ich dir nicht raten«, sagte Sina. »Die Leute vom Radio und die Journalisten, die die Nachrichten schreiben, versuchen immer, aus allem ein Riesending zu machen. Sie wollen, dass die Zuhörer unbedingt dranbleiben, weil sie so ihre Werbekunden bekommen, und dadurch nehmen sie dann Geld ein. Deshalb kannst du auch nicht allem trauen, was sie sagen. Ich mache dir einen Vorschlag: Tom und ich hören für euch die Nachrichten und wenn es etwas wirklich Neues gibt, kommen wir hoch und erzählen es euch.«

»Nein, danke«, sagte Wilfred. »Das ist sehr nett, aber ich werde sowieso nicht schlafen können. Ich will die Nachrichten selber hören.«

Sina wrang die Hände. Aber dann stellte sie das Radio an. »Wer will eine Nachspeise?«

Keiner meldete sich. Gladys brachte trotzdem einen verbrannten Kirschmichel herein und stellte ihn mitten auf dem Tisch ab, als handle es sich um ein Opferlamm. Sie schaute den Auflauf traurig an und bemühte sich, so kummervoll wie wir anderen zu wirken. Aber es war deutlich zu spüren, wie aufregend sie fand, was gerade alles geschah.

»Ich habe noch nie mit Verwandten von jemandem im selben Haus gelebt, der höchstwahrscheinlich bald wegen Hochverrat gehängt werden wird«, sagte sie und aß mit großem Appetit drei Portionen von ihrem verbrannten Kirschmichel, während Sina sie mit tödlichen Blicken durchbohrte.

Danach saßen wir noch eine Stunde lang im Esszimmer beieinander und hörten Radio. Die Nachrichten kamen tröpfchenweise herein und zuerst handelte es sich um dieselben Neuigkeiten wie vorher. Doch dann verkündete ein Sprecher: »Wie unsere Recherchen ergeben haben, kann die *Argot* nur von einer Handvoll Leuten gesteuert werden, die den Sicherheitscode kennen, ohne den sie überhaupt nicht geflogen werden kann. Der Code muss am Armaturenbrett eingegeben werden. Falls der Wartungstechniker Robert Madden das Flugzeug entführt hat oder dafür mit japanischen Spionen zusammenarbeitet, muss es ihnen gelungen sein, diesen Code zu entschlüsseln. Oder wer auch immer das Flugzeug gestohlen hat, wurde dabei von jemandem unterstützt, der Zugang zum Code hat. Weil es nur sehr wenige Menschen gibt, die ihn kennen, werden sie jetzt der Reihe nach verhört. Bis jetzt gibt es jedoch keinen mutmaßlichen Verräter. Und Robert Madden wird zwar mit dem mysteriösen Verschwinden der *Argot* in Verbindung gebracht, war aber lediglich Wartungstechniker und hatte zu dem geheimen Sicherheitscode ganz gewiss keinen Zugang. Im Moment weiß niemand, wo Madden sich aufhält, deshalb ist nach Auskunft des Militärsprechers sein Verschwinden zwar verdächtig, Genaueres kann zum jetzigen Zeitpunkt dazu aber nicht gesagt werden.«

»Da«, sagte Sina. »Hört ihr? Genaueres wissen Sie im Moment auch nicht.«

»Vater kann den Sicherheitscode unmöglich gewusst haben«, sagte Wilfred. »Deshalb ist die große Frage: Wo steckt Daddy?«

»Doch«, rief Zebediah aufgeregt. »Er hat den Zugangscode gewusst.«

»Die Briefe!«, rief Winifred. »Vater hat dir in einem der Briefe geschrieben: FRAG IHN NACH DEM CODE. Wen solltest du da fragen? Wer war das?«

»Der Einsiedler«, verkündete Zebediah stolz. »Daddy wollte immer schon die *Argot* fliegen. Ich hab es dem Einsiedler erzählt und er hat zu mir gesagt, dass er weiß, wie das geht. Er hat gesagt, dass es einen Geheimcode gibt, den man braucht, um das Flugzeug fliegen zu können. Er hat ihn mir gesagt und hat mir geholfen, ihn richtig aufzuschreiben, und dann hab ich ihn Daddy geschickt.«

»Und ich hab geglaubt, der Einsiedler würde sich niemals mit zappeligen kleinen Jungs abgeben«, sagte ich und merkte im selben Augenblick, wie unhöflich diese Bemerkung war, selbst unter den gegebenen Umständen. »Ähm, Entschuldigung, Zebediah.«

»Ich hab euch doch gesagt, dass er mich mag, weil ich anders als die normalen Menschen bin.«

»Bist du nicht«, sagte Winifred. »Davon hab ich noch nichts mitgekriegt.«

»Vater wollte immer schon die Argot fliegen?«, fragte Wilfred

»Ja. Hat er mir erzählt, als wir noch in Comox gewohnt haben. Tag für Tag, hat er mir gesagt, geht er in den Hangar rein und wartet das Flugzeug dadrin. Aber er will die Flugzeuge nicht nur warten; er will sie fliegen. Aber sie lassen ihn nicht Pilot werden, weil er nicht den richtigen Schulabschluss hat. Das ist so ungerecht! Er weiß, wie man ein Flugzeug fliegt! Er sagt, er kennt die *Argot* in- und auswendig. Er liebt sie. Er hat gesagt, er möchte nur ein einziges Mal mit ihr in den Himmel. Nur ein Mal. Um zu wissen, wie sich das anfühlt. Er hat zu mir gesagt, dass er es schon lange plant. Er will sie auch wieder zurückbringen. Jetzt ist es so weit, hat er gesagt. Er wollte versuchen, den Sicherheitscode zu entschlüsseln. Er hatte einen Plan, wie er verschiedene Zahlen ausprobieren wollte, bis er die richtige Kombination gefunden hatte. Aber das musste er gar nicht. Der Einsiedler hat mir den Code gegeben und ich habe ihn Daddy weitergesagt. Damit er die *Argot* ein einziges Mal fliegen kann. Ihr braucht keine Angst zu haben. Er will sie nicht stehlen. Das stimmt nicht. Er will nur mit ihr spielen.«

»Wenn das so ist«, sagte Winifred, »wenn er nur mit ihr spielen will, warum hat er sie dann noch nicht zurückgebracht?«

»Vielleicht macht es ihm ja so viel Spaß!«, rief Zebediah. »Ich will auch mit ihr fliegen!«

»Das tust du nicht!«, verbot es ihm Winifred.

»Ich will auch mitfliegen!«, rief Gladys. Aber wir beachteten sie nicht weiter. Geistesabwesend hatte sie den Rest des Kirschmichels verputzt, während sie gebannt an Zebediahs Lippen hing.

»Tu ich aber. Ich will mit Daddy zusammen mit der *Argot* spielen«, erwiderte Zebediah trotzig. Er kletterte auf seinen Stuhl, breitete die Arme aus und machte sein Flugzeugbrummen.

»Setz dich wieder hin!«, befahl ihm Winifred. »Mann, kapierst du nicht, Zebediah? Die Air Force lässt fremde Leute doch nicht einfach mit ihren Flugzeugen spielen.«

»Und der Einsiedler?«, fragte Wilfred. »Habt ihr gehört, wie der Mann im Radio gesagt hat, dass nur eine Handvoll Männer in ganz Kanada den Sicherheitscode kennen? Wie soll der Einsiedler ihn denn gewusst haben? Ist doch unmöglich.«

»Er weiß ihn aber.« Zebediah triumphierte. »Das Flugzeug ist nicht mehr da und Daddy auch nicht mehr.«

In diesem Augenblick, das glaube ich auch für die anderen sagen zu können, gefror uns allen das Blut in den Adern. Denn natürlich hatte Zebediah recht. Wir konnten uns nicht länger einreden, es sei reiner Zufall, dass Fixing Bob und das Flugzeug gleichzeitig verschwunden waren. Unsere letzte Hoffnung war gewesen, dass Fixing Bob niemals das Flugzeug fliegen konnte, ohne den Sicherheitscode zu kennen. Aber wenn der Einsiedler ihm den Code wirklich gegeben hatte, dann steckte Fixing Bob jetzt bis über beide Ellenbogen im Schlamassel. Und, wer weiß, vielleicht würde die ganze Familie wegen Hochverrats verhaftet werden. Crying Alice, Wilfred, Winifred und Zebediah – alles Spione. Und wer war eigentlich der Einsiedler? Oder wer war er früher einmal gewesen, wenn er den Sicherheitscode wusste, mit dem man das geheime Aufklärungsflugzeug der kanadischen Luftwaffe fliegen konnte?

»Ich werde mit dem Einsiedler reden«, sagte Old Tom und stand auf. »Dreh das Radio aus, Sina. Du kannst den Abwasch morgen machen, Gladys. Und ihr Kinder, jetzt Abmarsch ins Bett.«

Old Tom erteilte selten Befehle, deshalb fuhren wir alle erschrocken zusammen. Sina stellte mit einem sanften Klicken das Radio aus. »Ja, ab ins Bett mit euch, Kinder. Hier gibt es jetzt nichts mehr zu tun.«

»Aber wie sollen wir denn einschlafen können?«, fragte Winifred.

»Ich bringe euch heiße Milch mit Kamille«, sagte Sina.

Old Tom und sie wirkten auf einmal wie richtige Erwachsene, auf eine Art und Weise, wie sie es sonst nicht waren. Tatkräftig und entschieden, gar nicht so verträumt und schlafmützig, wie ich sie kannte. »Also, auf! Ab mit euch und denkt an was Schönes und Heiteres«, sagte Sina. »Wenn es irgendwelche Neuigkeiten gibt, wecke ich euch auf. Schlaft! Alles andere ergibt keinen Sinn.«

Old Tom hatte bereits einen Wollpullover übergezogen und nach seiner Taschenlampe gegriffen. Wir konnten beobachten, wie der Lichtkegel über die Felder wanderte. Dann gingen wir hoch in unsere Zimmer. Ich wollte Winifred eigentlich anbieten, dass sie bei mir schlafen konnte, aber ich hatte das Gefühl, dass sie und ihre Brüder erschöpft waren und nicht in der Stimmung für irgendein Geplapper und sei es noch so mitfühlend.

Ich lag im Bett und lauschte auf die Geräusche, die Sina drunten in der Küche erzeugte, wo sie den Herd nachschürte, mit Töpfen und Pfannen klapperte, die Milch heiß machte und aus dem Schrank Tassen herausholte. Da hörte ich plötzlich noch andere Laute. Füße, die über die Dielen und die Treppe hinunterhuschten.

Was um alles in der Welt ...?, dachte ich. Als ich die Tür zuschlagen hörte, trat ich ans Fenster und entdeckte, dass Zebediah barfuß zum Nachtgarten rannte. Bevor ich begriffen hatte, was geschah, war er schon wie ein Äffchen den Zaun hochgeklettert und hatte sich auf die andere Seite fallen lassen. Im Garten, der im Mondschein weiß leuchtete, richtete er sich auf und stand eine Sekunde lang reglos da, bevor er verschwand. Er war einfach nicht mehr da. Hatte sich in Luft aufgelöst.

Ich rannte die Treppe hoch zu Winifred. Sie lag im Bett, starrte an die Decke und dachte ganz bestimmt nicht an heitere Dinge, so wie Sina es ihr befohlen hatte.

»Was ist denn?«, fragte Winifred.

»Zebediah …«, begann ich.

»Ach so«, sagte Winifred. »Er wollte runter. Raus zum Klohäuschen.«

»Hat er aber nicht gemacht«, sagte ich. »Er ist zum Nachtgarten, über den Zaun geklettert und dann verschwunden.«

Winifred und ich rasten zu Wilfred ins Zimmer, wo ich auch ihm die Neuigkeit mitteilte.

»Was willst du damit sagen?«, fragte Wilfred. »Heißt das, er ist danach in den Wald gerannt?«

»Nein. Er ist nicht wieder rausgekommen. Ich will damit sagen: Ich hab ihn im Nachtgarten stehen sehen und in der nächsten Sekunde war er verschwunden. Ich hab es von meinem Fenster aus klar und deutlich erkennen können.«

»Unsinn«, sagte Wilfred. »Er hat sich bestimmt hinter einer Statue versteckt oder so was.«

»Nein. Es ist so, wie ich es dir gerade gesagt habe. Ich hab's doch gesehen. Er hat sich einfach in Luft aufgelöst.«

»Unmöglich«, sagte Wilfred.

Er wirkte gereizt und ich wusste genau, wie er sich fühlte. Zauberei und solche Sachen sind ganz in Ordnung, wenn einem langweilig ist und man sich gern in eine spannendere Welt hineinträumt. Aber wenn man wirklich in einer Krise steckt und die Nerven blank liegen und die eigenen Kräfte eigentlich nicht mehr reichen, dann möchte man nicht mit so einem Unsinn behelligt werden. Man möchte die Sicherheit einer verlässlichen, vertrauten Wirklichkeit um sich herum, unverrückbarer Dinge, die man kennt. Aber Tatsachen sind nun mal Tatsachen. Und manchmal muss man sich einfach dem stellen, was man vor Augen hat; ob es einem gefällt oder nicht.

»Ich glaube, dass er sich etwas gewünscht hat«, sagte ich. »Ich glaube, er hat sich etwas gewünscht und der Wunsch hat ihn dann irgendwohin fortgetragen.«

»Lächerlich«, sagte Wilfred.

Winifred blickte einen Augenblick verblüfft drein und wirkte danach zu Tode erschrocken, weil sie plötzlich begriff.

»Wenn er sich wirklich was gewünscht hat«, murmelte sie vor sich hin. »Was könnte das gewesen sein?«

Kurz darauf brüllte sie: »Zebediah!«, und bevor wir sie zurückhalten konnten, war sie schon aus dem Zimmer und die Treppe hinuntergestürmt.

»Was für ein Riesenquatsch«, sagte Wilfred, rannte dann aber genauso wie ich los, um Winifred aufzuhalten.

»Winifred!«, schrie Wilfred.

Bis Wilfred und ich es zum Garten geschafft hatten, war Winifred bereits über den Zaun geklettert. Und dann verschwand sie ebenfalls. Jetzt musste Wilfred mir glauben.

Er schaute mich erschrocken an und sagte tonlos: »Sie hat sich auch etwas gewünscht.«

»Oh, nein, nein, nein!«, rief ich. »Wohin sind sie denn verschwunden? Was haben sie sich bloß gewünscht?«

Aber natürlich war es nicht schwer zu erraten.

»Sie sind zur *Argot*, um Vater beizustehen«, sagte Wilfred.

»Aber wie wollen sie das denn machen?«, fragte ich. »Sie haben doch keine Ahnung von Flugzeugen, oder?«

»Zebediah möchte einfach nur bei Vater sein und Winifred ist hinterher, um beide zu retten. Zebediah wird Vater noch weiter anstacheln. Er träumt selber davon, später einmal Pilot zu werden. Er begreift nicht, worum es geht. Weder Daddy noch Zebediah haben auch nur einen Funken Vernunft. Winifred wird sie nie vom Ernst der Lage überzeugen können. Ich muss zu ihnen. Ich schaffe es eher, Vater zu erklären, was jetzt auf dem Spiel steht und dass er mit dem Flugzeug umkehren muss, bevor sie alle drei abgeschossen werden.«

Gesagt, getan. Nach seiner kleinen Rede kletterte Wilfred den Zaun hoch und schwang sich gerade in dem Augenblick auf die andere Seite, als Sina uns erblickte und aus dem Haus gerannt kam. Bis sie neben mir stand, war Wilfred verschwunden.

»Dann ist es wahr«, flüsterte sie. Ihre Hand lag eiskalt auf meinem Arm. »Ich habe mich immer gefragt, ob es stimmt, war mir aber nie sicher.«

Sie schaute fortwährend auf die Stelle, an der kurz zuvor noch Wilfred gestanden hatte.

»Oh, Sina«, rief ich. »Was sollen wir jetzt bloß tun? Sie sind alle drei zu ihrem Vater. Wenn das Flugzeug abgeschossen wird, dann sind sie alle tot.«

In diesem Moment sahen wir Old Tom aus dem Wald kommen, der vom Einsiedler zurückkehrte. Wir liefen zu ihm und erzählten ihm, was geschehen war.

»Du glaubst, da sind sie jetzt? Im Flugzeug?«, fragte er. »Bist du dir sicher?«

»Wo denn sonst?«, fragte ich zurück. »Hast du mit dem Einsiedler gesprochen?«

»Er erinnert sich an nichts«, erzählte Old Tom atemlos, während wir gemeinsam zum Nachtgarten zurückrannten. »Das ist das Problem bei ihm. Sein Gehirn ist wie ein Sieb. Er streitet nicht ab, dass er Zebediah den Sicherheitscode möglicherweise mitgeteilt hat, aber er erinnert sich auch nicht daran. Das alles ist in seinem Kopf mal da und dann wieder weg. Ich hab gleich geahnt, dass er keine große Hilfe sein würde. Und was ich vorhin nicht so deutlich sagen wollte, aber dieser Mann, also der Vater von den dreien, kann ja wohl nicht ganz zurechnungsfähig sein. Kein Mensch im Vollbesitz seiner geistigen Kräfte würde ein Flugzeug stehlen, und erst recht in diesen Kriegszeiten, ohne sich der Folgen bewusst zu sein. Und die Kinder sind diesem Mann jetzt auf Gedeih und Verderb ausgeliefert.«

»Oh, Tom, das glaubst du doch nicht wirklich?«, fragte Sina.

»Natürlich glaube ich das! So, und jetzt muss ich los!«, sagte Old Tom.

»Ich komme auch mit!«, rief ich.

»Das ist überhaupt keine gute Idee, Franny«, wies Old Tom mich scharf zurecht. »Wenn mir etwas passieren sollte, bist du alles, was Sina noch hat. Außerdem wärst du nur im Weg!«

Wir hatten den Nachtgarten erreicht. Bevor wir es uns versahen, war Old Tom ebenfalls über den Zaun geklettert, und das Letzte, was er uns verärgert und empört zurief, war: »Man sollte niemals, niemals, niemals Gäste bei sich im Haus aufnehmen!« Dann verschwand er.

Danach gab es nur noch mich und Sina, einen Himmel voller Sterne und den Nachtgarten.

Wir standen da und starrten uns an, die Münder weit aufgeklappt. Und falls jemand glauben sollte, dass das Erscheinen von Ufos und Geistern eine hinreichende Vorbereitung darauf ist, mit eigenen Augen dabei zusehen zu müssen, wie vier Menschen sich einfach in Luft auflösen, dann kann ich dazu nur sagen: Dem, der das glaubt, fehlt es eindeutig an Erfahrung mit der Welt des Unsichtbaren.

»Und jetzt?«, fragte Sina immer wieder und wieder. »Was machen wir jetzt?«

Aber mir waren meine guten Ideen ausgegangen.

***

Zur selben Zeit, während wir mit offenen Mündern dastanden, fand Old Tom sich auf einmal im Bauch eines laut lärmenden Flugzeugs wieder und ihm klappte erst recht der Unterkiefer runter, als er sich umschaute. Es war das erste Mal, dass Old Tom in einem Flugzeug mitflog, und er beschloss auf der Stelle, dass es auch das letzte Mal sein würde. Zuerst drang nur ein lautes, ratterndes Geräusch in sein Bewusstsein, das Rütteln des Flugzeugs und ein merkwürdiger Geruch. Als er dann den Kopf wandte und etwas mehr Überblick gewann, wurde ihm ganz schwer ums Herz, denn im Cockpit entdeckte er einen leblosen Mann, von dem er nur vermuten konnte, dass es sich dabei um Fixing Bob handelte. Er saß zusammengesackt im Pilotensessel und hatte den Kopf auf das Armaturenbrett gelegt. Auf dem Boden, als hätte jemand sie dort ordentlich aufgereiht, lagen Seite an Seite Winifred, Wilfred und Zebediah. Alle reglos. Alle tot.

Zuerst konnte Old Tom das Geschehen nur anstarren. Er war verwirrt und benommen und von der merkwürdig riechenden Luft wurde ihm übel. Er schaute auf die Körper der Kinder hinab. Eines nach dem anderen waren sie ihrem Vater hierhergefolgt. In die Ungewissheit und den Tod. Was für ein seltsam Ding doch die Liebe war und wie sie im Guten wie im Bösen Eltern und Kinder in einer Familie vereinte. Wie es kam, dass Kinder ihrem Vater in seiner Torheit folgten, dafür Gefängnis oder den Tod auf sich nahmen, statt ihn oder einander des Wegs ziehen zu lassen. Wie das Unglück eines Menschen in einer Familie auch alle anderen ins Unglück stürzt. Wie wir uns eher einem unglücklichen Menschen in seinem Unglück anschließen und selber dabei auch unglücklich werden, als ihn zu verstoßen und seinem Schicksal zu überlassen. Und jetzt lagen die Kinder vor ihm im Flugzeug auf dem Boden. Tot. Wie ihr Vater. Vier Fünftel der Familie tot. Crying Alice würde sich nie mehr davon erholen. Ganz bestimmt würde sie selber auch lieber sterben, als weiterzuleben. Wenn man etwas für seine eigene Familie tun will, dachte Old Tom, sollte man glücklich sein. Damit die anderen sich dir in deinem Glück anschließen. Er wusste, er hätte etwas tun sollen, er hätte versuchen sollen, die Kontrolle über das Flugzeug zu übernehmen. Oder ein Notrufsignal aussenden. Irgendetwas. Aber er schaute nur auf die drei kleinen Körper hinunter und weinte.

AM BODEN

Sina und ich standen weiter einfach nur da. Wir schwiegen beide, aber unsere Gehirne arbeiteten wie verrückt.

Schließlich sagte Sina: »Mir fällt nichts anderes ein, was wir tun könnten, als noch einmal zum Einsiedler zu gehen. Er erinnert sich zwar nicht daran, dass er Zebediah den Sicherheitscode gegeben hat, aber vielleicht fällt ihm etwas ein, wie wir das mit dem Flugzeug anstellen können, ohne dass ein Unglück geschieht.«

»Ich habe meinen Wunsch noch frei«, sagte ich. »Warum kann ich mir nicht einfach wünschen, dass alle gesund und munter vor uns stehen?«

»Das geht nicht«, sagte Sina. »Du hast doch die Geschichte von Maria May gehört: Man kann einen Wunsch nicht ungeschehen machen. Außerdem haben wir das schon einmal versucht, bei etwas, das ich mir gewünscht hatte. Ich war mir nämlich nicht sicher … ich war mir nicht sicher, ob mein Wunsch auch richtig angekommen war.«

»Was war das denn?«, fragte ich. »Was hattest du dir denn gewünscht?«

»Ein anderes Mal, Franny. Dazu haben wir jetzt keine Zeit. Wir müssen rausfinden, was der Einsiedler über dieses Flugzeug weiß, und dann sehen, ob ihm irgendwas einfällt, wie wir den Kindern und Old Tom helfen können.«

»Wie denn?«, fragte ich.

»Weiß ich nicht«, sagte sie. »Aber wenn ich im Leben etwas gelernt habe, Franny, dann nicht nur, dass ich nicht alles weiß, sondern auch, dass es viele Leute gibt, die Dinge wissen, von denen ich nicht einmal weiß, dass ich sie nicht weiß. Wenn du ein Problem hast, musst du dich an einen Experten wenden, und darfst nicht vorher schon glauben, dass sie keine Lösung wissen, nur weil du selber keine Ahnung hast, wie du aus der Sache rauskommen sollst.«

Also rannte ich los und holte Taschenlampen und gemeinsam unternahmen wir eine Nachtwanderung, bei der wir in regelmäßigen Abständen hochschauten, ob wir vielleicht am Himmel die *Argot* entdeckten. Aber wir konnten weder etwas sehen noch etwas hören, das auch nur im Entferntesten an ein Flugzeug erinnerte.

***

Als wir zur Hütte kamen, reagierte der Einsiedler nicht auf unser Klopfen. Wir versuchten, die Tür aufzumachen, aber sie war von innen verriegelt. Deshalb musste Sina die Tür eintreten.

»Ach, du meine Güte«, sagte sie. »Ich komme mir wie eine Einbrecherin vor.«

Der Einsiedler schlief in einem Winkel seiner Hütte. Sina ging auf ihn zu, leuchtete ihm mit der Taschenlampe direkt ins Gesicht und rief: »Wachen Sie auf! Um Himmels willen, wachen Sie auf!«

Aber der Einsiedler schnarchte ungestört weiter, deshalb schüttelte sie ihn an der Schulter.

»Sie müssen aufwachen! Wir haben einen Notfall!«, rief sie.

Bei diesen Worten war der Einsiedler nicht nur sofort hellwach, sondern innerhalb von Sekunden auf den Füßen. Er schlüpfte hastig in seine Hose und gab dabei unzusammenhängende Laute von sich, so als würde er im Schlaf Dinge zu sich selbst murmeln.

»Bitte, Sie müssen uns helfen«, sagte Sina zu ihm. »Sie müssen uns alles erzählen, was Sie über die *Argot* wissen. Sie ist gestohlen worden und wir müssen sie sicher zurückbringen.«

Der Einsiedler schaute uns verständnislos an. Sein Körper hatte reflexartig reagiert, weil er wahrscheinlich als Pilot oft den Notfall trainiert hatte. Aber sein Kopf kam überhaupt nicht mit.

»Oh, Sina«, jammerte ich. »Das hat keinen Zweck. Er versteht uns nicht.«

»Erinnern Sie sich nicht?«, fuhr Sina fort. »Old Tom war doch vorhin da. Er hat Sie nach der *Argot* gefragt! Weil der Vater der Kinder das Flugzeug gestohlen hat. Er heißt Mr Madden und nennt sich Fixing Bob. Mit dem Code, den Sie ihm geschickt haben, konnte er das Flugzeug starten. Wenn Sie den Code kennen, müssen Sie auch noch mehr über die *Argot* wissen. Sie müssen uns helfen!«

Der Einsiedler stand weiter stumm da.

»Die *Argot*! Die *Argot*!«, wiederholte Sina, als würde sie versuchen, ihm das Wort ins Gehirn zu rammen und vielleicht irgendetwas darin zu lockern.

Als der Einsiedler weiter nur dastand und sie verwirrt anschaute, fing Sina zu weinen an. Ob aus Verzweiflung oder Kummer, konnte ich nicht sagen. Ich hatte Sina vorher noch nie weinen sehen. Das erschütterte mich genauso sehr wie alle anderen Ereignisse dieser Nacht.

»Die drei Kinder werden sterben. Und Old Tom, der ihnen gefolgt ist, um sie zu retten. Bitte! Bitte!«, flehte Sina ihn an. »Man wird sie alle zusammen mit dem Flugzeug abschießen. Sie wissen mehr als wir. Sonst hätten Sie Zebediah den Code nicht geben können. Er ist jetzt bei seinem Vater im Flugzeug. Zebediah ist in den Nachtgarten geklettert und hat sich gewünscht, bei seinem Vater im Flugzeug zu sein.«

»Zebediah?«, fragte der Einsiedler und etwas in ihm erwachte. Man konnte es in seinen Augen sehen: einen Funken. Wie ein Licht, das durch den Nebel seines armen, verletzten Gehirns leuchtete. »Zebediah? Wo ist Zebediah?«

»Also, wir sind uns natürlich nicht sicher, aber wir glauben, dass er sich gewünscht hat, bei seinem Vater in der *Argot* zu sein.«

»Das kann nicht sein«, erwiderte der Einsiedler. »Die *Argot* fliegt noch keine Einsätze. Davor müssen sie erst die Fehler beheben.«

»Aber er ist dadrin«, rief ich. »Zebediahs Vater, Mr Madden, hat die *Argot* gestohlen. Die Air Force wird das Flugzeug abschießen, sobald sie es entdeckt hat. Sie glauben, dass es voller japanischer Spione steckt. Und dann wird Zebediah ... dann wird Zebediah mit den anderen umkommen.«

»Die Air Force hat ganz andere Sorgen. Erzählen können die viel. Die *Argot* kann zwar eine Weile fliegen, aber nicht unendlich lang. So lang, wie die Air Force es gerne behauptet, jedenfalls nicht. Ha, die Zeit, die sie da allen erzählt haben! Das ist reines Säbelrasseln, mehr nicht.« Der Einsiedler lachte auf. Er wirkte überhaupt nicht mehr begriffsstutzig und verwirrt. Man spürte, was für ein Mensch er gewesen sein musste, bevor er im eiskalten Wasser beinahe ertrunken wäre.

»Aber Fixing Bob und alle im Radio reden von einem Langstreckenaufklärungsflugzeug«, entgegnete Sina. »Auch die Luftwaffe selbst sagt das. Die *Argot* kann tagelang in der Luft bleiben, sagen sie, ohne betankt werden zu müssen.«

»Jaja«, schimpfte er. »Das erzählen sie allen. Die offizielle Version der Geschichte. Aber die Wahrheit sieht ganz anders aus.«

»Ja, aber Fixing Bob weiß, was die *Argot* kann und was sie nicht kann«, wandte ich ein. »Er wartet sie doch seit Jahren.«

»Ein Wartungstechniker!«, spottete der Einsiedler. »Warum sollte man so etwas einem Wartungstechniker anvertrauen? Ich sage Ihnen, es ist nur eine Frage der Zeit. Das Flugzeug wird abstürzen.«

»Es ist bereits seit vielen Stunden in der Luft«, sagte ich.

»Bis wohin wollen sie es denn in der Zeit geschafft haben?«, fragte der Einsiedler. »Wahrscheinlich sind sie längst irgendwo abgestürzt und man hat sie bloß noch nicht gefunden.«

»Oh, nein! Bloß das nicht!«, rief Sina und presste sich die Hand auf den Mund.

»Und wenn es noch nicht geschehen ist, dann passiert es bald«, sagte der Einsiedler.

»Aber das wissen Zebediah und Fixing Bob nicht!«, brüllte ich. »Sie werden die *Argot* fliegen, bis sie explodiert!«

»Sie wird nicht in der Luft explodieren«, sagte der Einsiedler. »Sie wird an Höhe verlieren und abstürzen.«

»Oh, nein! Oh, nein!«, schrie Sina.

»Dann wird Zebediah zerschmettert auf der Erde liegen.« Mein Plan war, so oft wie möglich Zebediahs Namen zu nennen, weil ich das Gefühl hatte, dass dadurch das Gehirn des Einsiedlers zu uns, ins Hier und Jetzt, zurückgeschubst wurde. »Zebediah wird sterben! Zebediah wird sterben!«

»Aber Sie müssen doch gewusst haben, dass Fixing Bob vorhatte, das Flugzeug zu fliegen«, sagte Sina. »Schließlich haben Sie Zebediah den Sicherheitscode gegeben. Und Zebediah hat ihn seinem Vater weitergesagt. Sie haben Zebediah sogar dabei geholfen, den Code aufzuschreiben!«

»Ich habe Zebediah den Sicherheitscode gegeben, weil er wissen wollte, wie man bei der *Argot* den Motor anlässt«, sagte der Einsiedler. »Er hat mir nicht erzählt, dass sein Vater damit auch fliegen wollte.«

»Und was wollte er Ihrer Meinung nach tun?«, schrie ich ihn an. »Was haben Sie sich dabei gedacht?«

»Ich weiß es nicht«, sagte er und rieb sich über die Stirn. »Ich weiß es nicht!« Er wirkte verzweifelt.

»Schon in Ordnung«, sagte Sina. »Ich bin mir sicher, Sie haben damit nichts Schlimmes anrichten wollen. Aber jetzt ist die Lage schlimm. Sogar sehr schlimm. Der Vater und die drei Kinder und mein Mann werden irgendwo über dem Ozean abstürzen und umkommen.«

»Nein! Das lasse ich nicht zu«, sagte der Einsiedler leise und bestimmt. »Ich muss etwas dagegen tun. Ich werde etwas dagegen tun.«

»Ja, aber was?«, brüllte ich. »Was können wir tun? Denken Sie nach!«

Ich weiß nicht, was ich mir von ihm erhoffte. Wahrscheinlich dass er irgendeinen Geheimcode wusste, um das Flugzeug sicher und unbemerkt nach Comox zurückzusteuern. Aber selbst wenn, wie konnten wir eine solche Nachricht überbringen?

»Ich könnte dorthin«, sagte ich. »Zu ihnen ins Flugzeug. Ich könnte ihnen die Nachricht überbringen, dass sie unbedingt landen müssen, bevor das Flugzeug an Höhe verliert und abstürzt.«

»Nein, Franny«, sagte Sina und wrang die Hände.

Ich wandte mich von Franny zum Einsiedler, weil ich wissen wollte, ob ihm vielleicht etwas eingefallen war, wie er uns helfen konnte. Statt etwas zu sagen, schoss er wie der Blitz aus der Hütte. Er hatte nicht einmal eine Taschenlampe dabei, sondern rannte in Mondlicht und Sternenschein den Küstenpfad entlang. Als wäre die ganze Welt für ihn ein Nachtgarten, weiß erstrahlend, erleuchtet von dem Leben, das es außerhalb von uns und ohne uns gibt. Und während Sina und ich dem Einsiedler auf dem Pfad nachrannten, erschien es auch uns, als ob alles von etwas erhellt wäre, das die Erde dem uns umhüllenden Universum zurückspiegelte. Einen Augenblick lang erfüllte mich eine unbestimmte Ahnung. Und dann, wie immer, wenn ich glaube, etwas Großes begriffen zu haben, war alles wieder verschwunden, blieb flüchtig, rätselhaft, ein verglimmender, erlöschender Funke in der tiefen schwarzen Nacht des Alls. Ich rannte und rannte und versuchte, dieses geheimnisvolle Rätsel zu lösen. Als ob es in diesem Moment wichtig gewesen wäre! Dabei gab es gerade nur eins, das wichtig war: Old Tom – *Old Tom!* – befand sich in dem Flugzeug. Keuchend jagte ich dem Einsiedler nach. Sina versuchte, hinter uns eine Weile mitzuhalten. Schließlich fiel sie so weit zurück, dass ich sie gar nicht mehr sehen konnte. Sie war noch nie eine gute Läuferin gewesen.

»Warten Sie!«, rief ich, als der Einsiedler die Felder erreicht hatte und auf den Nachtgarten zusteuerte. »Sie brauchen mich. Ich habe noch meinen Wunsch frei.«

»Ich gehe. Nicht du. Ich habe meinen Wunsch auch noch frei«, rief er mir zu, während ich ihm übers Feld nachjagte. »Ich werde das Flugzeug zurückbringen. Ich weiß, wie man es fliegt, und ich weiß, wie man es sicher landet. Du bleibst hier. Es wäre völlig sinnlos. Du würdest nur im Weg rumstehen.«

Danach verdoppelte er seine Geschwindigkeit und aus der Ferne beobachtete ich, wie er über den Zaun in den Nachtgarten sprang und verschwand.

***

Kaum hatte der Einsiedler sich in die *Argot* gewünscht, stand er auch schon neben Old Tom. Tränen strömten Old Tom übers Gesicht. Bestürzt und benommen starrte er auf die Kinder.

»Sie sind tot«, sagte er und griff den Einsiedler am Arm, dessen plötzliches Erscheinen ihn nicht weiter zu verwundern schien.

Der Einsiedler kauerte sich hin, hielt jedem Kind kurz zwei Finger an den Hals und sagte: »Nein, sind sie nicht. Sie müssen Kohlenmonoxid eingeatmet haben, aber sie leben noch. Ihr Vater hat wohl den falschen Knopf gedrückt. Und Sie, Old Tom, werden auch gleich umkippen, wenn wir nicht schnell handeln.«

»Waaas?«, fragte Old Tom, der bereits unsicher schwankte.

Der Einsiedler schwieg. Er zog sich eine Gasmaske über und legte Old Tom auch eine um. Dann zeigte er ihm, wie er die Kinder mit Sauerstoff versorgte und ihnen die Masken umlegte. Danach ging der Einsiedler vor zum Cockpit.

»Warum habe ich nicht überprüft, ob sie noch am Leben sind?«, klagte Old Tom. Durch die Gasmaske fiel es nicht leicht, ihn zu verstehen. »Warum habe ich nicht versucht, sie wiederzubeleben? Oh, ich Dummkopf!«

»Weil Sie bereits unter Sauerstoffmangel litten und es nur noch nicht wussten. Sie konnten nicht mehr richtig denken«, sagte der Einsiedler. »Jetzt helfen Sie mir lieber mit dem Mann hier!«

»Lebt er denn noch?«, fragte Old Tom. »Hallo, Mr Madden?«

»Ja, er lebt noch und wahrscheinlich geht es ihm besser als den Kindern. Wie Sie sehen, ist er ja auch viel größer. Wenn Sie mit den Kindern fertig sind, kommen Sie nach vorn und versorgen ihn mit Sauerstoff und ziehen ihm dann eine Maske über. Ich wende jetzt mit dem Flugzeug, damit wir nicht weiter nach Westen fliegen. Wenn wir Vancouver Island unter uns haben, springt ihr alle aus dem Flugzeug. Ich fliege wieder hinaus übers Meer, wo die *Argot* nicht entdeckt werden kann. Dort drehe ich meine Runden, bis es Morgen wird, falls das Flugzeug so lange in der Luft bleibt. Wenn ich dann genug sehen kann, lande ich mit der *Argot* auf dem Wasser.«

Alle wachten auf. Der Sauerstoff hatte sie wiederbelebt und die Gasmasken verhinderten, dass sie noch mehr Kohlenmonoxid einatmeten. Old Tom manövrierte die Kinder in die Sitze, wo sie in sich zusammengesackt dasaßen, immer noch benommen und kaum in der Lage zu begreifen, was geschah.

»Bin ich beim Zahnarzt?«, fragte Winifred verwirrt, weil sie sich an den Zustand nach ihrem letzten Zahnarztbesuch erinnert fühlte, bei dem sie eine Narkose mit Lachgas erhalten hatte.

»Wir sind alle beim Zahnarzt. Jippieee!«, rief Fixing Bob, der ebenfalls aufgewacht war und auf den – anders als bei seinen Kindern – das Gas eher eine belebende als einschläfernde Wirkung zu haben schien. Er sprang aus seinem Sitz auf und versuchte, sich auf den Schoß des Einsiedlers zu setzen. Der Einsiedler schob ihn rüde beiseite.

»Du hast den falschen Knopf gedrückt«, sagte der Einsiedler. »Du hast überhaupt keine Ahnung von diesem Flugzeug. Von keinem einzigen dieser Knöpfe. Und auch nicht davon, wie man die *Argot* fliegt. Und ganz bestimmt keine Ahnung davon, welche Bruchlandung sie hinlegen kann.«

»Ich hab das Flugzeug geflogen! Ich hab die *Argot* geflogen, die größte fliegende Festung in der Welt! Ich bin nicht mehr Fixing Bob! Ich bin Flying Bob! Von jetzt an müsst ihr und alle anderen auch mich Flying Bob nennen!«

»Du bist ein Idiot«, sagte der Einsiedler. »Du hast den Kohlenmonoxidknopf gedrückt und dich und deine Kinder beinahe umgebracht.«

»Hab ich nicht«, sagte Fixing Bob trotzig. »Wer zum Teufel bist du eigentlich?«

»Keine Ahnung«, sagte der Einsiedler. »Darum geht es auch nicht. Und jetzt weg von dem Sitz hier, damit ich das Flugzeug lenken kann.«

»Oh, ich merk schon«, sagte Fixing Bob. »Mein armes sauerstoffhungriges Hirn gaukelt mir jetzt vor, dass du uns in Sicherheit bringen kannst. Gut gemacht, mein

Gehirn!« Er stand auf und beugte sich benommen über den Einsiedler.

»Weg hier«, sagte der Einsiedler streng und schob ihn noch weiter fort. »Hattest du das Flugzeug ununterbrochen in der Luft, seit du es gestohlen hast?«

»Bin ich mir nicht ganz sicher«, sagte Fixing Bob. »Kann sein, dass ich aus Spaß ein paar Mal gelandet bin. Ja, schon gut, schon gut, vielleicht musste ich ja zur Strafe längere Zeit am Boden bleiben, weil ich den Code vergessen hatte. Aber dann ist er mir wieder eingefallen. Ich bin ein Genie! Jepp! Und ich habe das Flugzeug nicht geklaut, ich ... ich hab's mir nur ausgeliehen. Außerdem ... wer fragt mich das überhaupt?«

Fixing Bob schien das alles sehr lustig zu finden und fiel lachend neben Winifred zu Boden.

»Komm mir nicht zu nahe«, sagte sie mit gepresster Stimme. »Ich glaub, ich muss gleich kotzen.«

»Kotz bloß nicht in die Maske!«, rief Fixing Bob fröhlich. »Hast du mich verstanden? Kotz Plotz Maske Haste! Ist das nicht ein großartiger Vers? Ich bin ein Dichter. Ich dichte Lieder!« Und er fing laut zu singen an. »Kotz Plotz Maske Haste! Kotz Plotz Maske Haste!«

Der Einsiedler übernahm die Steuerung des Flugzeugs und flog einen großen Bogen zurück in Richtung Vancouver Island. Dann drehte er sich zu den anderen um und musterte alle, die hinter ihm saßen.

»So, und jetzt zu euch«, sagte er. »Zebediah, schau

nicht so verängstigt. Wir fliegen jetzt zurück. Ich will, dass ihr euch auf den Fallschirmsprung vorbereitet. Ihr alle fünf. Die Fallschirme sind über euren Köpfen untergebracht. Fixing Bob –«

»*Flying* Bob«, verbesserte ihn Fixing Bob.

»Flying Bob weiß genau, wo.«

»Ja, Sir. Das weiß ich. Ich weiß ganz genau, wo alles in diesem Flugzeug ist. Fragen Sie mich nur! Fragen Sie mich nur! Ich weiß alles. Alles. ALLES.«

Die Kinder starrten ihn ungläubig an. Wie konnte er die Lage nur so falsch einschätzen?

»Aber egal«, fuhr Flying Bob fort, als sogar er merkte, dass keine Antwort kam. »Ich bin ganz begeistert, was ich alles denke! Mein Gehirn hat gerade dem Piloten, den ich halluziniere, sehr kluge Sätze in den Mund gelegt. Was für ein großartiges Gehirn ich habe! Gut gemacht, mein Gehirn!«

»Ich habe keine Ahnung vom Fallschirmspringen!«, rief Winifred. »Und bei Daddy stimmt was nicht. Ich habe Angst!«

»Mit deinem Vater ist alles in Ordnung. Er glaubt nur, dass wir Erscheinungen sind, die er halluziniert«, sagte Old Tom. »Er kann sich nicht erklären, wie wir ins Flugzeug gekommen sind. Er weiß ja nichts vom Nachtgarten.«

»Genau! So ist es!«, sagte Flying Bob und fing wieder an, »Kotz Plotz Maske Haste!« zu singen.

»Ihr müsst euch keine Sorgen über den Fallschirmsprung machen«, sagte der Einsiedler zu Winifred. »Das ist die einfachste Sache auf der Welt. Ich könnte einem Streifenhörnchen beibringen, wie man mit dem Fallschirm aus dem Flugzeug springt. Und ihr werdet auch nicht allein springen. Ich werde die *Argot* auf Autopilot stellen und du« – er deutete auf Old Tom – »wirst mit diesem Jungen springen.« Er zeigte auf Wilfred. »Und du, du Idiot« – er deutete auf Flying Bob –, »wirst mit dem Mädchen und Zebediah springen. Wir werden aus euch einen Doppelpack und einen Dreierpack machen. Keiner springt allein. Die Erwachsenen werden die Reißleine ziehen, ich erkläre ihnen, wie das geht, und die Kinder müssen nichts anderes machen, als durch die Luft zu schweben.«

»Ja, zum Teufel, ich weiß, wie das geht«, sagte Flying Bob. »Ich hab das Fallschirmspringen gelernt. Ich weiß alles, was mit Flugzeugen zu tun hat.«

»Gut, das wäre natürlich eine große Hilfe«, sagte der Einsiedler. »Du behältst ihn im Auge und bleibst möglichst in der Nähe von dem da.« Er deutete auf Old Tom. »Wenn er vergisst, die Reißleine zu ziehen, musst du ihn daran erinnern. Ich zähl da auf dich. Du musst ›Reißleine ziehen‹ brüllen, immer wieder, bis er es macht. Euch beiden« – er nickte Wilfred zu – »zeig ich gleich, wie ihr es macht. Lass es ihn« – er nickte in Richtung Old Tom – »zuerst versuchen. Aber wenn er es nicht schafft, dann machst du es.«

Wilfred nickte.

Alle umringten schweigend Flying Bob, der zwei Fallschirme hervorholte. Dann gab der Einsiedler eine kurze Einführung ins Fallschirmspringen.

Dabei wurde er immer wieder von Flying Bob unterbrochen, der regelmäßig dazwischenrief: »Das ist richtig. Mein halluzinierendes Gehirn scheint sich an alle diese Tatsachen genau zu erinnern und legt sie jetzt einem halluzinierten Piloten in den Mund, damit er mich darüber unterrichtet. Das Gehirn! Was für eine Maschine! Faszinierend! Und erst recht meines!«

Die anderen beachteten ihn nicht weiter. Wenn man gleich im Dunkeln aus einem Flugzeug springen muss, dann konzentriert man sich ganz auf diese Aufgabe.

»Ich bin froh, dass es finster ist«, sagte Winifred, als der Einsiedler die Flugzeugtür aufschob. »Ich brächte es nicht fertig zu springen, wenn ich bis hinunter auf den Boden schauen könnte.«

»Ich sehe da etwas vor uns«, sagte Zebediah, der hinausspähte. »Es leuchtet uns entgegen.«

»Das ist der Nachtgarten«, sagte der Einsiedler. »Wenn er direkt unter uns ist, dann springt ihr.«

»Oh nein, nein, nein«, rief Winifred.

»Und du?«, fragte Zebediah den Einsiedler. »Wo ist dein Fallschirm?«

»Ich brauche keinen. Ich drehe mit dem Flugzeug noch ein paar Runden und lande dann im Morgengrauen auf dem Wasser. Möglichst in der Nähe meiner Hütte.«

»Warum lässt du nicht das Flugzeug irgendwo abstürzen und springst jetzt mit uns raus?«, fragte Zebediah.

»Weil das Flugzeug auf ein Haus stürzen könnte. Wir müssen diesmal sichergehen, dass es keine Opfer gibt. Nicht so wie beim letzten Mal.«

»Was war da letztes Mal?«, fragte Zebediah.

»Weiß ich nicht«, sagte der Einsiedler. Einen Moment blickte er verwirrt und traurig drein.

»Man kann mit einem Flugzeug nicht auf dem Wasser landen«, sagte Zebediah.

»Doch, das kann man. Ich habe es viele Male gemacht«, antwortete der Einsiedler. »Ich lande vor der Küste und dann schwimme ich an Land.«

Old Tom starrte ihn ungläubig an. »Das Wasser ist eiskalt. Warum landen Sie nicht bei uns auf einem Acker? Ich flehe Sie an!«

»Weil es von der *Argot* keine Spur geben darf«, sagte der Einsiedler. »Außer Sie wollen, dass der Vater der Kinder im Gefängnis landet. Vielleicht auch die Kinder. Sogar Zebediah. Das Flugzeug wird auf den Meeresboden sinken. Kein Flugzeug, kein Beweis. Niemand wird jemals erfahren, dass wir mit der *Argot* geflogen sind.«

»Sie schaffen es nicht bis ans Ufer. Da draußen sind gefährliche Strömungen«, sagte Old Tom.

»Keine Sorge«, sagte der Einsiedler. »Die Seejungfrau wird mich retten. Das hat sie schon einmal getan. So. Es ist so weit. Springt! Ihr müsst jetzt springen!«

Und er packte Flying Bob am Arm und zerrte ihn zur offenen Tür.

Mit einem »Wuschschsch!« verschwanden Flying Bob, Zebediah und Winifred hinaus in die Nacht. Danach traten Old Tom und Wilfred an die Kante. Und bevor sie Zeit hatten, nach unten zu schauen, waren sie auch schon draußen in der eiskalten Luft, fielen in die Tiefe. Hoch über der Erde und tief unter dem Mond.

»Reißleine ziehen!«, schrie Wilfred.

»Reißleine ziehen! Wuschsch!«, schrie Flying Bob.

Und das war der Augenblick, in dem aus Old Tom ein sehr, sehr alter Old Tom wurde, wie er uns später erzählte, denn er alterte um hundert Jahre in dieser Nacht, bei diesem Sprung, so erzählte er uns, während dieses Augenblicks, als er um sich herum nichts spürte als die eiskalte Nachtluft. Panik befiel ihn, während er auf die Erde zuflog. Aber da fiel ihm zum Glück ein, dass Wilfred an ihn geschnallt war, eine kalte Ruhe bemächtigte sich seiner und er zog die Reißleine. Zuerst war es, wie er befürchtet hatte, es tat sich nämlich nichts und er glaubte schon, sich im freien Fall ins Nichts zu befinden. Dann öffnete sich über ihm der Fallschirm und sie schwebten durch die Nacht immer tiefer und tiefer hinunter. Der Mondschein spiegelte sich auf den

Wellen und der Nachtgarten schimmerte ihnen weiß entgegen, um sie auf den richtigen Weg zu leiten.

***

Sina und ich saßen hinter dem Haus, knirschten mit den Zähnen und wrangen die Hände und warteten, warteten, warteten. Worauf, wussten wir eigentlich selbst nicht so genau. Zuerst war das Geräusch des Flugzeugs nur als fernes, leises Brummen zu hören. Weil wir von den Geschützen der Soldaten und allen möglichen Motoren schon oft brummende, ratternde Geräusche gehört hatten, trauten wir uns erst nicht, zu hoffen. Doch dann wussten wir: Es ist ein Flugzeug, ein großes Flugzeug. Unser Flugzeug. Wir rannten auf die Wiese hinaus, legten den Kopf in den Nacken und schauten hoch.

Wie viele Erfahrungen sind an uns verschwendet, während wir sie erleben. Was Sina und ich in diesem Augenblick sahen, hätte unsere Herzen mit Staunen und Wunder erfüllen können, wären wir nicht so hysterisch in Sorge gewesen. Wir sahen die Körper aus dem Flugzeug springen und einen Moment lang, in dem uns beiden das Herz stillstand, glaubten wir, sie würden in den Tod springen. Aber dann öffneten sich plötzlich die Fallschirme, als wären sie weiße Blüten aus dem Nachtgarten, und für eine Weile schwebten sie zwischen den Sternen am Nachthimmel. Zuerst dachten wir, dass an ihnen nur zwei Menschen baumelten. Später, als die Fallschirme tiefer herabgesunken waren, erkannten wir, dass sie Bündel mit Menschen beförderten.

Sina und ich rannten zu dem Bündel, das ganz in unserer Nähe gelandet war.

Ich war als Erste dort und kauerte mich daneben hin.

»Wie geht es euch? Alles in Ordnung?«, rief ich wieder und wieder.

»Ja, wir sind gesund und wohlbehalten, Franny«, antwortete Old Tom. »Jetzt lass uns erst mal Luft holen.« Er atmete schwer und wirkte etwas benommen.

»In der letzten Stunde habe ich schon alle Hoffnung aufgegeben. Da befürchtete ich, dass wir hier alle verloren wären. Unrettbar. Fälle für meine Kirche der hoffnungslosen Fälle, meine ich«, plapperte ich etwas zusammenhanglos.

»Na, das sind wir nicht«, sagte Old Tom. »Jedenfalls sind wir wieder hier. Es ist nicht Hopfen und Malz verloren.« Er versuchte immer noch, erst wieder ganz zu sich zu kommen.

»Wo sind denn die anderen?«, fragte Wilfred, richtete sich langsam auf und blickte sich um.

In diesem Augenblick entdeckten wir sie im Wald. Die Lichter von Taschenlampen.

»Oh mein Gott«, sagte ich. »Die Soldaten.«

Daraufhin geriet alles in Bewegung.

Im Handumdrehen war Old Tom auf den Beinen.

»Schnell, Franny. Winifred und du, ihr nehmt den Fallschirm, bringt ihn zum Haus und versteckt ihn irgendwo. Ich helfe Sina.«

Sina war sofort zum Strand gerannt, als sie gesehen hatte, dass Old Tom und Wilfred unverletzt waren. Dort waren die anderen gelandet. Wilfred und ich knüllten den Fallschirm zusammen und rasten zum Haus. Wenn die Soldaten uns damit erwischten, wäre alles umsonst gewesen. Old Tom eilte zum Strand hinunter, um dort nach dem Rechten zu sehen.

»Hilfe!«, schrie Winifred. »Bitte! Hilft uns denn keiner?«

Später erzählte Winifred, wenn sie sich nicht so sicher gewesen wäre, dass sie gleich sterben würde, hätte sie den Fallschirmsprung bestimmt mehr genossen, und das bedauere sie jetzt. Der Nachtgarten sei in ein himmlisches Licht getaucht gewesen und das Meer glitzerte vom Mondschein. Es hätte so wunderschön sein können und einen Augenblick war es das auch, trotz allem, als die Reißleinen gezogen waren und die Fallschirme sich aufgebläht hatten, wie sie sollten, und eine stetige Brise sie alle auf die Wiesen und Felder zuschweben ließ. Doch dann wurde ihr Fallschirm auf einmal von einer Windböe erfasst und in Todesangst fürchtete sie, sie würden zurück aufs Meer geweht werden. Bevor es geschah, blieb der Fallschirm an einem Felssporn oberhalb der Bucht hängen. Flying Bob umarmte Zebediah und Winifred und drückte sie ganz fest an sich, denn es sei klar gewesen, dass sie nun gleich aufprallen würden. Flying Bob presste die Körper der Kinder, so fest er konnte, gegen seinen eigenen, um sie, wenn irgend möglich, vor dem harten Fels zu schützen. Winifred durchfuhr es wie ein Messer, als sie spürte, wie ihr Vater auf dem Stein aufschlug. Dann lagen sie alle drei da. Zebediah und sie schoben sich schwerfällig und umständlich von ihrem Vater runter. Winifred hatte sofort so ein komisches Gefühl, weil ihr Vater ihnen überhaupt nicht dabei half, die Schnüre zu entwirren, sondern reglos dalag.

»Daddy!«, schrie Winifred, während sie versuchte, sich und Zebediah freizubekommen. Aber er antwortete nicht.

»Was ist mit ihm los?«, fragte Zebediah.

Winifred rang nach Luft. Sie starrte auf den Felsen unter dem Kopf ihres Vaters und auf die dunkle Blutlache, die sich dort ausbreitete.

DIE LANGE NACHT

Sina raste über das Feld hinunter an den Strand und kauerte sich neben Winifred und Zebediah.

»Schnell«, sagte sie. »Schnell. Es sind Soldaten unterwegs.«

Old Tom war eine Sekunde später bei ihnen. Er verlor keine Zeit, zog sein Klappmesser aus der Hosentasche und befreite die Kinder und Flying Bob.

»Sie müssen die Fallschirme gesehen haben«, sagte er und deutete auf die Lichter, die wie Glühwürmchen in der Ferne zwischen den Bäumen tanzten.

»Sie haben das Flugzeug gehört«, sagte Sina.

»Also dann, beeil dich, Winifred, beeil dich, Zebediah. Macht beide schnell. Sammelt den Fallschirm ein und tragt ihn ins Haus. Wilfred und Franny bemühen sich, ein geeignetes Versteck dafür zu finden.«

»Ich weiß, wo«, meldete sich Zebediah zu Wort.

»Dann beeil dich und sag's ihnen«, rief Old Tom. »Und danach legt ihr euch ins Bett. Es muss so aussehen, als hätten wir alle tief und fest geschlafen.«

»Aber Daddy ist verletzt«, sagte Winifred.

»Ja, er ist mit dem Kopf aufgeschlagen«, sagte Sina, die vorsichtig die Wunde am Hinterkopf von Flying Bob untersuchte. »Er hat auf alle Fälle eine schwere Gehirnerschütterung. Wie ernst es um ihn steht, kann man jetzt nicht sagen. Old Tom und ich kümmern uns darum.«

Old Tom nickte und riss sich sein Hemd vom Leib und Sina wickelte es um Flying Bobs Kopf.

»Ich kann es besser einschätzen, wenn wir ihn ins Haus gebracht haben«, fuhr Sina fort. »Wenn es sich wirklich um eine ernsthafte Verletzung handelt und wir den Doktor holen müssen, dann können wir wohl nicht anders, als die Wahrheit zu sagen, oder wir müssen uns eine geniale Lüge ausdenken, um alles zu erklären. Während des letzten Krieges war ich Krankenschwester und habe viele Kopfverletzungen gesehen. Aber ich bin keine Ärztin. Es wirkt auf mich so, als wäre es nicht allzu schlimm. Wenn dein Vater zu Bewusstsein kommt und wir ihn in der Nacht regelmäßig wecken, um zu überprüfen, wie sein Zustand sich entwickelt, und wenn der sich nicht dramatisch verschlechtert, dann könnten wir Glück haben. Dann muss er nicht ins Krankenhaus und kann bei uns bleiben. Aber keiner darf etwas von der Sache erfahren, solange wir keinen Plan haben. Und jetzt macht schnell, versteckt die Fallschirme und danach ab ins Bett. Beeilt euch!«

Damit war alles geklärt. Als Old Tom das Haus erreichte, war er mit Blut beschmiert, obwohl er Flying Bobs verwundeten Kopf mit seinem Hemd umwickelt hatte. Doch Sina und er schafften es rechtzeitig, Flying Bob ins Haus zu bringen, bevor die Soldaten aufkreuzten. Die beiden schleppten ihn nach oben in eine der Dienstmädchenkammern, wo Sina ihm einen Verband anlegte. Old Tom wischte unten im Hausflur das Blut und den Dreck weg und flitzte dann nach oben, um seinen Schlafanzug anzuziehen.

»Macht alle eure Taschenlampen aus!«, zischte er, als wir draußen Schritte hörten. »Auf der Stelle! Und gebt keinen Mucks von euch!« Danach krächzte er hektisch: »Franny?! Die Fallschirme?!«

»Beseitigt«, flüsterte ich aus meinem Zimmer.

Ich hatte keine Zeit, noch mehr zu sagen, denn im selben Augenblick klopfte es an der Tür.

Old Tom schlurfte langsam nach unten, um aufzumachen, und tat sein Bestes, um so auszusehen, als wäre er gerade aus dem Schlaf gerissen worden. Vor ihm stand ein Soldat.

»Tut mir leid, dass ich störe, Sir«, sagte der Soldat. »Wir glaubten, hier in Ihrem Haus Lichter zu sehen.«

»Kann gut sein«, sagte Old Tom. »Wir haben nämlich Flugzeuglärm gehört.«

»Deshalb bin ich hier«, sagte der Soldat. »Der wachhabende Soldat am Geschütz glaubte nämlich, Fallschirmspringer erspäht zu haben. Das können keine unserer Männer gewesen sein. Dann hätte man uns nämlich im Voraus benachrichtigt, dass da irgendein Manöver stattfindet.«

»Vielleicht ist ja eines unserer Flugzeuge abgestürzt«, sagte Old Tom, »und die Männer mussten sich mit Fallschirmen in Sicherheit bringen. Oder vielleicht waren es die Amerikaner.«

»Vielleicht. Aber in diesem Fall würden sie auf das erste Haus zusteuern, das sie entdecken, in diesem Fall Ihres, in der Hoffnung, dass Sie ein Telefon haben. Oder sie würden zu unseren Baracken kommen, falls sie Ortskenntnis hätten«, sagte der Soldat.

»Vielleicht sind sie da ja schon«, sagte Old Tom. »An Ihrer Stelle würde ich zurück zu den Baracken gehen, um dort die Lage zu checken.«

»Ja, Sir, das werden wir selbstverständlich tun. Außerdem haben wir einen unserer Männer dort zurückgelassen. Erzählen Sie in der Zwischenzeit Ihrer Frau besser nichts, Sir. Es würde ihr nur Angst einjagen. Auch nicht den Kindern. Oder Gladys. Wir vermuten, dass das Flugzeug nach dem Absprung der feindlichen japanischen Soldaten irgendwo hier in der Gegend abgestürzt sein könnte.«

»Sie kennen Gladys?«, fragte Old Tom und wechselte erfreut das Thema.

»Jeder kennt Gladys«, antwortete der Soldat und bekam einen roten Kopf. »Sie ist eine verdammt gute Pokerspielerin und, ähm, eine prima Köchin.«

»Sie haben wirklich mal was gegessen, das sie gekocht hat?«, fragte Old Tom erstaunt. Der Soldat ließ sich nicht ablenken und kehrte wieder zum eigentlichen Thema zurück.

»Die Sache ist die, Sir, wir glauben, dass es sich um Spione handeln könnte.«

»Was für Spione denn?«, fragte Old Tom.

»Feindliche Spione«, antwortete der Soldat. »Vielleicht Japaner. Haben Sie von dem Flugzeug gehört, das von unserem Luftwaffenstützpunkt hier auf der Insel verschwunden ist? Die *Argot*?«

»Sie glauben doch nicht, dass das hier etwas damit zu tun hat?«, fragte Old Tom neugierig nach.

»Wir wissen es nicht, Sir. Wir lassen einen unserer Männer bei Ihnen zurück, um Wache zu halten. Falls es aber wirklich japanische Spione sein sollten, würden sie wohl kaum hierher zu Ihrem Haus kommen. Wahrscheinlicher ist es dann, dass sie in den Wald gelaufen sind, um sich dort bis zum Morgengrauen zu verstecken. Aber keine Bange. Unsere gesamte Mannschaft sucht nach ihnen.«

»Glauben Sie nicht, dass Ihre Wache sich nicht auch getäuscht haben kann? Vielleicht ist der Mann eingeschlafen und hat das Ganze nur geträumt«, versuchte

Old Tom es mit List. »Wenn sie ganz allein da draußen sind und Stunde um Stunde in den Nachthimmel starren, nicken Ihre Männer bestimmt immer wieder ein. Kann man ihnen ja kaum verübeln. Ich habe selber einen gesegneten Schlaf. «

»Meine Männer schlafen nicht, Sir. Sie sind aus härterem Holz geschnitzt.«

»Wie hart denn?«, fragte Old Tom. »Können Sie mir das vielleicht beschreiben?«

Aber der Offizier ließ sich auf keine philosophischen Spitzfindigkeiten ein. »Außerdem haben die Männer in den Baracken ebenfalls ein Flugzeug gehört.«

»Könnten sie nicht vielleicht alle miteinander geträumt haben?«, schlug Old Tom vor. Er spürte selbst, dass es wenig überzeugend klang. Aber er tat, was er konnte, wobei ihm die Nachwirkungen der Kohlenmonoxidvergiftung und alle anderen Aufregungen dieser Nacht schwer zusetzten.

»Keiner von uns malt sich gerne aus, dass sich hier feindliche Spione herumtreiben könnten. Aber es nützt auch nichts, den Kopf in den Sand zu stecken, Sir. In Kriegszeiten müssen wir der Wahrheit ins Gesicht sehen!«

»Müssen wir das nicht auch in Friedenszeiten?«, fragte Old Tom. Glücklich darüber, auf eine weitere philosophische Fragestellung gestoßen zu sein. Aber der Soldat ging auch diesmal nicht darauf ein.

»Keine Sorge, Sir. Meine Männer sind hier, um diese Küste zu schützen, und das werden wir auch tun!«, sagte der Soldat.

»Gut, prima«, sagte Old Tom. »Danke. Und während Sie unser Land verteidigen, könnten Sie da nicht vielleicht auch auf meinem Acker ein paar Kartoffeln anpflanzen?«

»Haha, Sir, guter Witz!«, sagte der Soldat. »Wir dürfen selbst in Kriegszeiten unseren Humor nicht verlieren!«

»Gute Nacht«, sagte Old Tom, dem es damit vollkommen ernst gewesen war. Er hatte es immer schon für eine fürchterliche Vergeudung von Arbeitskraft gehalten, dass auf dem Anwesen junge Männer fast den ganzen Tag in Baracken untätig herumhockten, während jede Menge Feldarbeit erledigt werden müsste. Er machte die Haustür zu und schlurfte die Treppe bis in die Dachkammer hoch, wo wir Flying Bob untergebracht hatten. Als er hereinkam, legte Sina den Finger an die Lippen. Als ich gehört hatte, wie die Haustür unten geschlossen wurde, war ich ebenfalls hochgeschlichen. Old Tom stellte sich neben uns an Flying Bobs Bett.

»Er ist zweimal aufgewacht«, sagte Sina und nickte zu Flying Bob hinüber. »Er hat eine böse Gehirnerschütterung abgekriegt. Aber mehr ist es, glaube ich, nicht. Und er erinnert sich im Moment an überhaupt nichts, Tom. Er

weiß nicht, wer er ist oder wie er hierhergekommen ist. Mich hat er vorher noch nie gesehen, das verwirrt ihn bestimmt zusätzlich.«

»Das ist ein Segen«, sagte Old Tom. »Im Flugzeug war er auch schon völlig plemplem. Wenn er sich an alles erinnern würde, dann wäre ihm zuzutrauen, dass er eine riesige Show abziehen würde.«

»Er schläft jetzt. Ich werde weiter ein Auge auf ihn haben. Und weißt du, was ich mir gedacht habe? Wenn wir ihn von den Kindern und von dir fernhalten, sodass die Ereignisse der Nacht nicht durch euch wieder wachgerufen werden, und wenn wir ihn dann irgendwo am Straßenrand aussetzen, gelingt es uns vielleicht, ihm weiszumachen, dass er auf der Fahrt vom Stützpunkt hierher einen Autounfall hatte und dass alles andere, woran er sich zu erinnern glaubt, nur ein Traum war. Er darf nie auf den Gedanken kommen, dass er es war, der die *Argot* gestohlen hat. Wenn er auf den Luftwaffenstützpunkt zurückkehrt, werden sie ihn sicherlich einem strengen Verhör unterziehen und er muss fest an die Geschichte mit dem Autounfall glauben. Aber im Moment kann man noch gar nichts sagen. Wir müssen bis morgen früh warten, um besser zu wissen, wie es um sein Gedächtnis steht.«

»Ganz schön lange Warterei bis dahin«, sagte Old Tom.

»Eine andere Lösung fällt mir nicht ein«, sagte Sina.

Und dann folgte für mich und Old Tom und Sina eine sehr lange Nacht. Old Tom ging im Flur vor der Dachkammer, in der Flying Bob lag, mit großen Schritten auf und ab, während Sina und ich bei ihm am Bett saßen. Wir hofften, dass er das Bewusstsein vorerst nicht vollständig wiedererlangen würde, aber trotzdem genug Lebenszeichen zeigte, um sichergehen zu können, dass er nicht ins Koma gefallen war.

Das erste Mal, als seine Augenlider flatterten, fragte ihn Sina: »Welches Jahr haben wir denn, mein Lieber?«

»1945«, murmelte er.

»Gut. Schlafen Sie weiter«, wisperte sie.

Als er nach einer halben Stunde nicht wieder zu sich gekommen war, kniff ihn Sina sachte, bis er wach wurde, und fragte dann: »Wie heißt unser Premierminister?«

»William Lyon Mackenzie King«, sagte Flying Bob.

Über zwei Stunden hinweg wiederholte sich das mehrmals.

Sina musste irgendwann sehr müde geworden sein, denn als sie das vierte Mal dieselbe Frage gestellt und dieselbe Antwort bekommen hatte, schweiften ihre Gedanken ab und sie fragte: »Finden Sie nicht auch, dass er mit einem Schnurrbart energischer aussehen würde?«

»Hä?«, fragte Flying Bob.

»So wie Mussolini und Hitler«, sagte Sina und begann, sich wie immer, wenn sie auf dieses Thema zu

sprechen kam, in eine regelrechte Empörung hineinzusteigern. »Glauben Sie nicht, dass wir besser dran wären, wenn wir einen, na ja, also einen stolzer dreinblickenden Premierminister hätten?«

»Hä?«, machte Flying Bob wieder und starrte sie ungläubig an. »Sind Sie so was wie ein Engel?«

»Ich bin eine ganz gewöhnliche kanadische Bürgerin«, sagte Sina. »Und stelle nur die Wahl seiner Haartracht und sein Aussehen infrage. Ich meine, was würde es ihm denn ausmachen, wenn er sein Gesichtshaar etwas sprießen ließe? So ein Schnurrbart ist nämlich wirklich ein sehr männliches Attribut und signalisiert, dass der fragliche Mann über das erforderliche Maß an Testosteron verfügt. Und wie können wir das bei ihm denn wissen, wenn er weiter mit so einem Babygesicht herumrennt? Das ist sehr peinlich, nicht nur auf nationaler, sondern auch auf internationaler Ebene. Auf internationalem Parkett! Würde mich nicht erstaunen, wenn die Italiener sich über unsere Soldaten lustig machen und sie kanadische Weicheier nennen würden! Bei so einem bartlosen Premierminister!«

»Sina«, zischte Old Tom auf dem Flur. »Psst!«

»Ja«, flüsterte ich. *»Sichtvoren bei nerdei Radetiren.«*

»Ich meine ja nur«, sagte Sina, verschränkte die Arme vor der Brust und verfiel in Schweigen.

Flying Bob warf ihr einen letzten verirrten Blick zu und versank dann wieder in Bewusstlosigkeit, aber auch später noch erzählte er von einem Engel, der der Meinung gewesen war, der Premierminister sollte etwas mehr wie Hitler aussehen.

Die Leute hielten ihn einfach nur für verrückt.

Die ganze Nacht blieben Old Tom, Sina und ich wach. Selbst wenn wir uns nicht um Flying Bob hätten kümmern müssen, hätten wir wahrscheinlich keinen Schlaf gefunden. Die Madden-Geschwister, die für die ganze Aufregung verantwortlich waren, schliefen dagegen wie die Babys. Auch wenn ich ehrlicherweise hinzufügen muss, dass es wahrscheinlich die Nachwirkungen der Kohlenmonoxidvergiftung waren.

Am frühen Morgen begann sich schließlich die Dunkelheit, zunächst nur unmerklich, etwas zu lichten. Ein sachtes Hinüberwechseln ins immer hellere Grau, bevor die Sonne sich als rosa Explosion über den Horizont schieben und einen funkelnden Strahl über das Meer schicken würde.

»Komm mit«, flüsterte Old Tom mir durch die offene Tür zu, während Flying Bob schnarchte. »Lass uns ausprobieren, ob wir es zur Hütte des Einsiedlers schaffen, ohne dass die Soldaten uns sehen. Der Einsiedler hat gesagt, dass er im Morgengrauen versuchen würde, auf dem Wasser zu landen.«

»Du kannst Franny doch nicht mitnehmen, Tom«, rief Sina.

»Warum nicht?«, fragte Old Tom. »Uns verdächtigen die Soldaten doch nicht. Nichts ist harmloser als ein Mann, der mit seiner Tochter einen Morgenspaziergang unternimmt. Falls sie uns überhaupt bemerken. Ich kenn mich damit aus, wie man unbemerkt bleibt.«

»Und was ist, wenn hier etwas passiert?«, fragte Sina nervös.

»Jetzt verlier nicht die Nerven, Frau«, sagte Old Tom.

Wir schlichen hastig die Hintertreppe hinunter und zur Tür hinaus. Vor dem Haus war ein Soldat postiert, deshalb schlugen wir so lautlos wie möglich den Weg zu den Büschen am Rand der Felsküste ein, dort, wo sie steil zum Meer hinabfällt. Auf diesem Pfad waren wir vor Blicken geschützt, auch wenn das Vorankommen bis zum Wald zwischen den struppigen und kratzigen Zweigen etwas mühsam war.

Wir gingen eine lange Weile schweigend nebeneinanderher, während das strahlende Morgenlicht sich übers Meer ausbreitete. Die Sonne glitzerte auf den Schaumkronen der Wellen, Robben tauchten plätschernd ins Wasser ein, Krähen krächzten, Strandläufer zirpten. Alles fröhliche, normale Laute der morgendlichen Welt, die erwacht. Doch das Geräusch, nach dem wir uns am meisten sehnten, das wir am liebsten hören wollten, war der Motorenlärm der *Argot*, die nahe bei der Hütte des Einsiedlers auf dem Wasser landete. War das Flugzeug bereits mitten in der Nacht abgestürzt? War der Einsiedler einsam und überraschend einen Tod auf hoher See gestorben? Außerdem lauschten wir natürlich auf Geräusche patrouillierender Soldaten, weil wir nicht mehr durch die Lichter ihrer Taschenlampen gewarnt werden würden. Wir waren dermaßen angespannt, dass ich gar nicht anders konnte, als zu quasseln, obwohl ich wusste, dass es besser gewesen wäre zu schweigen. Verzweifelt suchte ich nach irgendeinem Thema, das nichts mit dem Schicksal des Einsiedlers zu tun hatte.

»Wenn wir bloß einen Hund hätten«, sagte ich schließlich. »Ein Hund würde uns rechtzeitig warnen, falls da irgendwo irgendwelche Männer rumschleichen sollten.«

»Ein Hund würde auch die Männer im Gebüsch auf uns aufmerksam machen«, erwiderte Old Tom.

»Trotzdem, wenn das alles vorbei ist, möchte ich gerne einen Hund.«

»Gute Idee, Franny«, sagte Old Tom. »Wir schaffen uns einen Hund an.«

»Und was für einen?«, fragte ich.

»Ich wollte schon immer mal einen Collie haben«, sagte Old Tom.

»Du meinst so wie Lassie?«

»Ja.«

»Okay, also einen Collie. Warum haben wir uns eigentlich nicht schon lange einen angeschafft?«

»Keine Ahnung«, sagte Old Tom. »Es gibt immer alles Mögliche, was man tun kann, ohne dass man aber dazu kommt.«

»Wer wird denn Flying Bob am Straßenrand aussetzen?«, fragte ich. »Und wo?«

»Darüber habe ich auch schon nachgedacht«, sagte Old Tom. »Und ich bin inzwischen der Meinung, dass wir ihn nicht einfach nur am Straßenrand liegen lassen können. Es muss jemand bei ihm sein, der mit ihm zusammen verunglückt. Wir brauchen jemanden, der ihn in bewusstlosem Zustand dort hinbringt und ablegt und ihm, wenn er dann für Augenblicke zu sich kommt, wie es in der Nacht der Fall war, erzählt, wie er dorthin gekommen ist. Die Person muss ihm einflüstern, dass er per Anhalter unterwegs war und dass es einen Autounfall gegeben hat und dass er dabei einen harten Schlag auf den Kopf erlitten hat. Mit anderen Worten, sie muss sich an seiner Stelle daran erinnern, dass es diesen Unfall gegeben hat. Sie muss selber in ihn verwickelt sein. Und es muss auch wirklich so aussehen, als hätte es einen Unfall gegeben. Was heißt, dass wir ein Auto brauchen, das geschrottet werden kann. Es darf aber nicht unser Lieferwagen sein – das wäre zu auffällig und verdächtig.«

»Wer würde sich denn zu so was bereit erklären?«, fragte ich. »Wer hat denn hier ein Auto, das er nur allzu gern zu Schrott fahren würde, und kann außerdem ein Geheimnis für sich behalten, denn das wäre ja die andere Voraussetzung?«

»Darüber habe ich letzte Nacht nachgedacht«, sagte Old Tom. »Ich glaube, ich weiß die Antwort. Miss Macy!«

Dann machten wir alle beide einen kleinen Satz in die Luft, so verblüfft waren wir. Denn gerade als er »Miss Macy« sagte, tauchte sie vor uns auf. Wie ein khakifarbener Geist sprang sie plötzlich aus dem Gebüsch.

»OH!«, brüllte sie. »Ich habe gedacht, Sie wären ein Bär!«

»Schsch!«, machte Old Tom. »Es wimmelt hier überall nur so von Soldaten.«

»Ja, warum sollte es auch nicht?«, antwortete Miss Macy fröhlich und in ihrer üblichen Lautstärke.

Bevor wir ihr darauf antworten konnten, hörten wir es auch schon. Das Geräusch eines Flugzeugmotors drang an unsere Ohren. Nicht mehr sehr weit entfernt, nicht mehr sehr hoch über unseren Köpfen. Fast hatte ich Angst hochzuschauen, so sehr fürchtete ich, es könnte irgendein anderes Flugzeug sein. Vielleicht eines, das ausgeschickt worden war, um nach den feindlichen Spionen zu spähen. Aber Old Tom packte mich, deutete nach oben auf das Flugzeug, das zum Landeanflug aufs Wasser ansetzte, und rannte los.

»Oh nein!«, schrie ich, denn ich bemerkte, dass der Wachtposten in der Ferne, der oben an der Steilküste beim Geschütz seinen Dienst tat, ebenfalls losgerannt war. »Der Wachtposten hat es ebenfalls entdeckt!«

»Komm, Franny! Mach schnell, wir müssen bei ihm sein, bevor die Soldaten uns zuvorkommen!«

GLADYS KLAUT EINEN WAGEN

Old Tom, Miss Macy und ich rannten wie die Wilden. Als wir bei der Hütte ankamen, war das Flugzeug bereits gelandet und trieb auf dem Wasser. Der Einsiedler hatte es tatsächlich geschafft, die Landung zielgenau hinzulegen, nahe genug an der Steilküste, sodass niemand, der sich nicht genau zwischen den beiden Felsnasen befand, welche die Bucht begrenzten, es sinken sehen konnte. Aber weit genug vom Strand entfernt, dass es vollständig in den Wellen untergehen würde. Die Stelle war genial gewählt und wir konnten nur hoffen, dass sich keine Soldaten unten in der Bucht befanden, als er aufs Wasser aufsetzte. Die Schönheit dieser perfekten Landung, die wir verpasst hatten, wäre trotzdem an uns vollkommen verschwendet gewesen, denn, wie ich bereits einmal erwähnt habe, so viele Erfahrungen, die wir machen, sind eigentlich verschenkt, weil uns immer unsere Gefühle im Weg stehen.

Als wir unten in der Bucht angekommen waren, versank das Flugzeug rasend schnell. Wir konnten den Einsiedler auf einem der Flügel stehen sehen; dann sprang er kopfüber ins Wasser und danach sahen wir für sehr lange Zeit überhaupt nichts, außer das sinkende Flugzeug, das beim Untergehen einen Wasserwirbel um sich herum erzeugte. Die See war an diesem Morgen nicht besonders rau, aber Wellengang gibt es dort immer und wir konnten die Rippströmung sehen, zurück aufs offene Meer. Verzweifelt warteten wir darauf, dass der Kopf des Einsiedlers irgendwo wieder auftauchte. Als es der Fall war, umklammerte ich Old Toms Arm.

»Er ist zu weit draußen!«, rief ich. »Er wird von der Strömung abgetrieben!«

»Gib ihm eine Chance.« Old Tom klang angespannt. »Warte erst mal ab, ob er es schafft. Vielleicht gelingt es ihm ja durchzuschwimmen.«

Wir schauten mit angehaltenem Atem zu, wie der Einsiedler sich durch die Strömung mühte, er machte dabei alles richtig, schwamm so, wie es sich gehörte, kämpfte nicht dagegen an. Aber wir konnten sehen, dass er keinen Zentimeter vorankam.

»Er wird ins Meer hinausgezogen. Er wird dort ertrinken!«, rief ich.

»Ich schwimm zu ihm raus«, sagte Old Tom und zog seine Schuhe aus.

»Du wirst auch ertrinken!«, rief ich. »Du weißt, dass du nicht gut genug schwimmen kannst.«

Obwohl Old Tom schon so lange am Meer lebte, hasste er das Wasser. Er hatte nie richtig gut schwimmen gelernt und vermied es um jeden Preis reinzugehen.

»Ich muss es versuchen«, sagte Old Tom.

»O weh, o weh«, klagte ich, weil ich wusste, dass ich ihn durch nichts davon würde abbringen können.

»Also, im Ernst, muss ich das jetzt alle zwei Jahre wieder machen, oder was?«, rief Miss Macy leicht genervt. »Das wird langsam etwas langweilig!«

Wie staunten wir, als sie sich binnen zwei Sekunden ausgezogen hatte. Und noch mehr überraschte sie uns, als unter ihrer Khaki-Uniform ein mit goldenen Pailletten besticktes zweiteiliges Unterwäsche-Etwas zum Vorschein kam.

»Eine wahre Pfadfinderin ist allzeit bereit!«, rief sie und stürzte sich ins Wasser, was große Aufregung unter den Kormoranen und Möwen hervorrief, die der Meinung waren, dass dieses Stück Ozean ihnen allein gehörte.

Miss Macy schwamm mit schnellen, kraftvollen Schwimmzügen hinaus zum Einsiedler, als würde sie das jeden Tag machen. Dann schlang sie ziemlich gekonnt einen Arm um die Brust des Einsiedlers und schwamm wieder zurück zum Ufer. Noch während sie das tat, rannte ich in den Wald zur Hütte des Einsiedlers, wo ich eine Decke und ein Handtuch holte. Auf dem Rückweg klaubte ich auch Miss Macys Kleidung auf und sobald sie mit dem Einsiedler das Ufer erreicht hatte, breitete ich über ihm die Decke aus und warf Miss Macy das Handtuch zu und danach schubsten wir sie sofort in den Wald.

»Der Wachtposten wird eine Weile brauchen, bis er hier angekommen ist. Aber andere Soldaten haben das Flugzeug sicherlich auch gesehen, vielleicht nicht, als es gelandet ist, aber doch, dass es in diese Richtung geflogen ist«, sagte Old Tom atemlos, während wir immer tiefer in den Wald hineinrannten. »Wir müssen den Einsiedler von hier wegbringen. Keine Ahnung, wie, aber wir müssen ihn zu unserem Haus schaffen, ohne dass wir gesehen werden. Und vor allem darf er nicht nass gesehen werden.«

»Am besten, wir schlagen uns bis zu mir durch«, sagte Miss Macy. »Dort kann ich ihn gut verstecken.«

»Aber Sie haben doch keine Ahnung, worum es hier überhaupt geht«, sagte ich.

»Eine Pfadfinderin ist eine treue Freundin in der Not«, sagte Miss Macy. »Mehr brauche ich nicht zu wissen.«

Auf einmal war ich froh und überglücklich, dass sie leicht einen an der Waffel hatte. Eine Person im Vollbesitz ihrer geistigen Kräfte hätte sicherlich mehr Fragen gestellt oder Bedenken geäußert.

Der Einsiedler wirkte von allem überhaupt nicht übermäßig überrascht. Er schaute Miss Macy nur unentwegt an und sagte: »Sie sind gekommen. Ich wusste, dass Sie kommen würden.«

»Nun ja, ich wäre Ihnen sehr dankbar, wenn Sie aufhören könnten, auf dem Wasser immer wieder eine solche Bruchlandung hinzulegen«, meinte Miss Macy schnippisch. »Das erzeugt bei mir einen gewissen Überdruss. Ich schätze solche morgendlichen Schwimmausflüge in meinen Dessous nämlich nicht besonders. Wie Sie leicht sehen können, ist Salzwasser für Pailletten Gift. Sie fallen nach und nach alle ab. Es gelingt mir nicht mal, die Hälfte davon wieder aufzuklauben. Haben Sie eine Ahnung, wie teuer paillettenbesetzte Unterwäsche ist?«

»Ich werde sie Ihnen bezahlen«, antwortete der Einsiedler.

»Aber Sie haben doch gar kein Geld!«, rief ich und wünschte mir, ich hätte mir auf die Zunge gebissen.

»Kein Problem. Ich bezahl das«, fuhr Old Tom dazwischen. »Wenn es uns allen gut genug geht, um darüber streiten zu können, wer die Unterwäsche bezahlen soll, dann geht es uns auch gut genug, um uns etwas mehr zu beeilen, damit wir fort sind, bevor die Soldaten aufkreuzen.«

Und dann gingen wir auseinander. Miss Macy und der Einsiedler wollten weiter durch den Wald zu Miss Macys Haus und Old Tom und ich schlugen den Weg in

Richtung Küstenpfad und danach zu unserem Haus ein. Wir versuchten, so schnell wie möglich voranzukommen und dennoch dabei ganz locker und lässig zu wirken, falls uns irgendwer dabei beobachten sollte. Zweimal sahen wir, wie sich Patrouillen zu Fuß durchs Unterholz kämpften, in die Richtung, wo das Flugzeug gelandet war. Zum Glück streifte keine nahe genug bei uns vorbei, um zu bemerken, wie wir Deckung suchten, sobald wir sie hörten. Und wir hofften auch, dass Miss Macy und der Einsiedler keiner Patrouille in die Arme liefen. Doch sicher sein konnten wir uns da nicht. Es war alles sehr zermürbend.

Als wir dann glücklich zu Hause angekommen waren, wurde es nur noch zermürbender, denn wir mussten überlegen, was wir als Nächstes tun wollten. Ich zog Sina aus der Dachkammer in den Flur hinaus und wir erzählten ihr, Winifred, Wilfred und Zebediah alles, was sich in der Zwischenzeit ereignet hatte. Sina hatte die drei ein paar Mal aus der Kammer hinausschmeißen müssen, damit Mr Madden sie nicht sah und vielleicht doch noch ins Hier und Jetzt zurückkehrte. Mir schien es, als handelte die ganze Nacht nur davon, manche Menschen ins Hier und Jetzt zu holen und andere daraus fernzuhalten. Im Moment bestand die Aufgabe allerdings darin, Flying Bob aus dem Haus und anderswohin auf der Insel zu befördern.

»Miss Macy steht uns jetzt nicht mehr zur Verfügung«,

sagte Old Tom. »Wer auch immer diesen Autounfall mit Flying Bob haben wird, bekommt danach Wagenladungen von Reportern und die Leute vom Militär an den Hals. Wenn Miss Macy den Einsiedler bei sich versteckt, können wir sie nicht gleichzeitig für den Unfall einplanen. Das ist zu gefährlich.«

»Warum muss überhaupt irgendjemand den Einsiedler verstecken?«, fragte Winifred. »Warum kann er nicht einfach in seine Hütte zurückkehren?«

»Bis jetzt hat noch keiner von den Soldaten das mit der Hütte oder dem Einsiedler herausgefunden oder mir dazu eine Frage gestellt«, sagte Old Tom. »Aber jetzt, wo sie die Umgebung der Absturzstelle des Flugzeugs durchstreifen, kann es gut sein, dass sie dabei auch die Hütte entdecken, und es wäre zu riskant, wenn sie dabei den Einsiedler entdeckten. Wir wissen nicht, wer er wirklich ist. Er weiß selbst nicht, wer er wirklich ist. Mir war immer klar, dass er in der Luftwaffe gewesen sein muss. Aber ich wäre nie darauf gekommen, dass er irgendeinen höheren militärischen Rang innehatte. Jetzt ist allerdings klar, dass er ziemlich weit oben angesiedelt gewesen sein muss, wie hätte er sonst den Sicherheitscode für die *Argot* wissen können? Bei der ganzen Aufmerksamkeit, die diese Sache aufwirbelt, könnte jemand ihn erkennen und dann würden sie ihn von hier fortbringen. Ich habe ihm versprochen, dass er bei uns eine sichere Zuflucht hat. Er hat genug für sein Land und für uns alle getan. Das schulden wir ihm. Nein, wir dürfen nicht zulassen, dass jemand ihn in der Hütte findet. Bei Miss Macy ist er fürs Erste in Sicherheit. Aber nicht mehr, wenn sie wegen der Auffindung von Flying Bob ins Zentrum der öffentlichen Aufmerksamkeit gerät. Wir brauchen jemanden, dem keiner eine Lügengeschichte zutraut. Aber wer? Wem würden die Soldaten so etwas bedingungslos abkaufen? Wem vertrauen sie?«

In diesem Augenblick kam Gladys ins Haus getrippelt und fragte: »Will jemand Frühstück?«

***

Es brauchte eine ganze Weile. Wir mussten es ihr dreimal erklären. Sie sollte den Wagen von Mrs Brookman nehmen und wir würden uns später noch einen guten Grund ausdenken, warum sie es getan hatte, ohne Mrs Brookman vorher zu fragen. Mrs Brookman hatte keinen fürchterlich alten Klapperkasten wie Miss Macy. Sie hielt ihr Auto tipptopp in Schuss, stellte es stets in der Garage ab und fuhr nur sonntags ein wenig damit spazieren, außer es gab einen echten Notfall. Sie würde Gladys umbringen, wenn sie herausfand, dass Gladys den Wagen gestohlen und dann auch noch zu Schrott gefahren hatte.

»Und warum soll ich das tun?«, fragte Gladys, die am Esstisch saß und sich mit großem Appetit ihren verbrannten Spiegeleiern und ihrem verkohlten Toast widmete.

»Weil Sie damit eine ganze Familie vor dem Untergang retten«, sagte Old Tom. »Das ist doch nicht so schwer zu begreifen.«

»Darum geht es auch nicht«, sagte Gladys. »Meine Frage ist vielmehr: Warum soll ausgerechnet ich das machen?«

»Wir haben jetzt keine Zeit für lange Erklärungen«, fuhr ich sie an. »Du musst los!«

»Oh, Leute, ihr seid aber schwer von Begriff«, sagte Gladys. »Noch mal von vorn und so einfach wie möglich. Also: Ich helfe euch und dafür macht ihr etwas für mich.«

»Was denn?«, fragte Old Tom. »Was sollen wir denn für Sie tun?«

»Ich möchte auf eine Kochschule gehen.«

»Was?«, riefen wir alle. Wir fühlten uns wie ein mangelernährter, übernächtigter Chor in einer griechischen Tragödie.

»Ja, ganz genau«, sagte sie und wand sich dabei etwas verlegen. »Ich ... ähm, ich liebe nämlich das Kochen.«

»Du liebst das Kochen?«, fragte ich.

»Seit wann?«, fragte Old Tom.

»Okay, ich habe ja nie behauptet, dass ich darin eine Meisterin bin«, sagte Gladys. »Aber wofür gibt es schließlich Kochschulen?«

»Da komme ich jetzt nicht mit«, sagte Old Tom. »Und was haben wir damit zu tun?«

»Sie sollen es mir bezahlen. In Toronto gibt es eine Schule, auf die ich gerne gehen möchte. Ein kulinarisches Institut.« Sie sagte das, als wäre so ein Institut eine viel bedeutendere Angelegenheit als eine Schule. »Ich möchte eine richtige Köchin werden und mich verbessern.«

Wir schauten sie alle ungläubig an.

»Was ist denn?«, kreischte sie auf. »Glaubt ihr, ich will mein Leben lang nichts anderes tun als hier herumhängen und mit den Soldaten Poker spielen? In Toronto habe ich meine Cousine Bettina, bei der kann ich wohnen. Aber ich brauche hundert Dollar Schulgeld und außerdem noch etwas für den Bus nach Toronto.«

»Kurzum, Sie wollen Geld!«, sagte Old Tom.

»Ja«, antwortete Gladys. »Ganz genau.«

»Na gut«, sagte Old Tom. »Zum Teufel ja.«

»Aber du darfst niemandem die Wahrheit sagen. Kein Wort über das, was hier passiert ist. Und schon gar nicht, wie Flying Bob in dein Auto gekommen ist«, ermahnte ich sie. »Du musst das mit ins Grab nehmen. Schwör uns mit der Hand auf der Bibel, dass du den Mund halten wirst. Am besten schwörst du mit der Hand auf einem ganzen Stapel von Bibeln.«

»Jaja, schon gut, Mädchen«, sagte Gladys. »Kein Grund, so dramatisch zu werden. Aber ihr könnt mir gern einen Stapel Bibeln bringen, wenn ihr meint.«

Keiner rührte sich vom Fleck.

»Oder wenigstens eine?«, fragte Gladys.

Es stellte sich heraus, dass wir keine einzige Bibel im Haus hatten.

»Du kannst ja stattdessen auf ein Kochbuch schwören«, sagte Winifred und sauste in die Küche, um *Das große Kochbuch für die moderne Hausfrau* zu holen, das einzige Kochbuch, das Sina besaß.

»Schwör auf eine Kröte«, schlug Zebediah vor. Er hatte auf unserem Hof gerade erst eine Krötenkolonie entdeckt und war im siebten Himmel.

»Du sei still!«, riefen Winifred und Wilfred.

»Jaja«, sagte Gladys. »Ich schwör ja schon.« Sie berührte kurz das Kochbuch.

Danach unterrichtete Old Tom Sina von der neuen Lage und wir fingen an, Milchkannen und Eierkartons in den Lieferwagen einzuladen. Dann fuhr Old Tom mit dem Lieferwagen rückwärts zum hinteren Hauseingang, damit wir Flying Bob herunterholen und heimlich hinten auf die Ladefläche betten konnten. Doch da fing auf einmal der Ärger an. Denn der Soldat, der uns beschützen sollte, indem er vor unserem Haus auf der Veranda herumstand, kam auf einmal zur Hintertür, als er den Lieferwagen hörte, und fing ein Schwätzchen mit Old Tom an. Nach einer Ewigkeit konnte Old Tom sich loseisen und kam wieder zu uns rein.

»Wie bekommen wir jetzt bloß Flying Bob in den Lieferwagen, ohne dass der Soldat etwas sieht?«, fragte ich Old Tom verzweifelt.

Glücklicherweise klopfte der Soldat in diesem Moment, jetzt wieder vorne, bei uns an die Haustür und fragte: »Es ist mir etwas peinlich, aber haben Sie etwas dagegen, wenn ich mal Ihr Klohäuschen benutze? Ich bin schon die ganze Nacht hier draußen gewesen.«

»Na klar«, sagte Old Tom.

»NEIN!«, brüllten wir Kinder.

Old Tom und der Soldat blickten uns verwirrt an.

»Erinnerst du dich nicht daran?«, fragte ich Old Tom bedeutungsvoll. »Der Ärger, den wir mit unserem Plumpsklo haben? Da kannst du einen Fremden doch nicht hinschicken. Der Fluggermeister ist doch kaputt.«

»Ach so, ja natürlich, der Ärger mit dem Fluggermeister«, antwortete Old Tom. »Dann ist es vielleicht doch besser ... ähm, besser, Sie gehen in den Wald.«

»Ja, besser den Fluggermeister nicht ärgern«, sagte Zebediah und nickte.

»Du sei still!«, riefen Winifred und Wilfred.

»Genau«, sagte der Soldat. »Die Sache ist nur die, dass ich meinen Posten eigentlich nicht verlassen darf. Während ich im Wald bin, könnte hier ja ein japanischer Spion aufkreuzen. Und was dann?«

»Der Wald ist nur einen kurzen Marsch vom Haus entfernt«, sagte Old Tom. »Ich bleibe hier und halte auf der Veranda Wache.«

»Nein, wir müssen jetzt fahren. Du musst mit mir kommen«, sagte ich. »Wir müssen zu Brookmans, bevor die Milch sauer wird!« Das mit der Milch klang so sehr nach einem verabredeten Code, dass ich Angst hatte, der Soldat würde uns gleich auf die Schliche kommen. Aber es schien sich um einen außerordentlich begriffsstutzigen Soldaten zu handeln.

»Fahrt ruhig!«, sagte Zebediah. »Wilfred und ich können das Haus bewachen.«

»Du sei still!«, brüllten Winifred und Wilfred automatisch.

Dann sagte Wilfred: »Das ist eigentlich eine gute Idee. Zebediah und ich werden das Haus bewachen.«

»Und was ist mit mir?«, fragte Winifred. »An mich denkt wohl mal wieder keiner?« Keiner von uns beachtete sie.

»Ich habe eine Trillerpfeife«, sagte Old Tom. »Die Kinder können auf ihr pfeifen, wenn sich ein japanischer Spion dem Haus nähert. Was halten Sie davon?«

»Hmm ...«, meinte der Soldat und presste die überkreuzten Beine auf eine Art und Weise zusammen, bei der wir echt Mitleid mit ihm bekamen. Wer von uns kannte das nicht? Plötzlich konnten wir sein unruhiges Hin und Her auf der Veranda viel besser einordnen.

»Na, laufen Sie schon«, sagte Old Tom zu dem Soldaten und gab ihm einen kleinen Schubser, der bestimmt nur nett und freundlich gemeint war. Doch der Soldat fiel dabei rückwärts die Stufen hinunter, was, glaube ich, bei ihm zum falschen Zeitpunkt ein gewisses Ereignis beschleunigte, wenn Sie wissen, was ich meine. Danach stolperte, er ohne ein weiteres Wort zu sagen, x-beinig in Richtung Wald davon.

Wir trugen Flying Bob gemeinsam die Treppe hinunter und verstauten ihn im Lieferwagen, wobei es uns gelang, ihn nur einmal fallen zu lassen.

Er kam genug zu Bewusstsein, um zu fragen: »Wo bin ich?«

»Das ist ein Autounfall«, sagte Sina, »ein wunderschöner, wunderschöner Autounfall. Einer der schönsten, die es geben kann. Sie fühlen sich dabei ganz wohl. Jetzt schlafen Sie wieder ein.«

Was er dann auch so brav tat, dass wir für das Gelingen unseres Plans aufs Beste hofften. Um ehrlich zu sein, waren wir alle ziemlich aufgedreht, Adrenalin schoss uns durch die Adern und wir genossen das Abenteuer.

Danach sprangen Gladys und Old Tom und ich in die Fahrerkabine des Lieferwagens und rasten zu Brookmans davon, wobei wir alle drei die Finger kreuzten, dass es uns gelang, Mrs Brookmans Wagen aus der Garage zu stehlen, ohne dass irgendjemand es merkte.

Es waren bereits mehrere Autos vor dem Laden geparkt, die übliche Kaffeeklatschrunde am Morgen, deshalb fuhr Old Tom, so leise er konnte, um den Laden herum auf die Rückseite und Gladys lief durch die Hintertür hinein, um Mrs Brookmans Autoschlüssel zu stehlen. Kurz darauf kam sie wieder herausgeschlichen, ein Naturtalent als Einbrecherin, winkte uns mit dem Schlüssel zu, um uns zu zeigen, dass sie ihn hatte – und dann verfrachteten wir gemeinsam Flying Bob auf Mrs Brookmans Rücksitz und Gladys brauste im Wagen davon, kurvte über unsere langen gewundenen Landstraßen in Richtung Highway, um sich irgendwo zwischen Sooke und Comox an einer passenden Stelle den »Autounfall« zustoßen zu lassen.

Old Tom und ich stießen gerade einen tiefen Seufzer der Erleichterung aus, als Mrs Brookman herauskam.

»Hab ich doch richtig gehört«, sagte sie. »Mir kam es so vor, als wäre hier hinten was los. Und wo ist denn mein Wagen?« Sie hatte die offene Garagentür und die leere Garage bemerkt und schaute alarmiert um sich.

»Ach so, das«, sagte ich. »Hat Gladys nicht gestern beim Abendessen erzählt, dass sie ihn sich für eine Spritztour ausleihen wollte?«

»Ja, so war es«, sagte Old Tom. »Obwohl ich natürlich davon ausgegangen bin, dass sie Sie zuerst fragen würde.«

»Hat sie aber nicht«, sagte Mrs Brookman. »Weil sie genau gewusst hat, dass ich Nein gesagt hätte. Das Mädchen ist schon in mehr Straßengräben gefahren, als sich ein normaler Mensch träumen lassen kann. Sie weiß sehr wohl, dass ich ihr niemals mein Auto ausleihen würde. Es ist ein Sonntagswagen. Deshalb ist er auch in so gutem Zustand. Und ist heute etwa Sonntag?« Sie fragte das in einem anklagenden Tonfall, so als würde sie uns vorwerfen, ihren Wagen gestohlen zu haben. Was in gewisser Weise auch der Fall war. Doch das konnte sie ja nicht wissen, die misstrauische alte Hexe.

»Nein, heute ist Dienstag«, half ich ihr aus.

»Das stimmt«, sagte Mrs Brookman. »Genau, diesen Tag haben wir. Einen Dienstag. Wie kann sie es wagen? Da werde ich mit ihr ein Wörtchen reden, sobald sie zurück ist. Oder besser: ein Hühnchen rupfen. Das versichere ich Ihnen. Und wohin wollte sie denn überhaupt damit? Was hat sie Ihnen denn da erzählt? Wofür braucht sie den Wagen?«

Old Tom und ich zuckten nur mit den Achseln.

»Wahrscheinlich hat sie ein Rendezvous mit einem Soldaten. Was sonst! Mehr fällt ihr doch nicht ein. Und wie ist sie denn hierhergekommen, wenn ich fragen darf?«, schimpfte Mrs Brookman weiter.

Ich spürte, wie mir der Schweiß ausbrach. Darüber hatten wir gar nicht nachgedacht. Aber Old Tom, angeregt durch Mrs Brookmans Redeschwall, sagte: »Wahrscheinlich hat sie auch hierher ein Soldat mitgenommen. Sie wusste gar nicht, dass wir heute früh herfahren wollten. Wir haben sie seit gestern Abend nicht mehr gesehen, so ist es doch, Franny?«

Ich nickte wie wild.

»Sich von einem Soldaten mitnehmen lassen, weil sie ein Rendezvous mit einem anderen Soldaten hat!

Dieses Mädchen wird noch mal richtigen Ärger kriegen, wenn sie nicht besser aufpasst!«, schimpfte Mrs Brookman weiter. »Na gut, dann bringen Sie die Milch und die Eier in den Laden.« Verärgert zog sie an ihrer Schürze und ging wieder hinein.

Jeden Moment hatte ich befürchtet, dass sie Verdacht schöpfen könnte. Aber es schien ihr gereicht zu haben, dass sie über Gladys herziehen konnte, und wir machten uns flugs davon.

»Könnte nicht besser laufen. Könnte nicht besser laufen«, plapperte Old Tom, als wir im Lieferwagen saßen und losfuhren, zurück zum Hof.

Aber es war noch lange nicht vorüber.

WAS MISS MACY VERGASS

Als Nächstes fuhren wir zu Miss Macy, um uns zu vergewissern, dass der Einsiedler und sie auch wohlauf waren und die Soldaten sie nicht aufgegriffen hatten oder sie nicht unter akuter Unterkühlung litten. Old Tom stellte den Lieferwagen in der Zufahrt außer Sichtweite des Hauses ab, falls sich dort Soldaten aufhalten sollten. Dann schlichen wir uns vorsichtig bis zur Veranda von Miss Macy und spähten durchs Fenster hinein. Wir sahen den Einsiedler und Miss Macy am Küchentisch sitzen, heißen Kakao trinken, miteinander reden und lachen.

»Na, da fresse ich jetzt aber einen Besen«, sagte Old Tom. »Es geschehen noch Zeichen und Wunder. Dabei habe ich ihn für einen schüchternen Kerl gehalten.«

»Vielleicht hat der Unfall bewirkt, dass er seine Schüchternheit verloren hat«, sagte ich.

Old Tom klopfte an die Tür. Miss Macy stand immer noch lachend auf und öffnete ihm. »Hallööööchen, da sind wir ja jetzt wieder alle versammelt«, sagte sie beschwingt.

»Hi«, rief Old Tom, als er die Küche betrat. »Ich seh schon, hier ist alles bestens.«

»Ende gut, alles gut«, sagte Miss Macy. »Vielleicht auch eine Tasse Kakao?«

»Nein, danke. Wir müssen gleich weiter«, antwortete er und wandte sich zum Einsiedler: »Hören Sie, es ist besser, wenn Sie hierbleiben, bis sich das alles geklärt hat. Wäre das für Sie in Ordnung, Miss Macy?«

»Sicher, sicher, je länger, desto besser«, sagte Miss Macy und lachte ein glückliches, perlendes Lachen, wie ich es noch nie bei ihr gehört hatte.

»Es könnte für Tage sein«, sagte Old Tom.

»Okay«, sagte Miss Macy.

»Okay«, sagte der Einsiedler.

»Es könnte sogar für Wochen sein«, sagte Old Tom besorgt.

»Okay«, sagte Miss Macy.

»Okily dokily okay«, sagte der Einsiedler und danach gaben sie beide wieder ihr sprudelndes, perlendes Lachen von sich. Sie schienen sich wirklich ganz ausgezeichnet zu verstehen.

Während Old Tom und ich zur Haustür hinaus und die Treppenstufen hinuntergingen, hörten wir sie immer noch hemmungslos lachen. Wir hörten sie sogar noch lachen, als wir zum Lieferwagen kamen. Und wir hörten sie immer noch lachen, als wir davonfuhren.

»Na, da haben sich ja zwei gefunden«, sagte Old Tom, was mich auf einen Gedanken brachte, den ich vorher so noch gar nicht gedacht hatte.

»Oh, glaubst du wirklich?«, fragte ich aufgeregt. Denn was ist schließlich aufregender als eine richtig romantische Liebesgeschichte? Ich sah mich schon in einem liebreizenden rosa Spitzenkleid Rosenblätter auf einen unserer Gartenwege streuen, denn selbstverständlich würden die beiden ihre Hochzeit bei uns feiern. »Glaubst du, sie werden heiraten und für immer zusammenbleiben? Ich glaube, sie fühlt sich einsam und hätte gerne jemanden, um den sie sich kümmern kann. Und er braucht jemanden, der sich um ihn kümmert. Ich meine, er kann doch nicht für immer und ewig allein im Wald leben.«

»Warum nicht?«, fragte Old Tom.

»Ich weiß nicht«, sagte ich. »Irgendwie ist das nicht richtig. Außerdem haben sie alle beide einen an der Waffel, das spricht sowieso für eine Beziehung zwischen ihnen.« Obwohl ich mir bei Miss Macy inzwischen nicht mehr so sicher war. Als Not am Mann war, war sie kurz entschlossen und als sei das ein Klacks, aufs offene Meer hinausgeschwommen und sie hatte den Einsiedler sicher durchs Unterholz gelotst, ohne dass die Soldaten davon etwas mitbekommen hatten. Ich kannte nicht viele Menschen, die so etwas zustande gebracht hätten. Natürlich war da immer noch die Sache mit ihrer paillettenbesetzten Unterwäsche. Aber das war nicht krank, sondern höchstens etwas durchgeknallt, und die etwas durchgeknallten Menschen sind oft die interessantesten. »Außerdem«, sagte ich, während mir weitere Einzelheiten einfielen, »ist ihr Haus voller Bücher. So wie bei ihm die Hütte. Sie könnten lange Stunden bei ihr auf der Veranda im Schaukelstuhl verbringen und lesen. Vielleicht kann er ihr auch bei den Exkursionen mit den Pfadfinderinnen zur Seite stehen.«

»Jetzt mach mal halblang, Franny«, sagte Old Tom. »Sie haben nur miteinander Kakao getrunken und gelacht.«

»Eine kleine Tasse Kakao ist der Zaubertrank der Frau«, sagte ich. »Daraus können viele kleine Einsiedler entstehen.«

Old Tom verdrehte nur die Augen. Ich versuchte, mir die Kinderschar von Miss Macy und dem Einsiedler vorzustellen. Aber um ehrlich zu sein, stellte ich sie mir alle mehr oder weniger wie Marsmenschen vor. Eine Familie wie vom Mars. Vielleicht waren das dann die Außerirdischen, von denen Gladys prophezeit hatte, dass sie mit Sina in Verbindung treten würden. Nein, das sollte ja durchs Radio geschehen. Na ja, zu meiner eigenen verwirrten und benommenen Verteidigung kann ich da nur anführen, dass ich bereits seit sechsunddreißig Stunden auf den Beinen war und keine Minute geschlafen hatte.

»Also, das sehe ich nicht so«, sagte Old Tom.

»Aber dann kann ich nie Blumenmädchen sein!«, schluchzte ich.

Old Tom schaute mich leicht verstört an, aber er sagte nichts.

Dann fiel mir ein, dass ich ja sowieso aus dem Blumenmädchenalter raus war. Schlaf, dachte ich, ich brauche Schlaf.

***

Als wir nach Hause kamen, stand der Soldat immer noch bei uns vor der Haustür und hielt Wache. Drinnen warteten Winifred, Wilfred und Zebediah ungeduldig auf Neuigkeiten von uns, wie man sich leicht vorstellen kann. Und überhaupt standen wir alle immer noch unter Strom. Obwohl Flying Bob erst einmal in Sicherheit war, war das alles noch lange nicht durchgestanden. Es würde sehr, sehr viel davon abhängen, an wie viele Ereignisse aus den letzten vierundzwanzig Stunden er sich später erinnern konnte und was er den Leuten erzählen würde. Sina brachte das rosa Radio ins Esszimmer und wir saßen um den Tisch herum und hörten wie verrückt Nachrichten.

Um drei Uhr am Nachmittag wurde endlich die

Meldung gebracht, auf die wir die ganze Zeit gewartet hatten. Ein Wagen mit einer gewissen Miss Gladys Brookman war auf einer verlassenen Landstraße hundert Kilometer von Comox entfernt gefunden worden. Und in ihm befand sich Robert Madden, der vermisste Wartungstechniker der *Argot*. Gladys war zu hören, wie sie sagte, sie hätte Mr Madden am Abend zuvor als Anhalter mitgenommen. Auf dem einsamen und verlassenen Stück Straße mitten im Wald sei sie dann gegen einen Baum gefahren. Sie müsse wohl am Steuer eingeschlafen sein. Als sie im Straßengraben wieder zu sich gekommen sei, habe Mr Madden bewusstlos und verletzt neben ihr gelegen und das Auto sei nur noch ein Schrotthaufen gewesen. Deshalb sei ihr nichts anderes übrig geblieben, als darauf zu warten, dass jemand vorbeikommen würde, und sie habe den Rest der Nacht gemeinsam mit Mr Madden im Auto verbracht. Mr Madden habe man ins Krankenhaus gebracht, wo die Ärzte seinen Zustand als ernst, aber nicht lebensbedrohlich einstuften. Er erinnere sich an gar nichts, nicht, dass er als Anhalter unterwegs gewesen sei, und auch nicht daran, warum er dies überhaupt war. Nicht einmal an Miss Brookman. In seinem Kopf herrsche vollständige Leere, habe er gesagt, das Einzige, woran er sich aus der jüngsten Vergangenheit erinnere, sei ein Engel, der sich gewünscht habe, dass der kanadische Premierminister sich einen üppigeren Bartwuchs zulegen solle.

»Ja«, sagte Miss Brookman, »die ganze Nacht hat er im Schlaf immer wieder ›*Engel, Engel*‹ wiederholt.«

Es kam zu einer glücklichen Wiedervereinigung zwischen Mr Madden und seiner Ehefrau Alice Madden, die in Comox verzweifelt auf Nachricht von ihrem Mann gewartet hatte. So berichtete der Reporter.

»Ich hab Ihnen doch immer gesagt, dass er das Flugzeug nicht gestohlen haben kann«, teilte sie allen mit und versetzte dem Polizisten, der sie ins Krankenhaus zu ihrem Ehemann brachte, mehrmals einen Hieb, bis sie schließlich von mehreren Ärzten und Wärtern überwältigt wurde. Es wird vermutet, dass Mr Madden per Anhalter nach Sooke wollte, um nach seinen Kindern zu sehen. Warum er dies aber wollte, obwohl doch seine Frau mit dem Familienwagen nach Comox gefahren war, darüber könne nur spekuliert werden, so der Reporter. Mr Madden wusste auf Nachfrage der Ärzte selbst keine Erklärung dafür.

»Das ergibt doch alles keinen Sinn«, stellte er fest, augenscheinlich wieder bei klarem Bewusstsein.

Als man ihm mitteilte, dass die *Argot* gestohlen worden war, reagierte Mr Madden, wie dies laut Ärzten bei vielen Opfern von Kopfverletzungen der Fall ist, ungewöhnlich emotional, weinte und klagte, jetzt werde er nie mit der *Argot* fliegen können.

Mrs Madden reagierte nach all diesen für sie sehr schweren Stunden, in denen ihr Ehemann als mutmaß-

licher Vaterlandsverräter hingestellt worden war, ebenfalls ungewöhnlich emotional und fuhr Mr Madden barsch an: »Oh, davon habe ich jetzt endgültig die Nase voll. Hör auf damit und iss deinen Milchreis.« Gerüchte besagen, dass der Haussegen bei den Maddens schon seit einiger Zeit schief hängt.

»Diese Reporter können einen ganz schön nerven!«, rief Winifred an dieser Stelle dazwischen, aber wir machten alle »psst«, weil wir kein Wort verpassen wollten.

Was mit der *Argot* passiert ist, bleibt nach wie vor ein Rätsel, fuhr der Nachrichtensprecher fort. Doch immerhin ist die Ehre von Mr Madden wiederhergestellt. Das Militär ließ verlauten, man sei froh und erleichtert, dass das Verschwinden der *Argot* nichts mit einem der eigenen Männer zu tun habe und somit kein Fall von Landesverrat vorliege.

»Ich hab sowieso nie geglaubt, dass ein Vollblutkanadier gemeinsame Sache mit den Schlitzaugen macht«, so die Stellungnahme von Lieutenant Colonel McGee. »Und wie immer habe ich recht.«

Obwohl damit in der Angelegenheit das Schlusswort gesprochen schien, wurden eine Viertelstunde später zwei weitere Berichte gebracht. Im ersten wurde mitgeteilt, dass am frühen Morgen an der Südküste von Vancouver Island ein Flugzeug gesichtet worden war. In der Gegend stationierte Soldaten vermeldeten, dass

es augenscheinlich in der Nähe der East Sooke Farm an Höhe verlor, doch keiner sah es mit eigenen Augen landen oder auf dem Wasser niedergehen. Sobald man wüsste, an welcher Stelle im Meer dies unbemerkt geschehen sein konnte, würden Taucher losgeschickt werden, um nach dem versunkenen Flugzeug zu suchen. Es wurde gemutmaßt, dass es sich bei der Maschine um die *Argot* handeln könnte, und falls dies so wäre, so die Spekulation, dann könnte sie abgestürzt sein und die Spione an Bord könnten sich mit Fallschirmen in Sicherheit gebracht haben. Soldaten durchstreiften die Gegend weiter nach Fallschirmspringern, doch bisher fände sich keine Spur von den Spionen oder den Fallschirmen.

Wir stießen alle einen Seufzer der Erleichterung aus. So weit, so gut.

Der zweite Bericht meldete, dass man jetzt Mrs Brookman, deren Auto von Miss Gladys Brookman zu Schrott gefahren worden war, telefonisch erreicht hatte.

»Ich wusste, sie würde gegen einen Baum fahren«, sagte Mrs Brookman.

Und als man ihr von Robert Madden berichtete, war ihre Reaktion: »Ach, er war der Soldat, mit dem sie ein Rendezvous hatte? Ein verheirateter Mann?« Woraufhin Mrs Madden, als man sie um einen Kommentar dazu bat, ihrem Mann den Erdbeerwackelpudding über den Kopf kippte.

»Was hab ich denn getan?«, fragte Mr Madden, der sich noch immer an nichts erinnerte.

Gefragt, ob es da eine Romanze zwischen ihnen beiden gegeben habe, antwortete Miss Brookman: »Kein Kommentar.« Das Militär gehe inzwischen davon aus, dass das Treffen von Mr Madden mit Miss Brookman keinesfalls zufällig war, wie von Miss Brookman zuvor behauptet. Die Stellungnahme von Lieutenant Colonel McGee dazu lautete: »Ich bin froh, dass der Quatsch mit der Anhaltergeschichte vom Tisch ist. Für mich war das von vornherein nicht hieb- und stichfest. Und wie immer hatte ich recht.«

»Lieutenant Colonel McGee scheint vor allem immer daran gelegen zu sein, recht zu behalten«, sagte ich. »Alles andere ist für ihn nicht so wichtig.«

»Schsch«, machte Winifred. »Kommt noch was?«

Doch im Radio berichtete man jetzt von den Trainingswettläufen des Nanaimo-Nacktschnecken-Festivals, deshalb schalteten wir aus.

Schweigend saßen wir einen Moment da.

»Kein Kommentar?«, sagte Wilfred.

»Wie schrecklich!«, rief Winifred. »Was wird Mutter jetzt von Daddy denken? Diesen Schimpf und diese Schande überleben wir nicht.«

»Nicht gerade gut«, stimmte Wilfred ihr zu.

»Wie trainiert man denn eine Nacktschnecke?«, fragte Zebediah.

»Du sei still!«, riefen Winifred und Wilfred.

»Ja, aber ich muss sagen, dass ›Kein Kommentar‹ die perfekte Antwort von Gladys war«, gab Old Tom zu bedenken. »Weil Mrs Brookman, ohne es zu wissen, uns nämlich alle gerettet hat. Die Geschichte mit dem Anhalter, den Gladys mitgenommen haben soll, klang von Anfang an nicht besonders überzeugend. Ihr habt doch gehört, dass sie sich sofort gefragt haben, warum Mr Madden per Anhalter unterwegs gewesen soll, wenn seine Frau mitsamt Auto in Comox war. Aber wenn er sich mit Gladys treffen wollte, dann war das natürlich eine ganz andere Sache. Dass wir da nicht gleich selber draufgekommen sind! Und er kann es nie wirklich abstreiten, weil er sich ja an nichts aus diesem Zeitraum erinnern kann. Dem Himmel sei Dank für Gladys' zweifelhaften Ruf und Mrs Brookmans lockeres Mundwerk.«

»Aber für Mutter ist es schrecklich«, sagte Winifred.

»Wenn Daddy ins Gefängnis müsste, wäre es noch viel schrecklicher«, sagte Wilfred.

»Ich glaub nicht wirklich, dass man eine Nacktschnecke trainieren kann«, sagte Zebediah.

»Du sei still!«, riefen Winifred und Wilfred.

Ich bekam allmählich Mitleid mit Zebediah. Erst mit siebzig Jahren oder so würde es ihm wahrscheinlich erlaubt werden, sich in dieser Familie auch einmal zu Wort zu melden.

»Nun denn«, sagte Sina nach einem quälenden Schweigen. »Ende gut, alles gut.«

Da tauchten auf einmal Soldaten auf und klopften bei uns an die Tür. Im Schlepptau hatten sie ein paar vollkommen verschreckte kleine Pfadfinderinnen.

DER 8. MAI

In dem ersten Pfadfindermädchen hinter der Tür erkannten wir mit nur unmerklicher Verzögerung Ermintrude, das erste Versuchsküken. Was ein glücklicher Zufall war, denn eigentlich war sie überhaupt nicht wiederzuerkennen. Es steckten ihr Zweige im Haar und von ihren Shorts baumelte eine lange Brombeerranke herab. Schnitte und Kratzer an Armen und Beinen verrieten, dass sie mehrmals über Steine oder Wurzeln gestolpert und hingefallen sein musste. Kurzum, sie sah wie jemand aus, der den Kampf mit der Wildnis verloren hatte.

»Na, sieh mal einer an, wenn das nicht die kleine Ermintrude ist«, sagte Sina in einem Tonfall, als wolle sie ein Kätzchen zum Streicheln herbeilocken. »Herzlich willkommen bei uns!« Aber Ermintrude blieb störrisch und schluchzte nur hysterisch.

»Und außerdem ist vor Ihrer Küste ein Flugzeug

abgestürzt, Ma'am«, sagte ein Soldat, der noch mehr Pfadfinderinnen vor unsere Haustür trieb, zu Sina. »Die Mädchen behaupten aber alle, dass sie nicht in dem Flugzeug waren.«

»Selbstverständlich waren sie nicht in dem Flugzeug!«, brauste Old Tom auf.

»Wie Sie meinen«, sagte der Soldat. »Dennoch ein merkwürdiger Zufall. Haben Sie hier sonst noch irgendwelche verdächtigen Individuen gesehen?«

»Das sind keine verdächtigen Individuen«, entgegnete Sina kühl. »Das sind Brownies. Eben ohne Schokolade«

»Ja, natürlich, Ma'am«, sagte der Soldat. »Ist Ihnen irgendjemand aufgefallen, der Ihnen verdächtig vorgekommen ist, hätte ich wohl besser fragen sollen.«

Aber natürlich hatte niemand von uns etwas gesehen oder gehört. Wir führten ein sehr beschauliches, zurückgezogenes Leben.

Noch mehr Pfadfinderinnen strömten herbei. Sie waren genauso zerzaust und verkratzt, aber nicht ganz so verschreckt wie Ermintrude.

»Miss Macy ist verschwunden!«, riefen sie. »Sie hat uns allein gelassen!«

Sina und ich schauten uns alarmiert an. Als Miss Macy am Tag vorher verkündet hatte, dass Cheryl und sie jetzt auf dem Zeltplatz Steine zusammentragen würden, als Schutz rings um das Lagerfeuer, war uns überhaupt nicht in den Sinn gekommen, dass die anderen Brownies noch am selben Tag eintreffen und das Zeltlager beginnen würde. Miss Macy musste sie später alle durch den Wald direkt zum Zeltplatz gelotst haben. Und Old Tom und ich hatten geglaubt, dass Miss Macy auf einem ihrer Erkundungsmärsche unterwegs war, als wir ihr am frühen Morgen begegnet waren. Nicht eine Sekunde war uns der Gedanke gekommen, dass sie mit ihren Pfadfinderinnen im Wald zelten war. Und dass sie inmitten der Aufregung um den Einsiedler die Mädchen dann vergessen oder, schlimmer noch, einfach alleingelassen hatte.

»Wo sind denn die anderen?«, fragte Old Tom in scharfem Tonfall. Er hatte eine der hereinströmenden Pfadfinderinnen an der Schulter gepackt.

»Weiß ich nicht«, antwortete sie und fing zu heulen an. »Überall.«

»Winifred und Franny, bringt diese Kinder in die Küche und versorgt sie mit einem Imbiss«, sagte Sina.

»Meinen Sie den übrig gebliebenen, klein gesäbelten, verbrannten Braten auf Toastbrot von gestern Mittag?«, fragte Winifred. »Ich habe da meine Zweifel, ob denen das schmeckt.«

»Nein, macht ihnen irgendwas, das euch einfällt und das ihr gut könnt. Vielleicht heißen Kakao«, sagte Sina. »Etwas Warmes. Weetabix mit heißer Milch, so was in der Art. Lasst eure Fantasie spielen. Ich sehe da noch mehr Soldaten mit noch mehr Brownies kommen. Scheint so, als würden sie sie überall im Wald finden. Beeilt euch, wir müssen sie füttern und beruhigen.«

Winifred verstand sofort, worum es ging, und führte die schmuddeligen Brownies in die Küche zur Fütterung. Es kam sofort Leben in sie, als sie die Weetabix-Schachtel sahen, allzu traumatisiert konnten sie also nicht sein. Obwohl sie es ja vielleicht doch waren, denn es handelte sich meines Wissens bei ihnen um die ersten Menschen in der Weltgeschichte, die beim Anblick von Weetabix munter wurden.

Als immer mehr und mehr Brownies hereinkamen und wir immer mehr Bruchstücke von ihrer Geschichte hörten, wurde allmählich klar, was sich abgespielt hatte. Die Mädchen waren am Morgen aufgewacht. Als sie entdeckten, dass Miss Macy nicht da war, waren sie in Panik geraten und in ein Dutzend Richtungen gleichzeitig auseinandergerannt.

»Also ehrlich«, sagte Sina, als das letzte Pfadfindermädchen eintrudelte, »ihr seid ein ganz schöner Idiotenhaufen. Ihr merkt, dass eure Brownie-Führerin nicht da ist, und dann rennt ihr einfach in verschiedene Richtungen auseinander? In den Wald hinein?«

»Seid ihr jetzt komplett?«, fragte Old Tom. »Das macht zwölf.«

»Wir waren aber dreizehn«, sagte die letzte Pfadfinderin, die gekommen war.

»Dann muss eine immer noch irgendwo im Wald sein«, sagte Old Tom gerade, als wir plötzlich vom Dorf herüber bis zu uns die Kirchenglocken mächtig läuten hörten, das Knallen von Feuerwerkskörpern und Gewehrschüsse.

»Was um Himmels willen ist denn da los?«, fragte Sina.

»Dreh das Radio an«, sagte Old Tom.

Und so fanden wir heraus, dass der Krieg zu Ende war. Oder jedenfalls, dass er in Europa zu Ende war.

Wir hüpften alle auf und ab und brüllten laut und die Soldaten bei uns auf der Veranda ebenfalls.

»Das müssen wir feiern!«, rief einer der Soldaten.

Ein kleines Mädchen, dem Weetabix übers Kinn hinuntertropfte, mischt sich mit dünner Stimme ein: »Aber uns fehlt immer noch ein Brownie.«

»Aber zwölf aus dreizehn ist doch kein schlechter Schnitt, oder?«

Wir dachten einen Moment nach und dann sagte Sina: »Nein, ich glaube, wir müssen wirklich alle dreizehn Mädchen finden.«

Also schwärmten die Soldaten wieder in den Wald aus und Old Tom setzte sich in den Lieferwagen und stattete Miss Macy eine Stippvisite ab. Als er sie daran erinnerte, dass sie eine ganze Truppe Pfadfinderinnen allein im Wald zurückgelassen hatte, rief sie: »Huch!«, und kam mit ihm zurück, um die Situation zu entschärfen.

Sie hatte Glück, dass die Soldaten die Mädchen gefunden und zu unserem Hof gebracht hatten, denn mit den Eltern hatte sie vereinbart, dass sie die Kinder am Vormittag bei uns abholen sollten. Sina redete mit Miss Macy ein ernstes Wort und bat sie, uns beim nächsten Mal etwas früher zu verständigen, wenn sie wieder ein Zeltlager bei uns abhalten wollte, was angesichts all der Ereignisse in dieser Woche wohl eher ein zu vernachlässigender Punkt war. Miss Macy sorgte im Handumdrehen dafür, dass die Brownies geschniegelt und gestriegelt vor ihr standen und ihre Siebensachen gepackt hatten. Nach kurzer Zeit waren alle abmarschbereit und mit einer passenden Geschichte ausgestattet, die besagte, dass Miss Macy sie auf die Probe hatte stellen wollen, um zu wissen, ob sie sich richtig verhalten würden, wenn sie nicht anwesend war. Das gehörte dazu, wenn man das Überleben-in-der-Wildnis-Abzeichen machen wollte, und sie hatten alle bestanden! Na ja, alle bis auf das Mädchen, das wir noch nicht gefunden hatten. Für alle anderen würde sie die Abzeichen sofort bestellen. Die Eltern, die kurz darauf kamen, um ihre Töchter abzuholen, und es sofort erzählt bekamen, strahlten. Alle waren bester Laune, wo doch jetzt der Krieg vorbei war, und überhaupt. Das heißt alle bis auf die Eltern der Pfadfinderin, die noch nicht gefunden worden war. Aber eine Stunde später spürte man auch sie auf. Sie war auf einen Baum geklettert, um sich vor den wilden Tieren in Sicherheit zu bringen, die im

Wald ihr Unwesen trieben. Wir beschlossen, ihr nicht zu erzählen, dass auf dem Ast über ihr ein schlafender Puma gelegen hatte.

Miss Macy versprach ihr ein besonders großes Abzeichen, das sie höchstpersönlich mit goldenen Pailletten verzieren würde, und so war auch das letzte Pfadfindermädchen überglücklich. Diese Brownies tun alles, um irgendein Abzeichen zu bekommen. Und für glitzernde Pailletten würden sowieso die meisten Mädchen alles geben. Danach fuhren die Soldaten davon, um sich in der Stadt einen Vollrausch anzutrinken, und keiner schien sich in den nächsten vierundzwanzig Stunden besonders für die *Argot* oder irgendetwas anderes zu interessieren.

***

Am nächsten Tag kam der Kommandant vorbei, um Old Tom und Sina mitzuteilen, dass Taucher vor der Küste nach einem im Meer versunkenen Flugzeug suchen wollten und das Militär noch für eine Weile auf unserem Anwesen stationiert bleiben würde, denn auch wenn Hitler total am Ende war, blieb noch immer die Bedrohung durch Japan.

»Aber es ist nur eine Frage der Zeit, nur eine Frage der Zeit«, sagte der Kommandant. »Und ich möchte mich bei Ihnen noch einmal ganz herzlich für Ihr Entgegenkommen und Ihren persönlichen Beitrag in diesen Kriegszeiten bedanken.«

»Keine Ursache«, sagte Sina.

»*De nada*«, sagte Old Tom.

Und das war es dann für uns, militärmäßig gesprochen. Der Wachsoldat auf unserer Veranda wurde abgezogen, weil man beschlossen hatte, dass die mit dem Fallschirm abgesprungenen japanischen Spione, falls es welche gegeben haben sollte, schon lange fort waren. Deshalb gab man es auch auf, weiter nach ihnen zu suchen. Oder falls sie doch noch nach ihnen suchten, erzählten sie es uns jedenfalls nicht. Es war eine Zeit, in der es viele Geheimnisse gab. Aber die Geheimhaltung betraf nicht nur das Militär.

Flying Bob wurde unehrenhaft aus der Air Force entlassen und verlor auch seinen Job als Wartungstechniker, denn wie man es auch drehte und wendete, egal warum und in welcher Absicht, er hatte sich unerlaubt für einen Tag von seinem Arbeitsplatz und dem Luftwaffenstützpunkt entfernt, wo er das Flugzeug hätte warten sollen. Wahrscheinlich spielte dabei auch eine Rolle, dass alle Beteiligten die Nase von den Maddens ein wenig voll hatten. Crying Alice hatte nämlich wieder angefangen, bei jeder sich bietenden Gelegenheit in Tränen auszubrechen, und die Aussicht, dass sie womöglich mit ihrer Familie zurück auf den Luftwaffenstützpunkt ziehen würde, jetzt, da Flying Bob und sie wieder vereint waren, war so fürchterlich, dass alle auf dem Stützpunkt froh waren, die beiden loszuwerden.

Gladys fand nirgendwo Erwähnung, aus Rücksicht auf die Gefühle von Crying Alice. Flying Bob war es nicht unrecht, denn er war ein Mann, der nur eine große Liebe kannte, und da es dieses Flugzeug nicht mehr gab, konnte er jetzt genauso gut auch einem normaleren Beruf nachgehen. Außerdem war ihm klar, dass er ziemlich viel Zeit, um genau zu sein, den Rest seines Lebens, damit würde verbringen müssen, sich bei Crying Alice zu entschuldigen und sie zu besänftigen.

Winifred, Wilfred und Zebediah, den keiner fragte, der aber seine eigene Meinung dazu hatte, hofften natürlich, weiter in dem Haus bleiben zu können, das sie in Sooke geerbt hatten, aber Crying Alice sagte, sie hätte genug von British Columbia und all den traurigen Erinnerungen, die von nun an für sie damit verbunden seien. An einem Ort, an dem sie solche Ängste hatte ausstehen müssen, könne sie nicht mehr leben. Gladys erwähnte sie dabei nicht, aber wir vermuteten alle, dass sie bei ihrer Entscheidung ebenfalls eine Rolle spielte. Deshalb verkündete Crying Alice, als sie mit Flying Bob vorbeikam, um die Kinder abzuholen, dass sie alle miteinander nach Saskatchewan umziehen würden.

»Saskatchewan!«, sagte Wilfred.

»Was gibt es denn da?«, fragte Winifred.

»Nichts«, sagte Flying Bob. »Ich stelle es mir als einzige große Startbahn vor.«

»Nein, nichts da«, sagte Crying Alice. »Es wird dort

einfach nur nichts sein. Nichts Gutes und nichts Böses, nichts, was meinen Seelenfrieden stören könnte. Vor allem keine Flugzeuge.«

Keine Wünsche mehr übrig, dachte ich. Die waren aufgebraucht. Keine Hunderte von Kleidern, keine Motorräder, keine Pferde oder was auch immer Zebediah sich gewünscht hätte. Kein Glück von dieser Art. Vielleicht überhaupt kein Glück. Vielleicht würde Crying Alice immer weiter weinen und Flying Bob sich Tag für Tag nach dem großen Aufschwung in die Lüfte sehnen. Aber sie waren eine Familie. Und wenn sie in Not gerieten, würden sie diese Not miteinander teilen. Als es hart auf hart kam, hatten sie sich fraglos dazu entschlossen und dafür ihre anderen Wünsche geopfert. Ich dachte immer wieder darüber nach, welche Schwere und welches Wunder darin gelegen hatten. Spürte mein großes Staunen darüber. Wovon wir glauben, dass wir es uns wünschen, ist nicht immer das, wofür wir uns wirklich entscheiden. Aber wofür wir uns entscheiden, das bestimmt unser Leben.

Und danach, weil sie sich ja jetzt von uns verabschieden mussten, brach Crying Alice in Tränen aus und schluchzte auf dem Weg zu ihrem Auto in einem fort. Hinter das Lenkrad setzte sie sich, denn Flying Bob durfte nicht selber fahren, erst wenn mit seinem Kopf wirklich wieder alles in Ordnung war. Was ein Jahr dauern würde. Crying Alice schien darüber nicht unglücklich zu sein. Sie sagte, es wäre nicht richtig und sie würde sich auch nicht wohl dabei fühlen, wenn hinter dem Lenkrad jemand sitzen würde, dessen Gemütszustand so wenig gefestigt sei.

Wir winkten Winifred, Wilfred und Zebediah zum Abschied nach. Sie wirkten ziemlich unglücklich, als sie davonfuhren, aber man muss dazu auch sagen, dass für sie alles viel besser ausgegangen war, als zu erwarten gewesen wäre.

Dann brachen Old Tom und ich zu Miss Macy auf, um nachzusehen, wie es dem Einsiedler ging, und um ihm mitzuteilen, dass das Militär an der Küste die Jagd nach den Spionen aufgegeben zu haben schien und dass er wieder in seine Hütte könnte. Falls er dies wollte. Was der Fall war. Womit er mich ziemlich enttäuschte. Mein romantisches Herz blutete.

Wir fuhren mit ihm zurück und er stapfte über die Felder davon.

»Na ja, also wirklich«, meinte ich schmallippig zu Old Tom. »Ich hatte geglaubt, da hätten sich zwei verwandte Seelen gefunden.«

»Nein, nein«, sagte Old Tom. »Er hat mir erzählt, dass sie ihn immer Hermi genannt hat. Kann ich ja verstehen, sie wollte halt einen Namen für ihn, aber das hat ihn wahnsinnig gemacht. Und er konnte keine der Geschichten aus ihrem Leben behalten, die sie über ihm ausschüttete, wie man Ahornsirup über Pfannkuchen gießt, so hat er gesagt und das hat wiederum sie verrückt gemacht. Dann hat sie ihn immer verbessert: ›Nein, nicht die Mildred, die die Stieftochter der Schwester meiner Mutter war, die Mildred, die das Hausmädchen meines Bruders Barney war.‹ Und lauter solche Sachen. Davon hat er Kopfweh bekommen. Menschen, die alleine leben, haben meistens gute Gründe dafür.«

»Trotzdem«, sagte ich.

»Kein trotzdem, Franny«, sagte Old Tom.

***

Später ging ich noch einmal zu Miss Macy, weil ich wissen wollte, was es bei ihr eigentlich mit der paillettenbesetzten Unterwäsche auf sich hatte. Wonach ich sie natürlich nicht fragen konnte, solange der Einsiedler oder Old Tom dabei war.

»Was anderes trage ich nicht«, sagte sie, führte mich zu ihrer Kommode und zog die oberste Schublade auf. »Siehst du?«

Die Schublade war voller paillettenbesetzter Unterhosen und BHs. Es funkelte mir golden entgegen.

»Wahnsinn«, sagte ich. »Wo kriegt man denn so was?«

»Bei Eaton's«, sagte sie. »In der Unterwäscheabteilung. Genauso wie das hässliche weiße Zeug auch.«

»Aber warum?«, fragte ich. »Warum tragen Sie das? Sehr bequem sieht es nicht aus.«

»Meine Mutter hat immer gesagt, ›Mädchen‹, hat sie zu mir und meiner Schwester gesagt, ›tragt immer saubere Unterwäsche. Falls ihr jemals einen Unfall haben solltet.‹ Und das hat mich nicht losgelassen, weißt du, die Vorstellung, dass ich einen Unfall haben und ins Krankenhaus gebracht werden könnte, und dann hätte ich da irgendeine billige Altweiberunterwäsche an, solche Liebestöter, deshalb beschloss ich, mir immer die beste, teuerste Unterwäsche zu kaufen, die ich auftreiben konnte. Damit werde ich's ihnen zeigen, dachte ich. Und die beste, teuerste Unterwäsche war eben die mit den goldenen Pailletten. Und ich bin froh, dass ich sie mir gekauft habe, weil ich mich jetzt schon zum zweiten Mal ausziehen musste, um ins Meer hinauszuschwimmen. Nur wegen diesem nervigen Einsiedler.«

Ich dachte darüber nach.

»Dann haben Sie ihn zweimal gerettet?«, fragte ich.

»Ja, so ist es«, sagte sie. »Beim ersten Mal, als ihm das passiert ist, war ich zufällig auch da. Damals dachte ich noch, dass es sich um einen Unfall handelte. Beim zweiten Mal wurde mir klar, dass es Methode hatte. Der Kerl macht daraus eine Gewohnheit.«

Ich nickte nachdenklich.

»Wissen Sie, ich glaube, er hat Sie vielleicht für eine Seejungfrau gehalten«, sagte ich.

»Er ist nicht sehr helle im Kopf«, sagte sie. »Vielleicht hat er da was abbekommen.«

»Ja, manche haben was am Herzen und bei manchen ist es der Kopf«, sagte ich.

Danach ging ich die ganze lange Strecke bis zur Hütte des Einsiedlers zurück, weil ich wild entschlossen war, auf alle meine Fragen eine Antwort zu bekommen, bevor diese Geschichte zu Ende war.

Der Einsiedler war im Garten und jätete dort Unkraut.

»Hallo«, sagte ich, aber er blickte nur vor sich auf den Boden und jätete weiter Unkraut. »Ich werde Sie nicht lange belästigen. Ich will kein großes Gespräch mit Ihnen führen und werde auch nicht lange bleiben. Ich habe nur eine Frage.«

Der Einsiedler schaute auf.

»Sie haben sich in die *Argot* gewünscht, um Zebediah zu retten. Also müssen Sie sich im Nachtgarten kein einziges Mal einen Wunsch gewünscht haben. Nicht einmal aus Versehen. Wie haben Sie das denn gemacht?«

»Gab nichts, was ich mir gewünscht hätte«, sagte der Einsiedler und schaute mich dabei nicht an.

Dann fuhr er mit dem Unkrautjäten fort und wie versprochen drehte ich mich um und ging nach Hause.

DAS ENDE VON DER GESCHICHTE

Als ich in die Küche kam, fragte Sina mich, wo ich denn gewesen war, und ich erzählte es ihr. Old Tom und sie und ich saßen zum Abendessen um den Küchentisch. Das Essen war nicht verbrannt und zu dritt an unserem alten Tisch zu sitzen, nach den vielen großen Tischrunden im Esszimmer, fühlte sich an wie eine Rückkehr nach Hause.

Sina drehte sich zu mir und sah mich mitfühlend an. »Bist du traurig, dass Winifred fort ist?«

»Ähm, na ja, ein bisschen«, sagte ich. »Aber ihr wisst ja – Gäste im Haus.«

Danach aßen wir eine Weile schweigend vor uns hin. Als die Sonne anfing, im Meer unterzugehen, stand Old Tom auf, um die Pferde in den Stall zu holen. Bevor er aus dem Haus ging, drehte er sich um und fragte: »Hey, sag mal, warum wolltet ihr Kinder eigentlich nicht, dass der Soldat bei uns aufs Plumpsklo ging?«

»Das war Zebediahs Idee. Er hat die Fallschirme durchs Loch gestopft. Sie sind da drunten in der Grube.«

»Oh, verdammt! Es wird mich einen ganzen Morgen kosten, sie da rauszuholen. Wir können sie da nicht lassen. Ich sage nur: Gäste im Haus!«

»Also, Wilfred hat dir aber auch viel geholfen«, erinnerte ich ihn. »Da hast du doch jetzt Zeit.«

»Wilfred«, murmelte Old Tom und lächelte auf einmal liebevoll. Dann ging er hinaus, um Tarzan und Molly einzufangen.

Sina und ich blieben noch am Tisch sitzen und tranken Tee. Sina stand auf, um die Keksdose herunterzuholen, stellte sie aber gleich wieder zurück, als sie sah, dass darin nur die verbrannten Kekse waren, die Gladys gebacken hatte. Nachdem die Polizei sie zu unserem Hof zurückgebracht hatte.

Gladys hatte uns endgültig verlassen. Das war am Tag zuvor gewesen. Ich war in Sinas Atelier gekommen, um ihr zu sagen, dass Gladys fertig gepackt hatte. Alles war bereit. Sina brauchte sie nur noch zur Fähre zu bringen.

Sina hockte verzückt da und hörte Musik, ihre Hände lagen reglos auf einem Lehmklumpen.

»Wo kommt die Musik denn her?«, fragte ich und schaute mich suchend nach dem Radio um.

Sina nickte in Richtung des Schränkchens in der Ecke, auf dem ein Grammofon thronte. »Old Tom ist in die Stadt gefahren und hat mir das mitgebracht und dazu auch ein paar Schallplatten.«

»Wo ist denn das Radio hin?«, fragte ich.

»Ich habe es Gladys gegeben. Als Abschiedsgeschenk. Ich habe beschlossen, dass ich das ganze Gerede gar nicht hören will«, sagte Sina. »Nur die Musik.«

»Ach ja, weil du von Gladys sprichst«, sagte ich. »Sie ist bereit.«

»Schschsch.« Sina machte eine Handbewegung, dass ich still sein sollte. Mozarts Divertimento war beim Andante angekommen.

Wir hörten das Divertimento bis zu Ende an, dann hob sie den Tonarm hoch, legte ihn in der Halterung ab und stellte das Grammofon aus.

»Mozart konnte es«, sagte Sina. »Er hat es sichtbar gemacht.«

»Du meinst hörbar«, sagte ich.

»Hörbar, sichtbar, spürbar«, sagte Sina.

»Und warum können wir das nicht?«, fragte ich.

»Ich weiß es nicht«, sagte Sina. »Es gibt da so etwas wie einen kleinen Riss in der Zeit zwischen dem Moment, in dem wir etwas erahnen, und der Verwirklichung. Und in diesem Riss liegt das ganze Reich der Möglichkeiten. Ich glaube allmählich, Franny, dass der Zauber in der Möglichkeit liegt, nicht in der Wirklichkeit. Wenn wir ganz sicher wüssten, dass es Ufos, Gespenster und Seejungfrauen gibt, dann würden sie uns nicht so umtreiben. Sie stünden in einer Reihe mit Elektrizität, Flugzeugen, Radiowellen und der Tatsache, dass Kinder geboren werden – alles rätselhafte Dinge, die aber für uns selbstverständlich sind, weil sie tagtäglich um uns herum geschehen. Es gibt sie wirklich. Diese anderen Dinge faszinieren uns so sehr und wir beschäftigen uns immer wieder mit ihnen, weil sie so ungreifbar sind. So undefinierbar. Sie erinnern uns daran, dass es etwas gibt, das immer noch wunderbarer ist als das, was wir für die Wirklichkeit halten. Oder was wir verwirklichen können. Das ist es, woran die Menschen immer rühren wollen. Wonach Gladys in ihrem Bebop und mit ihrer Kochschule sucht. Wonach Miss Macy auf ihren endlosen Spaziergängen Ausschau hält. Wonach ich mich bei meinen Skulpturen sehne und du dich beim Schreiben. Tom in seinem Garten, Flying Bob in seinem Flugzeug.«

»Hallo?!«, rief Gladys aus dem Lieferwagen. »Ich kann hier nicht den ganzen Tag sitzen und warten.«

Deshalb ging Sina hinaus, um Gladys zur Fähre zu bringen, mit der sie aufs Festland übersetzen würde, um den Zug zu nehmen, der sie in eine weit entfernte Stadt bringen würde, wo sie nur einen einzigen Menschen kannte. Um dort allen Widrigkeiten zu trotzen und zu versuchen, aus dem Kochen für sich diese eine Sache zu machen und damit an dieses Andere zu rühren, ohne dass sie sicher sein konnte, ihr Ziel jemals zu erreichen. Wie schwierig doch alles war. Aber Gladys machte sich auf den Weg. Vielleicht wusste sie selber gar nicht, warum sie sich auf den Weg machte oder was sie zu finden hoffte. Aber ich wusste es jetzt: Sie suchte nach etwas, wonach wir alle suchten, und ich wünschte ihr dabei alles Gute.

»Sina«, sagte ich, während wir unseren Tee austranken, »du hast mir nie erzählt, was du dir gewünscht hast. Im Nachtgarten.«

»Ach das«, sagte Sina nervös und stand auf. »Lass uns hoch zu den Schaukelstühlen gehen.«

Während Winifred, Wilfred und Zebediah bei uns gewesen waren, hatten wir dort kein einziges Mal gesessen, um gemeinsam den Sonnenuntergang anzuschauen. Deshalb nickte ich.

Als wir die Treppe hochstiegen, fragte ich: »Hat Gladys sich wenigstens für das Radio bedankt?«

»Ach, das Radio ist mir inzwischen egal. Mir ist klar geworden, dass die Außerirdischen niemals auf diese Weise mit mir Kontakt aufnehmen werden«, sagte Sina. »Was aber leider auch bedeutet, dass ich mich davon verabschieden muss, zu glauben, mein großes Geschenk sei es, nicht zu wissen, wie schön ich bin. Hübsch war das, mir eine Weile lang mal einzubilden, ich sei schön. Auf diese Idee war ich vorher noch nie gekommen, weil ich doch so groß bin. Und sozusagen auch stattlich. Na, du weißt schon.«

»Aber, Sina«, rief ich und meinte es ganz aufrichtig, »du bist schön! Und du scheinst es wirklich nicht zu wissen. Damit hatte Gladys ganz recht.«

»Ach, Franny!«, seufzte Sina.

Wir saßen gemeinsam vor dem großen Fenster im Schaukelstuhl. Ich hatte mich bei ihr auf den Schoß gesetzt. Weil Sina so groß ist und ich für mein Alter eher klein bin, ging es immer noch ganz gut und war schön kuschelig und gemütlich. Außerdem stand auf dem Treppenabsatz sowieso nur ein Schaukelstuhl, weil wir den zweiten noch nicht wieder dorthin zurückgestellt hatten.

»Also, was hast du dir im Nachtgarten gewünscht?«, fragte ich sie wieder.

»Ich habe mir dich gewünscht«, sagte Sina. »Und ich bereue es nicht. Unmöglich. Das geht gar nicht. Nie und nimmer. Es war nämlich so, Franny, dass Old Tom und ich keine Kinder haben konnten. Ich wünschte mir aber so sehr ein Kind. Das war mein Wunsch im Nachtgarten. Und danach legt eine Frau mir ein Baby in die Arme und fällt anschließend tot um. Das Ehepaar, das das Baby adoptieren wollte, war zuvor in den Flammen gestorben, als sein Haus abbrannte. Und keiner weiß über das Schicksal deiner echten Eltern Bescheid.«

Mich fröstelte, als sie jemand anders als sich und

Old Tom als meine wahren Eltern bezeichnete. Old Tom und Sina waren meine wahren Eltern.

»Ich bereue es auch nicht«, sagte ich. »Deinen Wunsch.«

»Old Tom und ich wollten nichts lieber, als dich zu behalten, Franny. Aber Old Tom sagte, wir dürften nicht *nicht* versuchen, den Wunsch ungeschehen zu machen, nicht wenn die Erfüllung meines Wunsches auf Kosten anderer geschehen war, die sogar mit ihrem Leben dafür bezahlt hatten. Deshalb versuchte er, dafür seinen eigenen, noch nicht verbrauchten Wunsch zu verwenden. Er ging in den Garten und wünschte sich, dass mein Wunsch rückgängig gemacht wurde. Aber nichts geschah. Nie war ich in meinem Leben so glücklich, niemals wie in dem Moment, als du nach seinem Wunsch immer noch in meinen Armen warst. Aber was sollte ich nun davon halten? Entweder war es wahr, was man uns erzählt hatte, und man konnte einen Wunsch nicht ungeschehen machen. Oder das Ganze war sowieso Humbug und dass du kurz nach meinem Wunsch bei uns aufgetaucht bist, war der reine Zufall. Wir waren uns da später nie ganz sicher. Ich glaube, wir wollten es auch nie wirklich wissen. Deshalb hat Old Tom, glaube ich, auch nie wieder versucht, sich selber etwas zu wünschen. Erst als Flying Bob und seine Kinder so sehr in Schwierigkeiten steckten. Die ganze Geschichte vom Nachtgarten mochte wahr sein oder vielleicht war sie auch nur ein Märchen. Weder für das eine noch für das andere gab es einen Beweis. Deshalb waren wir auch nicht für die Dinge verantwortlich, die sich möglicherweise als Folge meines Wunsches ereignet hatten.«

»Aber du hast es dir doch nicht genau so gewünscht. Es ist einfach passiert.«

»Wie die Dinge eben passieren«, sagte Sina. »Unvorhersehbar.«

»Wie alles einfach geschieht. Darüber habe ich schreiben wollen. Über die Ufos und Gespenster und Seejungfrauen und solche Sachen. Magie. Aber ich schaffe es nicht. Ich kann es nicht durchziehen – nicht diese Art von Magie. Ich schaffe es nicht, damit auszudrücken, was ich ausdrücken will. Meine Botschaft. Ich habe nur so eine unbestimmte Ahnung davon.«

»Nein, nein«, sagte Sina, »ich kann den Lehm auch nicht ... in diese Sache verwandeln. Vielleicht wenn ich der Seejungfrau Beine verpasse, dachte ich kurz, weil es ja in Wirklichkeit Miss Macy war. Aber das hat mich auch nicht weitergebracht.«

Und dann waren wir auf einmal nicht mehr Mutter und Tochter oder Adoptivmutter und Adoptivtochter und nicht einmal Freundinnen. Obwohl ich bei Sina auf dem Schoß saß, waren wir Kolleginnen. Wir teilten dieselbe Sehnsucht und wir wussten um die unendlichen Schwierigkeiten.

Und dann glaubte ich, eine großartige Idee zu haben, als wir da so miteinander schaukelten, beide voller Verzweiflung. »Sina«, sagte ich. »Ich habe eine Idee.«

»Und die wäre?«, fragte sie, während wir beide aufs Meer hinausschauten.

»Was ist, wenn wir damit aufhören? Wir können doch einfach aufhören, es zu versuchen.«

Sina lachte.

»Nein«, sagte ich. »Ganz im Ernst. Wenn wir es nicht mehr versuchen ... wäre alles trotzdem immer noch da. Was, wenn wir aufhören, es aus uns entstehen zu lassen? Wenn wir nicht mehr daran glauben, dass es aus uns selber kommen muss? Wenn wir nicht mehr *wir* sind?« Es war nicht einfach zu erklären.

»Aber was wäre dann mit uns?«, fragte Sina.

Und eine Sekunde lang konnte ich am wilden Blick in ihren Augen erkennen, dass sie begriff, was ich meinte, trotz meines Gehaspels. Sie verstand. Wir sind nicht getrennt und losgelöst von allem, wenn wir darüber schreiben, wenn wir es mit den Händen formen. Das spürten wir beide in diesem Augenblick. Wir sind das alles. Und wir brauchen keine Seejungfrauen oder Ufos oder Gespenster, um uns dieses Wunder in Erinnerung zu rufen. Warum wir das nicht immer und in jedem Augenblick so spüren können, weiß ich nicht, aber in diesem Moment spürten wir es.

In diesem Augenblick waren wir nicht nur wir selber, wir waren aus uns herausgetreten und wurden zu mehr, als wir sonst immer so sind. Wir spürten nicht nur uns selber, sondern waren Teil von allem, von Wind und Regen, von den Mondblumen und dem Mond, ich von Sina und Sina von mir. Wir waren Miss Macy und die Soldaten, die an der Küste Wache hielten, U-Boote, ihre Kommandanten und alle Männer ihrer Besatzungen, die Großmutterwalkuh und das Walkälbchen und die Elefantenrobbe, die ihren Kopf kurz aus dem Wasser hochstreckt, bevor sie von der nächsten Woge überrollt wird. Wir waren der Einsiedler und die Seejungfrau, Ebbe und Flut und der Nebel. Die Fledermäuse und die Käfer. Wir waren die Schweine und die Kühe und die Hühner. Wir waren Flying Bob und die Männer, die nach ihm suchten. Wir waren Crying Alice und das Gespenst. Wir waren diejenigen, die die Gestalten am Himmel mit den Fallschirmen betrachteten, wir waren alles, was die Gestalten am Himmel unter sich sahen, und wir waren die Gestalten an den Fallschirmen selbst, die unter den Sternen am Himmel schwebten.

Und ich holte mir den zweiten Schaukelstuhl und stellte ihn neben den Schaukelstuhl von Sina und nebeneinander schaukelten wir vor uns hin. Ich hielt dabei Sinas Hand. Und bald kam auch Old Tom aus dem Stall zurück und holte sich einen Stuhl und setzte sich neben uns, was er noch nie getan hatte, und allmählich wurde es dunkel und der erste Stern ging am Abendhimmel auf, und wir hatten die Fenster weit aufgemacht und der Duft der aufgeblühten weißen Nachtblumen wehte vom Nachtgarten zu uns herüber.

MIT HERZLICHEM DANK AN

Ian Andersen

Marie Campbell

Margaret Ferguson

Lynne Missen

Ken Setterington

Charmaine Welch

Außerdem von Polly Horvath bei Aladin erschienen:

WAFFELSOMMER

MARSHMALLOW-WINTER

HERR UND FRAU HASE.
DIE SUPERDETEKTIVE

HERR UND FRAU HASE.
KÖNIGLICH UNTERWEGS

Canada Council for the Arts | Conseil des arts du Canada

Wir danken dem CANADA COUNCIL FOR THE ARTS
für die Übersetzungsförderung.

FSC www.fsc.org MIX Papier aus verantwortungsvollen Quellen FSC® C014496

1. Auflage 2018

Alle deutschen Rechte bei Aladin Verlag GmbH, Hamburg 2018 | Originalcopyright Text © 2017 by Polly Horvath | All rights reserved | Originalverlag: Farrar Straus Giroux Books for Young Readers | Published by arrangement with Farrar Straus Giroux Books for Young Readers, an imprint of Macmillan Publishing Group, LLC. Originaltitel: The Night Garden | Copyright Umschlagillustration © 2017 Kenard Pak Umschlaggestaltung Kristie Radwilowicz | Aus dem Englischen von Bernadette Ott Lektorat: Nina Horn | Layout, Herstellung und Satz: Karin Kröll | Lithografie: Margit Dittes Media, Hamburg | Satz aus der Agfa Wile Roman Std und Garden | Druck und Bindung: GGP Media GmbH, Pößneck | Printed in Germany | ISBN 978-3-8489-2109-6

www.aladin-verlag.de